潁上常氏五世詩詞手跡選

常法寬◎編

國家圖書館出版社

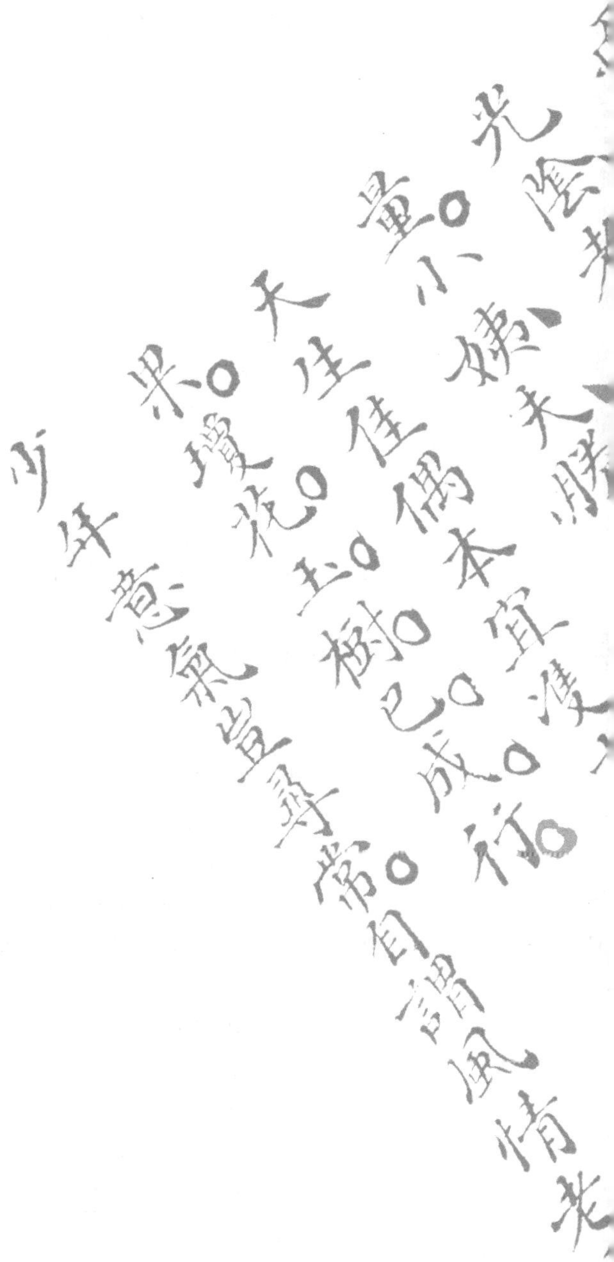

圖書在版編目(CIP)數據

潁上常氏五世詩詞手跡選/常法寬編. -- 北京:國家圖書館出版社,2017.4
ISBN 978-7-5013-5848-9

Ⅰ.①潁… Ⅱ.①常… Ⅲ.①詩詞-作品集-中國 Ⅳ.①I22

中國版本圖書館CIP數據核字(2016)第124195號

書　　名　潁上常氏五世詩詞手跡選
著　　者　常法寬　編
責任編輯　南江濤
封面設計　程言工作室

出　　版　國家圖書館出版社(100034　北京市西城區文津街7號)
(原書目文獻出版社　北京圖書館出版社)
發　　行　010-66114536　66126153　66151313　66175620
66121706(傳真)　66126156(門市部)
E-mail　nlcpress@nlc.cn(郵購)
Website　www.nlcpress.com→投稿中心
經　　銷　新華書店
印　　裝　河北三河弘翰印務有限公司
版　　次　2017年4月第1版　2017年4月第1次印刷

開　　本　787×1092(毫米)　1/16
印　　張　38.25

書　　號　ISBN 978-7-5013-5848-9
定　　價　600.00圓

目録

弁言

颍水之滨，五柳村庄；
常公国祐，兴办学堂，
莘莘学子，书声琅琅，
树木成材，服务乡邦，
有教无类，名传四方。
《卧农闲吟》，辞翰墨香；
为诗为文，满室满箱；
育人为本，《训子八章》，
《临终》一首，语句安祥，
告诫子孙，薄葬寻常。
诗礼传家，祖训勿忘；
与时俱进，一脉绵长。
手迹家珍，影印永藏，
百年而后，熠熠生光。

《颍上东学常氏五世诗词手迹选》作者世系表

远祖明开平王常遇春（安徽怀远）

↓

迁颍始祖常遇春第九世孙 学圣

↓

迁颍七世祖常遇春第十五世孙 国佐（若臣）

约1850—？ 1835—1903 享年68岁

↓

第十六世孙 凝章（子成）

1870—1911年 享年42岁

↓

十七世孙 家钟（韵峰） 1891—1957年 享年66岁

十七世孙 家选（梓侠） 1904—1996年 享年93岁

十七世孙 家纯（良佐） 1906—1989年 享年83岁

↓

十八世孙 法康（介甫） 1912—2009年 享年98岁

法宽 1924—

法韫、杨瑞琳 1927— 1921—

↓

十九世孙 大鹏 1957—

吴琴、蔡玉良 1958— 1958—

清故歲貢生誥封奉政大夫常公諱國佐字若臣遺稿

臥農閒吟

考試赴郡得晤甯盤銘法湯友壻因題成四絶
漫説小巫慚大巫如今世態迥然殊自從徃見阿僚
面神氣歸來已若無
光陰老去世情踈李路何心入衛都料得一番閒較
量小姨夫勝大姨夫
天生佳偶本宜雙才貌如君氣自降怪底風流能証
果瓊花玉樹已成行
少年意氣豈尋常自謂風情老更狂今日歸家應愧

謝世間真是有王郎

次日招飲賦謝

平生蹤跡渺難親一面公然作主人飲我香醪醲舊釀累君膳宰供佳珍門楣同證三生願閨閤潛通兩地神領取今番垂盼意沒懷㥶到十分春

漫將瑣瑣論葩詩意氣文章兩得之一席情投翻恨晚三都賦獻莫嫌遲如君定許稱鸞友愧我真堪嘆鳳隨知道臨辭猶贈佩教他小子繫長思憶恩松

春日同門人赴試賴郡舟中作

求名三月逐風塵。師弟同行好問津。兩岸桃花紅似火。今年知否為誰春。

到郡有感偶成一律

八載光陰轉瞬過。文章聲價久消磨。重遊舊地朋儕少。出聽新歌後進多。桃李盡堪量玉尺。棘荊竊自感銅駝。斯人若負蒼生望。誰與中流換逝波。

辛未九月廿四日宋堯民先生陳鏡軒表兄社

簡園姪處賞菊日落回至舍下予未得与會又聞均未題咏詩以嘲之

聞說東籬菊盡開。同人約伴醉琴臺。如何鎮日空相對。愧否芳隣送酒來。

傲骨從來結契真。幾多折東聚良辰。誰知此會翻成誤。孤負黄花怨主人。

次日同至國寶哥處賞菊因拈題各成數首

秋淵園林四座香。聊將花事小平章。揮毫怕舞班門

斧。竊喜謫仙入醉鄉。酒醉太白

嬌菜素質本天才。底事芳容帶醉開。想是君王招夜飲。

平分酒氣入香腮。酒醉楊妃

風霜磨礪幾經秋。閱世真同古鏡幽。曾說黃花堪比

瘦。今朝照我似卿不。古銅鏡

寒英底事擬香閨。名士風流樂品題。非是淵明偏重色。

孤山當日有梅妻。玉美人

午後留別二首

杯酒連朝樂不支。賞花還咏贈花詩。只因花好情難盡。搔首斜陽悵別離。

日日東籬學賞花。痴心敢冀贈寒芽。阿兄知我關情甚。分取餘香送到家。

臨別留詩索贈久不見至復成二絶以誌惓惓

意欲分香結素因。臨行還自語諄諄。至今老圃無消息。想是黃花戀主人。

花經手植自情長。老圃秋容壓衆芳。寄語阿兄勤愛

護清標莫負晚時香

詩去忽贈佳種數色特成三絕非敢云謝聊以
誌喜云爾

閉門兀坐感繁華幾縷清香撲鼻奢漫說黃花高着
品今朝肯到野人家

詩箋幾幅向風裁換却清標數種來寄語世間鑵園
客好花不必自家栽

珍重芳情是我師書痴不管管花痴蕭齋此後渾無

事。權與黃花作主人。

遊妙相菴

小橋流水艷荷花。萬本（木）欄干映彩霞。莫謂清標（涼）真福地。仙家亦是愛繁華。

出京口號

驅馬匆忙不自由。金陵一別倍增愁。名山多少遊蹤屐。知得旬餘再到不。

汴關道中

漸遠京都漸近塵眼前風景兩番新瓊樓玉女知何在半是童頭駝背人

秋日過霍喜陪靜亭先生因成一律奉贈

仰企門墻慕盛名多年烽火繫離情不圖奉使將之楚竟許登堂獲識荆行色那堪秋色併愁懷合借酒懷傾天涯今後同飄蕩知否窮途誤此生

重訪靜亭未遇

歸程重上舊壇堂岨道扁舟出蓼鄉有數遭逢憐故

雨無邊雲樹悵斜陽前途莫定心偏熱後會難期鬢
欲蒼料得風帆仍在道烟波萬里祝平康

中秋日過饒海舫書齋喜而有作

闗河渺渺隔前緣知己重逢又一天白水有情通翠
舫青山如畫潺流泉叨京雜柰交偏厚爲語烟霞志
欲遷更喜今宵當今節月光端爲兩人圓

着棋偶成

無權學點兵白~~水~~手爭勝負珍重善持盈一子全局守

脤中師命介問況詩以遣之

使來不覺喜使去不知傷送使出門後天地色青蒼

傷懷二首

光陰轉瞬廿年過生不逢辰喚若何方喜黄巾殲北
海可憐白髮老南柯除將時慧兄還病逃却官租債尚
多腔内精神能幾許那堪百事受消磨
世態炎涼久變遷休將身世問塵緣無錢難買親朋
笑臨難空思故舊憐萬里荊途憑獨闖半間茅舍對

愁眠江湖此後風波險穩任蘆灘不放船

亂後玗初師來頻甫二日即欲旋里感成四律

驪歌一曲痛難聞酒餞長亭日又曛已歎數年緣屢斷那堪一面手重分馬啣離恨催遥路人立斜陽悵暮雲太息春風披未得雞窗誰與細衡文

程門雪立幾經秋回首書齋記舊遊藥石萬言蒙雨化推敲雨字想風流筆吞江海超韓柳義重師徒似孔由最是年年春意暢青山綠水伴勾留

連番烽火勢凌霄，太息琴堂土盡焦。空仰高山難負笈，偶逢歧路又便分鑣。數年飄散如晴絮，千里情懷寄暮潮。隔絕關河渾不見，相逢期時待夢魂招。

心傷離況苦縈思，亂後相逢樂不支。滿院花飛朝進酒，半簾疎雨夜談詩。班荊纔喜香重奉，折柳那堪笛又吹。書劍一囊從此去，教人何處受箴規。

。秋日懷師因作憶菊四律

風雨連朝慘不收，東籬一別怕回頭。花能避世方稱逸

人到關情易惹愁送酒已成前日事題詩空憶舊時
秋可憐圃老遲歸路孤負寒香一段留 師寄舘葉府
登高東望路漫漫對酒興懷淚不乾知否幽蘭同寂
寞愧無綠竹報平安衣單生恐傷秋雨花好偏當入
夜寒寄語東隣勤保護清標莫作等閒看
到此憑誰喚彼蒼傷心老幹竟摧霜花因泣露魂應
瘦月解憐人影亦涼自有異香誇晚節休將苦雨怨
重陽門前更有桃千樹零落於今若個芳

故園風景近如何荊抑萱摧騰蔦蘿因月成隣終治潑有花無總（酒）蹉跎才高每易遭時妬骨鯁纔能與世磨我是淵明詩弟子關情惟有淚沱滂

贈章琴軒

一種風流態偏成絕世痴貧窮猶好友貸殖喜談詩舒嘯樓千仞澆愁酒百卮我來憐暫任相聚不多時

○讀史

潦倒倉皇水一村英雄失路有誰論雖然漂母能留

飯不是知音不感恩 後嫌語意過激擬將雖字改既字下不字改也字

征夫

慷慨從戎去關山路幾程嚴霜秋出塞涼月夜歸營
匹馬三年久孤身百戰生雄心期報主未解動鄉情

除夕感懷八首

不作窮途客安知窮途悲吾生亦何辜遭此亂離時
終日愁飄蕩萍轉靡所之欲問浮生事茫茫海無涯
祖塋祭久缺親墓今復爾相離三十程如隔千餘里

稚牛抑何情（犢）。一紙竟不許。我有膝下兒。父無墳前子。
慈幃隔故鄉。晨昏憑誰侍。有弟年十八。性剛恐違意。
有妹年十一。幼小未解事。一媳土中埋。一媳梁間繫。
陟岡望阿兄。遠在水之湄。窮途有弱弟。終日相追隨。
分者既難合。聚者轉恐離。鴈影太參差。姜被共何時。
豕突廡下居。心驚鴻案碎。吾有糠糟妻。投環死不畏。
半載骨未收。九泉魂怎慰。更憐井有聲。痛絕嬌痴妹。
明知破巢下。累卵安能全。絕處急（忽）逢生。幸賴阿嫂賢。

雙〻依伯去。父子各一天。離爺終當見。無母有誰憐。
蜀武縋城來。立雖非吾有。慷慨往從戎。飄泊江湖走。
中原愁板蕩。獨抗褱中手。立異豈矯情。恐遺千古醜。
託足淮北地。優游幕府寬。流光何太急。倏忽臘已殘。
逢人怕問歲。椒酒不成歡。相隨有弟兄。客館影不單。

冬夜

滿地風霜苦。征衣尚未綿。憑添終夜火。耐得幾分寒。

。春日留别沈芳洲二首

半載憔勞耐性堅。濕雲冷雨度華年。江干孤鴈空留影。山裏頑猴未悟禪。禹走陽關嗟遠去。月明滄海盼重圓。前途珍重謀生計。無任芳塍草蔓延。

長淮千里草如茵。此去仍爲自在身。三月春花艷麗（争）一般人事寓酸辛。西京地大能興漢。東海波清敢帝秦。無限關河天際迥。青青楊柳惱行人。

辛未學使觀風咏史十則

汲黯

蒙落何堪細較量。當年忠直重淮王。羞將宰輔忝刀筆。願託宮庭補袞裳。小試經綸憑卧閣。大臣風度憶開倉。至今功德猶堪頌。一路賢聲到濮陽。

疏廣

五載經筵帝者師。一朝身退動遐思。已從盈滿忝天道。敢戀恩榮結主知。同列臨歧開供帳。後人繼美補亡詩。寄語詞客休高議。辱殆能消士目奇。

梅福

三距臣言歎未行掛冠翻使一身輕漢家已產真天子吳市終成傲姓名仙去史猶存諫尉壻來人共喚先生舒城聞有梅花山洞知否當年寄隱情

黃霸

深文何以慰蒼生政治如公最允平萬戶悲歡春自暖五更心事月常明嘉禾豈盡登周策彩鳳猶能見漢京應是論功推第一寬和兩字著賢聲

耿弇

年少將軍善論兵雲臺勲業久知名入囊竊笑師徒怯棋策同徵去就明曾作主人迎北道獨將神器復西京漫疑落落終難合有志而今事竟成

竇融

中原割據亦紛紛決策真堪重遠聞願奉璽書歸五郡敢懷鼎足豕三分擇主居己遂平生志封縣還成後日勲不有座中諸傑士隗囂端的惧誤將軍

范滂

攬轡澄清志欲償無端釁隙起非常去蠧當比農除
草泣詔翻騰更休床〔伏〕一代德人同太息千秋公論自
芬芳危言未計燒書禍輸與申屠隱碭梁

陳琳

始事袁公後魏〔公〕全憑著作賺羣雄小巫竟許稱〔文〕伯武
庫翻誇賦最工縱使盛名同繡虎終嫌末技類雕蟲

平生繳利無人識嘗愧臧洪紙一通

羊祜

鼎立中原事漸休敢將餘孽遺君憂攻心儘可禽都
返答意何妨藥竟投兩世贊襄空諫草一生勳業只輕
裘峴山聞是思君地珍重斜陽片石留

山濤

高風月旦渺難尋別有山公說竹林一代人文歸藻
鑑千秋雅量重渾金官書吏部垂名遠禍被蒼生處
思深難得賢郎能繼美恩施江漢洽民心

丁卯年

哭國威弟

風雨淒ㄟ冷畫樓鴈行聲斷楚江秋無多兄弟如蓬散有限年華似水流往事何堪思爲屐（履）生兒或可續箕裘我來不禁人琴感大地平添一段愁

輓吳斐瞻 癸酉

少年科第廻超羣大暮何堪動遠聞鶴唳啼殘湘浦月雁聲淒斷楚江雲人生斯世原同夢交到忘形不易分他日那流重聚語見君無分枉思君

輓吳浚英夫婦殉難詩

正氣人間少。鍾靈此地良。書生能報國。女子亦流芳。
義本生前重。名猶死後香。忠貞留片壤。攜手赴仙鄉。

感成

聞説催科自古難。累年民欠幾曾完。幸從富役揭封後。各路長差繳比單。

揭封一紙出衙堂。櫃上銀条日萬張。若使普天循此例。徧氓無復欠官糧。

憶從少小走江湖。此地民風自古無。聽得窮簷閒坐語。明年賣地早完租。

奉和袁松泉捕廉留別六章原韵

借得閒衙寄此身。虛懷如許見天真。清廉已種人間福。尚說恩施未及民。

翹首雲天歎七襄。年來民困幾曾忘。如何一舉思鄉念。便向長途束越裝。

人世升沉只任天。苦吟終日仿前賢。無端唱徹江淹

賦寂寞庭槐意悄然
屈指車停恰一年官衙刑靜不聞鞭應知夢醒三更
月却少寬聲到枕邊
江北江南幾官游不將民事等悠、更難擅得青囊
術多少奇方到處留
蘭種（重）芳春菊重秋今朝驪唱盡搔頭痴心惟祝庭前
樹領取他年造鳳樓
乙亥 國光大嫂輓詩

淒絕冰霜五十年。不堪回首問青天。鹿車早斷紅塵
鞦。鳥使催登碧海蓬。章有佳兒承似續。最憐孤女薦
羞籩。傷心一夢歸泉去。知否人間化紙錢。

丁丑端陽後一日宇臣三哥輓章

嗚呼噫嘻兮悲哉。人世之慘。莫慘於生離與死別。生
離千里猶相聞。死別一朝成永訣。況復棠棣詠聯枝。
言之何禁心中熱。少年英俊本超羣。挾策長安氣如
雲。十載未遂平生志。令人空憶李將軍。數奇當年歎

未休運逢蹇阨倍增愁到處烽煙捲地起可憐華屋
委山邱亂中說苦苦何補亂後逢甘甘愈苦哀鴻纔
賦集澤篇雁行痛折雲中羽所幸慈親壽且康庭前
弟姪樂洋洋相期相望終難已誰知一夢老黃梁婦
涕兒泣已堪悲況值高堂雨鬢絲昨日江干聞弔屈
今朝竟賦騎鯨詩騎鯨一去不復返聲容已杳德音
遠老母依閭時悵望猶疑今茲歸來晚歸晚歸早總
云歸無奈此時事全非生芻一束人何在寂寞空庭冷

夕暉

戊寅正月二十六悼亡詩

淒風淅瀝夜三更。歎息情緣了此生。萱室於今呼負負。

蘭閨無復喚卿卿。衣。猶。壁。挂。人。何。在。鏡。已。塵。封。淚。獨。

傾。泉路茫茫知遠近。不堪回首兒女喚娘聲。

輓湯老觀表兄

幾番搔首悵雲天。老去風流劇可憐。李白騎鯨悲此

日。令威化鶴在何年。感懷青眼誰知我。拋却紅塵即

是仙。只是一般泉路冷。聊將杯酒奠靈前。

輓王誠軒喪偶二律

消息何堪動遠聞。昔曾憐我今憐君。廿年甘苦同心歷。一旦存亡兩地分。兒女牽衣悲永夕。英雄搔首悵斜曛。胷中怨氣分明在。結作陽台片片雲。

未卜來生歎此生。凄涼滿目不勝情。落花已自沉流水。長夜那堪坐短檠。似不能炊翻入夢。盆雖欲鼓豈成聲。傷心更有南來雁。繞樹悲悽鎮日鳴。

感懷

喜功好大皆吾短。惟口啟羞更可嗔。一事無成今已矣。閑門從此作閒人。

登山涉水路頻差。廿載奔馳感歲華。報道一声遊興足。先生今日始還家。

戲題

早起清晨對鏡台。幾番粧罷笑顏開。依聲俏語將郎問。看看女兒我就來。

口占

中舉新腔信口開，劉郎自是奪魁才。今朝飯後將兒問，到得何時喚餅來。

即事

年年作嫁爲人忙，賸得清風兩袖香。可笑山妻不解事，故教兒女索衣裳。

題美人撫琴圖

芭蕉院宇夜深沉，獨坐無聊理素琴。幾度凝神彈不

得怕人知道曲中心

哭女詞　六月初九日天明作

十二年來作女兒，於今短命竟何之。傷心幾點慈親淚，拋向黃泉知不知。

自從生小受單寒，十二年來境遇難。幾件破衣燒與汝，隣人看見也心酸。

人家養女說恩情，我說恩情淚便傾。十二年間多少事，一錢遂意爾何曾。

、

去冬雨妳制新衫。屢向爺前說愛偏。許與今秋。替。裁。剪
一經。回首。一。潛。然。
去春尔母賦遊仙。尔在床前淚不乾。今日。相。逢。期。不
遠。可知。地。下。問。娘。安。
生成弱質裊秋烟。刼火燒心更可憐。數日。號。呼。知。不
起。臨危。強。自。索。衣。穿。
爾母形容留此爾身。幾番見爾淚沾巾。誰知。依。樣。歸。黃
土。悽絕。秋。風。泣。鬼。憐。

庚辰

老婦輓章

八十年來福壽仙，一朝撒手赴黃泉。瑶池宴正開王母，婺女星真落九天。繞膝蘭香想暮雨，當頭月色鎖秋烟。傷心更有衰翁在，白髮蒼蒼化紙錢。

奉和劉晋源先生原韵

年來負質抱慚多，借得丹鉛暫切磋。敢以紅塵稱小隱，翻勞白雪贈長歌。詩能脫俗山同壽，交到忘情水不波。一曲雲璈遲晚報，知君西望悵如何。

隣人喪母為作輓章

哀哀兒之母。生兒何勞瘁。菽水未盡歡。遽下終天淚。靡瞻復靡依。傷心抑何最。仰視天蒼蒼。此生良獨愧。

哭外甥陳廣禄詩 四月十七日作

福延四世慶同堂。底事於今竟渺茫。天上星沉光已斂。人間玉碎悵難忘。最憐白髮雙親老。可歎青春一夢長。我是深源曾賞識。遙將清淚滴韓康。

江定遠輓章 八月廿一日

少年英氣邁尋常。底事於今竟渺茫。劍化延津神已散。星沉碧海恨難量。最憐白髮如絲色。堪歎青春等隙光。兄弟雙雙同出嗣。晨昏誰與慰高堂。

送董縣母殯因成一絶

營葬當年陋請庚。衣冠濟楚送行旌。滿城旗纛風光甚。祇少哀傷一段情。

馬嵬驛

一路塵初起。三郎手易揮。不隨金粟葬。先放玉環歸。

飛燕妝成何在牽牛願已違今宵梨樹冷當日海棠
肥剩馥沾羅襪餘腔記羽衣琵琶停賀老觱篥泣張
徽鸚鵡經難誦鴛鴦夢竟非那堪將此恨地下訴梅妃
奪盡三千寵招來百萬兵駕憑龍武護曲到馬嵬驚
帛亦君王賜墳無姊妹爭門楣成永恨殿閣負長生
杳杳花真睡微微酒尚醒魂隨雲棧歸路淚入雨鈴聲
玉笛留新譜金釵記舊盟情緣如未斷只合問蓬瀛
不去思賢相翻來罪美人九齡如在位四紀詎蒙塵

徒掩多情面難全薄命身帝妃方對泣將士正生嗔
枉說明駝發誰將野鹿馴北門空幸蜀南內怎歸秦
親見殘金雀虛傳返玉真可憐傾國貌報主勝張均
君恩原太重妾罪固當誅但得安宸駕何容惜賤軀
將軍心鐵石主上淚珍珠委地鈿應碎朝天粉尚腴
恨深精衛海情愧莫愁湖詩不題狂客歌難度念奴
空傳生女貴翻恨洗兒誣驛畔殘香在春風化綠蕪

乙酉十月初三日赴郡辦粧奩道中遇雪

天公有意阻行塵。一路雪花撲滿身。莫怪為人作嫁苦。自家兒女也傷勞神。

初八日船中偶成

鎮日溪濱操夜舟。清風裊裊水悠悠。回時到比來時好。漸覺隨心在後頭。

戲贈張小先生 以婦待年夫家故云

歸家探母意欣然。朝夕堂前學問安。料得意中人不遠。見時容易話時難。

歸家探母趁天晴。姑負書齋數日功。莫道此番無進益。日中添得許多情。

丙戌三月王老念輓章

搔首遙天鬢未蒼。那堪一夢老黃粱。無端神劍藏秋水。有數名山隱夕陽。悽絶塤篪聲欲斷。孤零兒女淚成行。平生雅量稱難得。局到終時也自傷。

秋日遣子赴考

老父年衰母欠安。行囊羞澀客衣單。此番應考非容易。要爾文章中試官。

寄衣鞋去又成一首

淒涼旅館怕寒侵。衣履交來一色新。寄語阿兒休誇耀。秀才爭的是頭衿。

哭偉臣五弟詩

人誰無弟兄。惟爾最相親。少年重義氣。老來情愈敦。數日不相見。寂寞獨愴神。一聚不忍離。彼此見性真。誰知大數到。疾病染其身。醫藥竟無效。淹然命歸陰。

知無百年聚，如何中道分。有事向誰議，有語共誰云。
我亦憐遲暮，生死安足論。回意手足情，感慨抑何深。
一洒靈前淚，九泉知我心。

訓子八章

有田三百畝，遺汝歲〻耕。年豐衣食足，歲歉腹可充。
國稞究宜早，食毛恩非輕。親隣關休戚，斟酌分斗升。
有屋十餘間，遺汝蔽風雨。閉户好讀書，出門傷行旅。
野草歲歲收，莫待漏時補。樓臺豈不高，阿房成焦土。

有書數百卷遺汝細發明大旨當先領節目次第評
不徒矜呫嗶所貴在躬行深之能希聖淺之可立名
有文百餘篇遺汝細參詳層折貴分晰神味雋且長
平原好馳馬歸轡宜收繮雲霞能耀彩堆垛亦無光
吾家重孝弟高曾遺謀遠椿萱少承歡角弓嗟偏反
所行多過差抱恨徒扼腕幸汝少壯時勉力猶未晚
吾家宗嗣弱骨肉只數人長姪方生子兒今初完婚
四弟子尚幼三弟少替身悠悠百年事望汝知我心

人生喜男兒女子不可必兒多能服勞女多亦娛老
親戚往來歡疾病問視早望汝體此意恩愛同溫飽
人生尚意氣動輒明腑臟事非關忠孝身敗名亦喪
聖賢重謙和君子明退讓望汝體此意無譽亦無謗
道憲委員余同城內紳董到集放賑感成一律
奉贈
扁舟迢遞水程〻傳語諸公駐晚旌知有飢寒垂盛
意愧無涓滴報高情萬家冷灶從今熱一路福星徹

夜明此去勞君憑上達。窮簷仍自望恩傾。

秦雨蒼父台遷官阜邑粗成二律奉賀

久聞賑撫太勞心。一見公然拜德音。慰我渴懷增百戶。知公慨諾重千金。事當援手財何吝。人到多情意自深。如此恩施非易得。歸來銘感到如今。

由來名士本輕財。遴選法原以此開。所幸一官酧素志。轉嬿百里歷長材。雲泥分隔空相盼。飢溺情深難再來。知道各鄉皆赤子。定勞霖雨廣栽培。

本學桂師尊幫辦賑撫恭呈一絕

鄉居日丶學親耕。足跡從來未入城。只為災隣須請命。故教兩次見先生。

附[illegible]雨蒼父台和句

千里交遊同此心。撫琴流水遇知音。天蘄荆谷猶藏璞。我望平原思鑄金。大樹干霄風雨撼。靈根託地水雲深。汪洋萬頃喻黃憲。匡濟功名道在今。

聞河道歐陽某罷職赴省舟過賴上感而有作

紛〻河吏放船過。誰向東流挽逝波。禹鑿龍門垂烈
遠。漢沈白馬費財多。天心有定原難卜。人壽徒延更
幾何。知否江南仍在困。哀鴻滿地淚滂沱。

旅間有事因起夜不能安枕寢率成四句

日飱誠快哉。夜宿良苦矣。可笑似春蠶。三眠又三起。

感成

蒼〻一様黎與蒸。何事紛拏欲角能。守正自宜剛似
玉。履平應怯薄如冰。藏同霧豹形難覓。養到木雞氣

不矜。江漢無邊風浪險。仙槎千載幾人乘。

偶成

知己設心少。兒童孰解詮。攤書終日坐。空結古人緣。

考試在城感而有作

五十光陰轉瞬過。近來風景竟如何。黄河頻决親少。朋
白晝無聊瞌睡多。年老不堪妻對鏡。家貧轉怕子登
科。人生到此成何用。說與旁觀替揣摹。

辛卯二月二十八哭幼子三十二韵

憶兒初生時。嬉笑如舊好。我亦倍增憐。視之等珍寶。
席擬鬧湯餅。衣為製文保。黄河三年久。相依頗娱老。
寒暑歲迭更。學步離懷早。屢喚輙不應。偷笑逞童狡。
容貌雖不佳。眉目亦云姣。性格雖未定。未嘗干親惱。
從小望成立。時時暗中禱。期兒知愛父。寢食侍昏曉。
期兒知愛母。依依膝前繞。期兒知愛兄。忍讓分梨棗。
期兒知愛姪。扶持相為保。果然性不駁。一一皆就道。
誰知一夜風。吹折枝頭鳥。質本非曇花。一現何遽摽。

說是前世因。茫々歸大造。說是今世冤。其亦常自考。
脫畧固然多。警惕亦不少。家居二十年。名利值萬草。
只有骨親肉。惴々關懷抱。高明鬼所瞰。衾影魔常擾。
禍福行所伏。未輕(敢)心掉。不有孽中孽。時命抑何拗。剗
我心頭肉。碎我額中腦。兒去知何歸。曠野鬼(作)小。泉下
母亦多。知否察溫飽。我年幾六十。衰頹形已槁。際此
晚景差。餘生將安了。同是父母心。爾母倍愁愀。生兒
只一人。朝夕肝腸攪。哭兒々不見。此恨殊渺々。

七月初五葉恒齋送葡萄因成三絶以答謝

小〻葡萄似荔枝。紅塵一騎我先知。明春有種須移
寄。省得年〻動遠思。

惠我葡萄厚意敦。幾番嘗罷悄無言。箇中深味君知
否。物到甜時不久存。

葡萄初結味何苦。未熟葡萄味尚酸。世味從頭嘗一
遍。須知物到老來甜。

西瓜一担送與葉恒齋以答前日贈茶之厚意

也得詩二首

前日送茶來。今日送瓜去。茶瓜雖異品。解渴同一助。

夏日正食瓜。殷勤投時好。薄物豈足珍。聊以循施報。

辛卯年七月二十四日得一次孫喜成二律

鵲噪殷勤繞碧梧。報來雛鳳又生雛。壎篪合奏聽纔好。梨東分甘興不孤。把酒狂思留客醉。看花更喜有人扶。桑榆景過休嫌暮。朵朵朱霞照晚途。

一番湯餅一歡呼。雛鳳今生第二雛。雁序自然前世

定⿱夂金繁莫慮此生孤慚無美德清白惟望私情效烏
烏老筆一枝真有興年來寫慣抱孫圖

壬辰哭師五言俚句一章非敢言詩長歌以代
哭云爾

東南有名師相離三百里家住鳳陽城鳳兮師所似
學業邁時賢品詣稱樂只先子慕芳型敬請訓經史
受
小子受恩深講畫窮口指大匠重奇材不忍棄棘枳
良庖蓄佳珍亦復收葑菲瓣香奉多年烽烟驚四起

回首講堂空。伊人歸桑梓。大地遍生榛。南北無靜址。
潁水去復還。重聚天使所。無奈亂初生。奔馳仍靡底。有
有時海不波。朝夕相依倚。驀地烟飛塵。匆遽謀遷旋。
窮城臥不安。出柙驚虎兕。彩鳳下梧岡。弱燕傾巢壘。
從此各一天。無復依杖履。亂極治自生。循環歸一理。
再登夫子堂。重聆絳帳旨。世界一番新。滿門燦桃李。
望我眼垂青。期我腰圍紫。誰知櫪下駒。不堪任鞭捶。
三戰輒三北。九天歸鎩羽。駑駘已自慚。豚犬何足齒。

從新事雕坊，小草沾化雨。只因霞歸舟，未免傷行旅。
先生归里舟覆峡山口幾遭不測
閑門謝從遊，多年不復出。遥遥夢魂通，渺渺音書阻。
傳聞開正師欲北上
黄水漲三年，春風虛幾許。歲暮獲佳音，病中聞之喜。
天變忽一時，疾雷倏及耳。哀哉一封書，哲人萎泗水。
葉凋淵底松，香鎖谷口芷。悠悠四十年，高山徒仰止。
年内留書一封未發病故以一並寄来
檢點舊琴書，珍重留一紙。上言説交情，下言勉終始。
生前望已虚，身後報何以。茫茫事全非，哀哀痛難已。
如此負門墻，撫躬良愧死。翹首望雲天，西方嗟彼美。

低頭拜靈光東山迷烟沚欷歔復欷歔默默誰與語
惟願祝來生重修北面禮

長歌未已餘哀猶存復成七律二首豈好贅哉
亦以見吾之於師實有不能忘情者在耳

忝列門墻歷半生一朝信到我心驚情深未了師生
願力薄難伸哀慕誠儘有詩書傳奕禩尚多桃李望
栽成傷心兀自登仙去太息清風兩袖輕

記得歸時泛別舟光陰轉瞬幾經秋青燈有味留真

賞白水無情阻舟遊（師因舟發不出）老去文思知未減年來詩稿付誰收薪憂在抱難奔赴姑負深恩枉淚流

奉和泗水馬少波先生七律四首

人間樂事知幾何難得良朋共切磋百里來遊忘路遠半生虛度抱慚多晰疑應許書同解考古還期字訂訛羨殺文星親拜見老僧祇知夢東坡

休分盧後並王前斗酒公然賦百篇閱世唾壺憑擊碎著書鐵硯想磨穿漫嫌身困先生饌終許名傳學士

磚。知否。離家。曾幾。日。月光。已負。一回圓。

平生遭際盡窮途。偷得閑身學退居。已把升沉聽時命。那堪尋訪到江湖。知君高義能親友。惠我無私更借書。寄語門墻賢弟子。得師休負誤工夫。

小飲匆匆遽復還。謙謙何事説荆韓。人從波處交方久。詩到佳時和亦難。儘有私情深企慕。敢勞厚意慰平安。知音愧我非儔侶。不惜瑤琴一再彈。

又六月二十五日夜丑時喜得一少子喜而有作

奎壁聯輝夜正南。今宵端喜又生男。年將花甲情何愜。味似蔗梢嚼亦甘。酣醺料應來路遠。餘歡且付世人參。私心偷向諸孫笑。偏愛須知老更諳。

廿年囘首憶添丁。湯餅筵開喜不勝。花放連枝看更好。珠矜晚得愛彌增。恩聯橋梓原非偶。景慰桑榆信有徵。知否阿娘情倍切。平安默祝日兢兢。

嘅成

不羨名流不羨仙。光陰老去感華顛。寬含海滿憑誰

謹將常凝章三代年貌履歷及孝廉方正之實蹟開呈

鑒核

一三代年貌履歷

曾祖父獻廷 曾祖母馬氏 均殁　祖父統一 祖母馬氏 均殁　父國佐殁 母劉氏存

本身凝 現年三十五歲

一年貌履歷

於光緒十八年蒙 前學憲吳歲試考取第十名入泮於光緒二十四年蒙 前學憲徐歲試考取一等第一名補廩於光緒三十三年在皖省賑捐局報捐十成貢生又在本局報捐同知職銜掣發賑字第壹千零伍拾捌 壹千零伍拾玖號正實收各一紙

一孝之實蹟凝幼失恃童年即知哀毀繼母朱氏來歸事如生母毫無間言其外祖朱鳳鳴係阜邑孝廉入祀鄉賢著有文集凝每誦之贊嘆不置服膺終身凝父

故歲貢生國佐道學名世晚年無心仕進望子成立恒以格言為訓凝即能奮志

芸窗採芹食餼研究理學踐履克端以承父志父晚年曾患痺疾卧床數載

凝遍求名醫親奉湯藥始終弗懈及父殁哀毀骨立泣血經年純孝之寔有可見者也

（前母馬氏殉難凝請旌勅建牌坊以彰先烈）

一廉之實蹟凝學業精純安貧樂道羣來就學惟知熱心教育不計脩脯父殁時

親族每多資助意在周濟事後俱皆措還常氏家乘載有助考助科之條凝每

進考科親族餽贐一概不受前歲蒙邑侯擧充縣視學議有薪金不支分文著在

報銷闔邑週知此廉之寔有可見者也

一方之實蹟凝性沉謹家居無事從無閒遊濫交之事即辦公在城飯館酒肆浴塘

寺院亦不妄入與朋儕相處意見偶有不合即謙退自責不欲顯為計較然理

之所在終不苟狥乎素疾惡如仇不同流俗不合污世究能敬以直内義以方外咸欽其不惡而嚴鄉居宴會向有歡酒戲烟陋俗而凝不烟不酒嗜好全無此方之寔有可見者也

一正之實蹟

常氏為潁上望族族中不少紛爭有來前者務以情理排解毫無偏袒激烈之處科舉未停以前每逢考試凝有保人之責往往有賄保槍冒等弊鑽營之輩從不敢使知聞鄉間有癖好禮佛誦經之事凝常婉勸柔喻以解其惑凝前歲偶被盜盜為僕眾所獲羣欲撲毆送官究治凝出視為鄰里喻令改悔笑而遣之自應世以來從未與人爭訟藍前憲在任曾上書条陳潁邑利弊合邑欽佩仰間常閉門家居經年足跡不履城市而齷齪輩或偶遇之皆紛紛避去恐凝知其不端愧無自容奉派勸學常川住所非公事不敢輕入署内如有請託婉言辭去此正之實有可見者也

不敢使知聞、鄉閭有辭、
盗盗爲僕衆所
應世以來、從未
閑門家居、
無自容、矣

訴。遇積山高祇自憐。有子未能深息之。生孫轉恐誤

翩翩。傷心四十年來事。一死何堪到九泉。

古體一章、為江搏九畜馬金波老夫子贈畫竹

數幅而作有序

少波先生泗水名宿也館於舍親吳惠卿家大

子維鐸幸得侍門墻承指教焉一日先生自家

回學寄贈墨竹數幅係　金波老夫子筆意啟視

之瀟洒淋漓逸趣横生絶技也因成俚句一章

録呈座右非敢言詩亦聊以奋意云爾

先生雨世皆天才　絳帳輕綃次第開　風雲獨擅荊關技　桃李全憑鯉手裁　老翁下筆如寫生　寸心結構倍經營　有時奔放從心意　難得文無一筆平　歷年嗜好原非病偶　箇中甘苦知之久　下風頗有愛劍心　欲言未言難啟口　忽然師自家鄉回　贈我修竹帋上栽　急開寶篋拜君賜　滿庭風雨一齊來　吁嗟竹出老翁手　竹與老翁長不朽　世間微物最堪珍　名因人傳十八九

當時若無衛武公淇澳猗〻今知否我愛此贈倍情深懸知同座上箴從古賢豪高亮節自來名士貴虛心只恐異日得相見俗未曾醫愧難禁

鳳臺庠生岳折五女吾邑王肆齋子婦也年甫及笄將議婚娶肄子忽染病身死訃音至伊父瞞不使知後數年其母死病中語有洩漏死無宿日女知之矢志殉伊父愛女情切曉譬百端乃曰父不欲兒死兒赴壻家換孝代奉翁姑可

乎父曰可女乃喜因報知翁家翁以女紉幼自身多病恐朝夕在目多感傷堅執不允往返再四翁重違其意乃曰俟次子生孫然後來議幾兩月始決女猶疑其父之誑己也乃來聞吞烟死焉吁亦烈矣哉因成俚句一章以輓之

靈山有木號女貞毓秀鍾奇天所成精氣千年常不朽一朝散作金閨英閨英本是岳姓女生長名門花解語阿婿王郎更不凡阿翁求婦阿爺許兩家從此

且

聯姻好。孩提。分。作。貴掌中。寶。男精。書。史。馳。聲。多。女嫻。閨。
訓。知。名。早。檀郎輾轉逐芳年。天上。樓成。詔。下。傳。磴磴。
白。璧。碎。無。語。梟々。紅。絲。空。自。牽。漫將此恨訴月老。生
死輪迴難遽曉。冰絃。忽。斷。調。本。傷。寶鏡。重。圓。事。豈。少。
無奈返魂嘆無香。名報花與何金忍閨自主張。果然。大。義。明。晰。
愿守。夫。孝。奉。姑。嫜。幾度報親々不喜。名花。何。忍。逐。流。
水。傷。心。烏。哺。痛。連。宵。珍重。蛾。眉。憑。一。死。々生一定重
陶嬰。慕義紛々為請旌。香魂。已。補。生。恨。冰骨。仍。傳。死。

後名名傳名沒兩無知王碎珠聯信有之我奉數言
聊作引千秋人指墓前碑
補癸己年俚句示予中有重韵未得删改因訓
予情迫意之所至筆即隨之非敢以示人也
吾年將花甲上下餘九齒終日只困坐默默念終始
少年不自奮聰明所誤使亂離不自慎幾被兵燹死蹉
跎忽數年乃得安汝止功名雖小就視之等敝屣惟
覺一片心尚未失赤子因思歲曾月增從新研經史

巍榜望高登。勳名冀後起。詎以貴自矜。顯揚親所喜。
衾影日以照。廉隅時以砥。豈以賢自詡。名教重踐履。
所以二十年。關屢戰人鬼。至今仍故我。何以慰來許。
親友分將疏。骨肉情漸徙。時時抱隱憂。愧無德相庇。
氣衰志易灰。力竭心未已。此生雖已過。殷勤望吾子。
勿謂年尚輕。古人惜寸晷。勿謂學難精。眼前皆明理。
勿謂家不康。大聖飲疏水。勿謂名難成。梁公魁多士。
君子重懷刑。儒生貴知恥。埋頭理詩書。折節下閭里。

德為福之基，驕乃禍所止。實學方為珍，虛何足名恃。非我言諄諄，傷心吾老矣。

甲午 夏日偶成

吾有二小孫，一讀一能走。朝夕常側在，笑啼百般有。瓜菓到門前，爺字不離口。人生獲此樂，何須名不朽。

少子方三歲，言語未分明。索抱常依母，聞聲知甚兄。我亦最憐愛，呼之常不譍。出門離數日，歸來便相迎。招手即入懷，頃刻又變更。此中是何意，我亦解不清。

六叔父輓詞

哀哉六叔父。永訣四十年。被時同在郡。訃音自遠傳。諸父聚相泣。戚亦淚漣漣。歸來二弟幼。孀母化紙錢。誰知當亂離。孀母復淹然。草草營殯殮。貧困難圖全。至今子若孫。瓜瓞慶綿綿。報與叔孀知。香烟百世延。

瑶章母輓詞

人生最喜白頭吟。不到白頭飲恨深。拋子未能隨。凤願有夫難與保初心。人間厚福欣同享。地下寒霜怯

獨侵陽世今朝重盼望恩勤一例感禁難

補容夏馬金波先生贈畫一幅因成俚句奉謝

贈我畫索我詩先生來意我先知愧我本無生花筆難上騷壇樹鼓旗輾轉籌度終自怯手格不下空撚髭既無佳句驚元白又乏素縑酬畫師人生因應無一能坐死書城亦何為既自愧還自思不如因題請翻作轉求先生筆一枝不須歌不須詞只要廬山真面目自寫自畫自為之定卜雞林誇紙貴豈徒蠅點、

落屏奇。即使吳楓江能冷。謝草已生春滿池。繪色繪
聲兼繪景。千秋一樣兩無疑。旁觀問我究何説。先生
畫中自有詩。

丙申九月二十四日哭四妹俚句三十六韻

哀哉吾妹。小我二歲。幼字名門。濟陽華裔。于歸
二十喪壻。翁姑哀傷。相繼下世。上有寡嫂。姊妹同系。
幼姪孤女。珠玉並碎。一門痛絶。天乎。何罪。姊御妹傷。
妹為姊泣。終日愁慘。毫無生趣。逃亂十年。冰霜共誓。

幸際蕭清。得遂歸計。奉祀無人。長房入繼。子複生孫。
靄然孝弟。先意承歡。始終罔替。年屆六旬。恩旌下逮。
成之者天。榮之者帝。玉潔松堅。當之無愧。時歸母家。
骨肉相聚。動經數月。子孫來侍。諭以速歸。各安厥事。
舅氏舅母。幸不薄棄。思舅即來。思兒即去。如此暢遂。
古稀可企。哀哉疾生。二豎為厲。自今春初。延至秋季。
時重時輕。醫藥罔濟。憐我相隔。來去不易。夏日往省。
形骸憔悴。為住數日。堅留莫還。我亦心驚。尚覺無慮。

歸家一月。遣使再至。誰知訃到。先我而逝。嗚呼。吾妹沒矣。我將何奠。粥未為煮。斂空為涖。生無以安。死無以慰。嗚呼哀哉。長此戚戚。

又七律一首

苦絕冰心四十年。一經回首一潸然。爺娘早逝恩難捨。昆季遲來粥未煎。幸邀榮旌頒紫禁。誰書貞石慰黃泉。可憐無限傷心淚。拋向靈盆併作煙。

補丁酉年弔湯耕禮五言俚句一首

少小聯交誼情懷老更堅。未聞身有疾。如何竟長眠。

石爛海欲涸。天傾月不圓。我來空洒淚。何以慰黃泉。

戊戌八月初二日輓香谷親家七律二首

一縷癡情痛不休。半天霞彩忽然收。交成莫逆饒青眼。人到難分是白頭。鍾子既亡琴可碎。延陵已去帶空留。傷心六十成虛度。悔不時時共唱酬。

總角論交誼豈輕。況兼姻戚兩心傾。如何一面悲長往。竟使同聲痛老成。君赴帝庭應有詔。我留塵世復

何榮壯懷銷盡情未盡知否來生尚此生

十二月初十渦陽飢民作亂遷城四日得詩一首

離家十里路非遥枕上平安已四宵可惜黃梁熟太早夢中佳貺未全邀

贈李孝舉絕句二首

人生最喜是良緣萬事閨門起化先試把韶華輪指算月光姑負幾多圓

爭春百卉亦奇觀。到底梅花耐歲寒。自古達人知此
意。朝〻移向案頭看。

除夕律詩三首

爆竹連聲歲漸新。運逢艱厄亦前因。功名未就虧先
德。田産無多愧後人。親友難逢閉（開）口笑。妻孥常作縐
眉嗔。天涯久已西風冷。不嚼寒冰尚說春。右神主前

守歲家〻坐五更。男兒頭上是神明。一年愆謬層層
記。半月燐烟刻〻驚。人事無難甘淡泊。天心仍自望

裁成。盈虛悟徹循環理。愧向人前說不平。右天地前

冷灶年々坐不移。人間善惡總能知。天宮入奏多寬恕。下界重臨費護持。毋主一家公主我。賞應多喜罰應悲。明年準擬香烟盛。莫怨黃羊報德遲。右竈神前

請王肆齋未至感成二絕

老去歡場不易開。借端相聚且徘徊。自從遣使出門後。昨日今朝望幾回。

望美人兮不見來。手持樽酒口難開。多情更有延陵

季。一樣相思慰老懷。

臨終遺囑一律

生死輪迴莫遽嗔。誰從真宰問源因。招魂數數堪依禮。致客紛紛豈孝親。三寸桐棺須聽我。數弓園地可埋人。讀書曾記謙和好。說與兒孫望永遵。

廩貢生孝廉方正同知銜常公諱凝章字子成遺稿

藏拙小草

冬日贈别李松泉教習

踏遍雪泥去復還。擔簦何幸近名山。幾回欲向階前
立。未識程門闕不闕。
容舍生寒卷懶開。連朝雨雪惹愁懷。搴簾忽訝先生
入。轉覺春風送暖來。
圍炉親教火添紅。經濟文章抵掌中。猶恐此身墻外
立。真傳未許啟愚蒙。
十日歸期早束裝。詩書十卷壯行囊。長途相贈無多别

物。愧殺人情紙半張。

賀李教習原韻八絕

無端平地起風波。艷質經霜惹恨多。狡兔不知何處
去。可憐誰惜雉罹羅。
館娃慣住水雲隈。都係青樓海上回。人自承恩妾被
禍。捧心轉覺費疑猜。
一羣胥役似鯨吞。蘭蕙摧殘欲斷魂。兩頰紅飛偏帶
痛。教人不忍拭啼痕。

女史題名仿陛墀。好花開放正宜時。枝頭自有金鈴繫。羨殺多情早護持。（以逃去之妓称名狀元故云）

紛紛雨雪北風寒。繫罷堂前怯袖單。未獲霞盃光照瀲。愁腸百折似洄瀾。

生成薄命有誰親。艷說多情總未真。空愚〔遇〕舊交京兆尹。一旁袖手為何因。

雙雙畫舸泛征程。領畧官刑便促行。若使普天循此例。教儂何處寄餘生。

頻年燕趙暫為家半世生涯半水涯願得有情聯眷屬莫教花卸誤芳華

步邑侯耆公移篆原韻

政簡刑清六七年琴堂遺愛口碑傳官閒卧閣常憂國民困宿廬代乞天捧檄自應添別恨咏懷原不為身憐狂瀾此後終能挽穩渡平川莫繫船

臈鼓催殘易舊年政成瓜代檄先傳千秋冰鑑留新碣一路福星耀遠天入幕賓僚難遽別攀轅士女見

應憐囊空薄宦無多物南浦月明載滿船

賀劉傑臣續絃二絕

路記藍橋去復囬尋仙得意上天台桃花解語迎風
笑前度劉郎今又來

温柔鄉裏樂彌真錦帳春濃笑語親又到迷津須緩
渡阿儂不是過來人

陳華亭祖母江太孺人輓詞

美繼栢舟早共論驚聞永訣賦招魂當年已恨傷宗

予。晚景何堪痛長孫。德勵慈躬人自壽。榮邀天語品彌尊。由來骨肉恩難舍。血染麻衣拭淚痕。

哭張肅亭

哀哉肅亭。舍我獨逝。數雖由天。情終難釋。憶吾二人。初通聲氣。臭味無差。性情相契。晤時談心。通宵不寐。尚論古人。盱衡當代。重者綱常。慕者節義。由淺入深。遂成莫逆。君任城垣。我居里第。數日睽違。渴思莫慰。一日見君。歡喜無既。白首相期。傾蓋如故。詎料天災。

遍傳時疫。君竟染身。二豎為厲。熱火中燒。飲食鮮進。
我尚未知。忽驚寄信。急往見君。病加小愈。強坐床褥。
垂々欲泣。勸慰多端。囑以莫懼。別後三日。胡復轉劇。
目瞪口澁。淹々辭世。阿弟來言。如聞霹靂。身冷如冰。
血熱成淚。即日哭臨。交情誰訴。家事清寒。棺衾粗具。
堂上親衰。膝前子幼。觸目心傷。筆難罄述。憶君生平。
天性渾厚。廉介之操。雍容之度。泛愛羣倫。嚴分涇渭。
學業甚深。命蹇不遇。授室重傷。斷絃未續。硯田舌耕。

僅足自給。有兄雖才。室家多累。此後事畜更難為繼。兩袖清風。魂歸何處。蒼蒼者天。茫茫者地。呼之不應。返之無術。數載垂青。幸蒙不棄。鍾子云亡。知音誰屬。易簀有言。未獲親叙。缺禮蒙愆。心長戚戚。下筆懷書。繼之以涕。惟願來生。再聯交誼。

步朱飛仙廣文見贈原韻

夙仰清才肖惠連。重瞻手翰倍欣然。函通戚誼添新契。恩湖師承感。昔年。千里懷鄉情更切。一行作吏政先

傳精神矍鑠文章老無病爭誇健是仙

風流儒雅迥起羣學務躬親更習勤蒙養端資經與史

官閒愛着屐兼裙題詩無敵洵推聖畫石通靈欲作

雲帳望舊姻千里隔西窗何日共論文

戲贈江子文表允治遊四絕

浪擲金千買笑歌是翁矍鑠樂如何漫矜風月多經

歷未及朱顏歷更多

一舸西施任水鄉白髮頭人作採花郎鴛鴦帳裏魂銷

彀銀樣臘鎗試莫狂

紛紛蝶醉與蜂痴花塢春濃正及時笑指渡頭添畫

槁枯楊合抱海棠枝

一夜風情正興濃頻嘗香嘸樂融融淩朝起視霜髭

上新染胭脂數点紅

步邑候宋公胥河留別詩原韻

癸黎幸遇再生緣公至同歌大有年政績觀成徵

發粟恩膏普及若流泉暫權邑篆勞興學世守官箴

不受錢萬頃狂瀾思力挽一帆獨泛米家船
省檄特頒早品題　君來萬姓祝篝蹄廣平世澤承
先代仲父長才識舊棲法木森嚴鋤巨蠹冰壺鑒澈
透靈犀賓筵頻問民間事怕听哀鴻野尚啼
故衙遭劫久成墟暫借居停且下車自此榮遷瞻黼
陛非同幻夢感華胥風雲際會鳴皋鶴雷雨經綸得
水魚更有清班堪佐理望中物色識賢書
簿書鞅掌豈嫌煩未許胥徒忘妄進言比戶歡呼齊

頌德訟庭閒寂鮮鳴冤羣驚宦業超劉李儘有詩才
歷白元料得胥河匹代日士民遮道盡攀轅
眠遲每聽漏聲過務諸務躬親瘁若何勸學欣瞻添
舍宇求賢肯屈赴巖阿榮旌暫任棠遮道好雨時來
麥滿坡莫惜牛刀今小試居然下邑譜弦歌
知公吏治效文翁宦跡西東類轉蓬握篆一朝驚
鬼蜮移家千里託鱗鴻轍中鮒涸逢甘澤天際鵬摶
遇順風恨殺書生無遠畧琴堂獻策愧從戎

步邑侯宋公贈别原韻

生佛千家思鑄金。感恩未報歎微忱。才優自許稱循吏。賑濟先勞救苦黔。弭盜畧思齊相法。課桑猶見武侯心。清風兩袖薇垣去。樂只頻聽野外吟。

蓬丶棫樸植根株。廣厦宏開巨手扶。科學自許應遵憲法。英才還望勵通儒。湘江遺韻思前哲。瀨水澆風變故吾。四野絃歌聽漸遠。牛刀小試轉長吟吁。

汝南宦業繼歐蘇。政簡刑清爽道呼。工藝勸開剛設

塲學區詳報許披圖。罪疑不厭三年反。識遠兼收一
得愚。此去知公能上達。楓庭獻（策）定訏謨。
歸去身如不繫船。臨歧父老悵離筵。愁看驛路榮旌
遠。且聽薇墀紫詔宣。汲黯政聲光簡冊。馮驩高誼薄
雲天。士林贈別無多物。朗誦碑詞説宰賢。

留別邑侯宋公四律有序

南翁父台大人皖省循吏也為宰斯邑兩次下車地
方善政次第興舉惜歷時無幾而未盡其才吾人不

無借寇之思奈格於勢而難留因成俚句以誌繾綣

工拙所不計也録呈　憲鑒即祈　斧和

驚聞雷掣信先傳。留寇難期借一年。三月勞心承舊績。萬家受賜感前緣。别來未久情偏重。聚日無多恨易牽。匪指榮旌歸遠道。窮簷猶自望回旋。

曾記琴堂再會時。殷殷問慰寓精思。學區多寡勞擘畫。財政盈虧賴主持。鳥革翬飛籌校舍。鼠牙雀角戒人師。如何吏治齊稱善。竟使恩旌向别移。

氷壺獨抱奮精神。圖治難爲自在身。力闢公田興實業。特開善局救冤民。樗蒲獲罪憑金贖。鬻粟緝私慣夜巡。共説各鄉多伏莽。聞風斂跡是何因。

漫將重櫂詡胥河。賴上業〻蒙恩兩度過。聯語方欣成讖語。絃歌怕聽易驪歌。飛鴻寄跡留真賞。棲鳳無緣喚奈何。我是疎狂孤癖者。特邀青盼感情多。

岳母吴老宜人輓章

撤罷慈幃廠素幃。一天風冷色凄其。魂歸瑶島神先

歛春返陽關夢不知有子思親空券食諸孫失愛痛
合貽傷心最是靈前女再到萱堂問事誰

為吳若僑代作淩孺人輓詞

慈幃風冷不勝悲甥館重來淚暗垂廿載空恩邀寵極
此生難望報恩私尚留顧命情靡盡本恨未臨喪哭
已遲阿女痛親心倍切憑棺飲泣說兒時

伯母江孺人靈前輓詞

八十年來歷苦辛瑤池宴赴早歸神鹿車鞠斷悲疇

昔。燕翼恩深啟後人。壽永偏憐先喪子。葬遲却喜尚依親。一生慈惠知無限。垂老含飴愛最真。

陳孝子保昌誄詞

賴上民風自古淳。忠貞節義見來頻。誰知。更。有。庸。行。子。與論。交。推。極。頂。人。

太丘世胄事堪誇論。善冠百行仰德門。片念只知心守赤。斯人已足表乾坤。

少年英睿邁羣倫。恪守家風見性真。生恐一行多負谷。九原不克慰嚴親。
椿庭風冷人但聲寂。萱室日高春晝長。廿載承歡〻
未已。一腔隱痛觸哀腸。
慈幃暫別囑歸期。客舍勾留未敢遲。自古達人知此
意。倚門景況不堪思。
每懷寸草與春暉。菽水雞豚事〻微。深信泥山垂至
訓。平生養志總無違。
失怙多年暗自悲。沈衾涕泣有誰知。養生痛死情交

追歐血書成絶命辭。
無情歲月感滄桑。泡影曇花恨正長。賴有口碑談嘖
嘖。懿行博得姓名香。
烏哺情殷遽斷魂。孤燈兩世泣黄。昏（猶聞易）簀喃喃語。諄囑
荆釵代報恩。
玉樓應詔已多時。贏得芳名奕世垂。我奉數言聊作
誄。行人爭指墓前碑。
奉和陳式如刺史忠模消夏十二絶有序

式如刺史仁兄大人閣下作親

道範幸獲瞻

韓捧讀

瑶章不覺擊節自愧謭陋題咏未諳然樗櫟菲材亦

願當良工一顧謹依原韻學步邯鄲倘蒙

不棄引而教之幸甚

採蓮

結伴蓮池語共嬌採從月下蕩輕橈夜深怕有漁郎

至返棹歸來手自招

洗桐

青標高聳自孤立特未許凡禽栖一枝滌盡塵氛方脱俗天公培植已多時

坐竹

清陰勁節兩堪誇避暑留賓笑語譁賭韻敲棋閒坐久渾忘紅日已西斜

品茶

沸鑪聲起夢初醒。玩味迴廊取次經。更有芳心堪共
賞。檗杯偷看牡丹亭。

雪藕

掠水蓮池珠走盤。殘污滌盡不知寒。莫教玉質遭輕
折。怕惹情絲起萬端。

讀畫

是誰腕底走精神。繪色繪聲簇簇新。識否畫中詩境
好。一吟一賞屬知人。

焚香

爐烟裊不盡偏長。當户迎風費評品量。懶把重簾輕捲起。縱留殘暑亦留香。

調琴

欲遣愁懷起卧難。調絃按部一時安。怕人解得曲中意。倦倚西風不敢彈。

詩月

晚霞落盡漸晴曦。含却冰姿愛向誰。萬里神交期一

面庭前酒熟莫遲遲

觀奕

世事如棋着手難誰將殘局保平安全憑當佇擲氷
鑑黑白分明仔細看

支幔

趨炎物類恨年年支起羅幃一色鮮賴有此君牢保
護盡教遁跡晚涼天

浮瓜

休設納履避瓜田。摘取食同飲玉泉。留得中秋月邀共。
良宵。人相對慶團圓。

步張子端自省歸里途中見寄原韻

家山回首隔天涯。客邸驚秋感歲華。苛政方思除猛虎。
新軍却喜布長蛇。梯雲有路憑誰挽。濟世無才只自
嗟。君是多情應惹恨。逢仙未許飯胡麻。

姪媳邢氏輓詞

詩咏關雎僅六春。一朝絃斷事堪嗔。情緣未盡終難挽。

葯石無靈即是因。福薄最憐拋幼子。養虧應恨別重親。我來怕聽呼爺者。連日嬌啼倍愴神。

輓烈女岳珍姑七律二首

淮北爭傳烈女名。殉夫奇節鬼神驚。緣雖已斷盟終在。義到當為命自輕。鳳詔豈圖邀後獎。烏私惟願報來生。一朝含笑歸泉去。抹殺人間儞許情。

紅絲久斷幾曾知。夢裏驚啼覺後疑。數載鸞閨原苦海。一杯鴆酒亦甘飴。葬雖有地親難舍。死未及時我

恨遲渺渺魂歸瑤島去千秋貞烈重娥眉

又七絶六首

幾日鵑啼已斷聲一朝貞烈出閨英栢舟莫訝共姜節節比共姜死更榮

休將薄命嘆紅顏玉碎珠聯豈等閒天若有心成節義特留缺限在人間

慈幃療母曾割肉冥府尋夫又殺身大手誰操雙管筆替他孝烈寫精神

百折愁腸志不回，報虧烏哺攄銜哀。九原應向夫君
泣，可惜身從死後來。
冰霜澈骨淨無瑕，比到寒梅定不差。獨怪世間庸
俗子，痴情只解種桃花。
寶幡閃閃逐香塵，死後于歸兩世春。貞烈不關梳妝
事，道旁垂淚是何因。
一　為吳若僑代作賀凌紹唐新婚後詩五絕
漫說夭桃期最宜，梅花開放亦何遲。閒來折取綺窗

供。細嚼寒香樂自知。
一朵紅梅向晚開。幾番索笑對妝台。天寒怕見花容瘦。
新釀甘霖着意培。
宵深綺語透疎窗。赤足香肌冷未降。想是蓮鈎矜小
小。床頭相較共成雙。
贈我多情信有真。鴛鴦角枕一時新。知他技已工鍼
絶。繡不成雙不寄人。
半因叩喜半催妝。遥獻關雎樂幾章。寄語綺窗人已

靜段干不復越高牆

秋闈後赴東鄉葉府蒙葉恒翁姑丈見贈一律

附原韻並序

子成世講前明開平王常府之佳胤也入南闈而返鬱〻焉余慰勞之視余衰朽謀以懸額之慶事亦將以慰吾老耳余告以不可慶之實為七律以答厚意云爾並祈 削和

南來捲旆掩文旌緣落孫山以外名的是青年佳學

士。犹憐白屋老書生。感君一語期懸額。有子三人愧寡情。促膝西窓頻剪燭。雝、但聽雁和聲。

步原韻 二律

山居從不慕弓旌。八九年華播盛名。白髮無心邀上第。青燈有味興課門生。籌添鶴算歡餘歲。燭剪雞窓話舊情。羨殺老翁真矍鑠。叅繁繞膝聽聲、。

明經座上豎文旌。學本東山舊著名。俗子也知遵古道。士人爭約拜先生。才能得壽方為福。老喜敲詩更動情誨我宵深誠不倦，窻前又聽報鷄聲。

賀江搏九生孫二律

紛紛鵲噪聽西鄰，報道祥麟已降塵。桂喜遲生花更好，珠矜罕得愛彌真。飴含頓慰桑榆志，穀式新添嬰鑠神。料想趍庭人樂愜，甚十年珍望抱兒身。

嘉賓濟濟會華堂，湯餅筵開喜欲狂。識貌定邀佳士賞，執觴翻惹老人忙。傳家手澤留清白，継後書香感熾昌。我是嵇康詩弟子，思將俚語換瓊漿。

自述二首

父在須觀志，生平衆所知。矜高多傲物，豪放每談詩。
質本敏心難斂，躬行念不欺。年華堪自恃，碌碌笑無
為。

獨奮淩雲志，埋頭歎未成。讀書兼好友，報國欲談兵。
久困池中物，空争牖下名。奇男終不負，側耳聽雷聲。

冬日赴東鄉葉府蒙葉恒翁姑丈見贈原韻

與君判襼已經年。今日欣逢意惘然。舊約此來誠不

負新歡又叙豈無緣雪能如願因留客氷未成言且
問天敢擬王家梁上燕相期歲々到堂前

步原韻

催殘臘鼓是終年寒日登龍意愜然久別難忘真道
範此來更締好姻緣青燈有味留虛室白雪多情下
碧天暫阻行旌聊駐足幾番問字侍尊前

題伯牙撫琴圖

曾與絲桐結素歡高山流水任盤桓攜童到處隨

時樂。不遇。知。音。不。肯。彈。

題淵明愛菊圖

攜杖來三徑。呼童採籬邊。淡懷。真。似。我。聊結。老。人。緣。

冬日即事步葉恒翁姑丈原韻二律

期頤佳況最怡情。底甚年來嘆癸庚。牛斗無權空作念。鴒原有侶不同聲。券焚已重馮君義。糴閉何勞晋國征。莫羨荊州終索得。東吳自古說渝盟。

連朝陰雨助吟情。何事言歸轉望庚。舊約重尋難借力。新詩學步暫隨聲。蝇頭未遂衰年志。鴻爪翻勞遠道征。預卜璧完歸趙去。相如不與澠池盟。

附原韻 葉恒斋

為怕傷情敢要情。年來顛沛輒呼庚。蕭墻興起雞爭食。获澤哀鳴雁作聲。榆柳風衰瞻北闕。葭莩露冷嘆西征。女蘿與蔦延松上。牛耳何時再訂盟。

王老瑞輓詞

星沈南極影昏黄。矍鑠此翁竟渺茫。老去精神思潞國。生前福澤擬汾陽。傳家燕冀留清白。繼後螽繁感熾昌。主器人看花甲過。家〻孺慕荐馨香。

性如松柏氣凌霄。摧盡羣芳獨後凋。有德自然身可潤。引年也要福能消。槐堂花發榮三樹。楓陛恩頒歷五朝。知是仙翁曾謫降。天台返旆駕雲軺。

又二律

八秩筵開福壽康。何一夢老黃粱。北堂獻頌聲方歇。南極沈輝夜已涼。事載口碑人宛在。物遺手跡澤偏長騎箕此去歸天上。瓜瓞綿綿百世昌。

冷月淒風淡遠村。老人星隕夜黃昏。生前壽永修原好。身後名傳品愈尊。芹藻聯芳誇燕翼。桂桂蘭繼起慶繇繁。我來學贊招魂禮。衫袖涔涔拭淚痕。

吳仁山夫人高氏輓詞

幾日聞君喜弄璋。忽驚絃斷最堪傷。緣期白首成虛話。命惜紅顏等隙光。地下烏私知可代。人間燕翼怎偏忘。多年伉儷情何限。潘岳同心感悼亡。

吴汝梅内弟輓詞

陽台風黯不成春知短夢悠悠忽隔塵共説浮生關
定數亦緣有好累斯堂前親老誰承志膝下宗傳少
替身最是紅顏傷薄命一沉苦海渺無垠

哭李錫九姑丈五言古

連日陰雲慘高山喬木傾數定藥何益時廹病無名
有語向誰説有淚不成聲靈魂悲一縷渺渺歸陰城
隣里皆含戚骨肉何為情我本葭莩親如聞霹靂驚

132

多年蒙愛重恩義記分明既未親視疾又未及送行
黄泉路不遠難挽去時旌一痛〻靡已蒙恩負此生

聞洋人陷京師兩宮西幸有感而作

深仁厚澤已多年中葉何堪竟播遷異類漸強終有
患拳民肇釁恨開邊勤王忠義兵思奮罷已謙冲詔
下傳驅逐賊氛歸海島佇看萬里靖烽烟
嘆息才疎愧藐躬不堪投筆起從戎食茅恩重空知
感報國情深難効忠此日河山驚戰伐當年草澤慕

英雄聖朝福祚延長甚自有人成蓋世功

又前題和胡華亭二律

禍結兵連巨釁開生靈塗炭實堪哀兩宮皇遽拋京闕九廟傾頹化炬灰賴有李君（以李鑑帥比李光弼）匡駕去恨無郭令統軍來通商未絕終貽誤愧否中朝宰相才

大小臣工豈有常辱君破國若無傷在廷指鹿多為馬持節何人等牧羊脫難幸能歸第（里）尋歡還自效彷徉但教富貴終身得那管誰稱帝與王

哭李譪亭表弟二十四韻

六載芸窗共。詩書結夙緣。雞鳴先警枕。蛾述各分箋。

反復新疑闢。精勤舊典研。青雲期有路。白首諒無愆。

坐對談名教。盱衡企聖賢。此生徵意合。同類妒情偏。

蓬戶歸來日。芹池薄采年。横經聯設帳。把袂悵離筵。

越歲身重聚。投膠志愈堅。晨昏欣砥礪。臭味更纏綿。

賭韻依蕉下。談心傍菊邊。客陪傳綠螘。蒙課替丹鉛。

文戰驚三北。春闈倏兩遷。鶴遊親不返。烏哺恨常牽。

飲泣翻成痴。承歡忽作仙。聲如聞霹靂。身已墜冰淵。人竟中途别。交難畢世全。怕看羣失鹿。愁聽樹啼鵑。玉簡憑誰貯。繩床待孰聯。杯空酹白水。淚可到黃泉。冥府君先往。殘軀我獨延。心傷靈畔火。魂斷墓門烟。土淺身長掩。碑題表後鐫。情終消不得。幾度泣潸然。

李錫翁 文

前張氏 姑母靈前輓章

淒風冷月夜黃昏。隱約淒星照遠村村。天上鹿車重執靷。人間蠅弔賦招魂。承歡共愛呼宗子。失怙憑誰卹

幼孫最是恩深難遽捨孀孤 終日血流痕

穎川試寓即事戲贈鄭建亭秀才四絶

得意天台兩度遊素心人最解風流狂且坐守真堪
惱未許香櫻片語留

宵深燭熖碧紗籠再訪臨邛路許通一棒當頭偏惹
恨挑灯人共看新紅

仙源携手問迷津月照紅樓審視真野草鴛鴦同入
夢隔墻猶有斷魂人

天公盡日雨紛〻。隔却巫山一段雲。技癢。連。番。增。懊。
惱。昨宵。蜜。約。負。文君。

為吳若僑頌岳母淩孺人建坊之榮

節守松筠七十年。榮旌下逮慶生前。柏舟縱使沈冰
海。寶婺偏能耀碧天。孤詰裳（褒）恩自遠。慈心常抱壽無
邊。豐碑屹立人爭仰。贏得芳名萬古傳。
芳徽勒石自千秋。回首當年贊不休。堂上烏私曾代
報。膝前燕翼獨親謀。德成賢母方能壽。榮錫彤廷豈

樂求。我愧乘龍甥館客。揮毫献頌學吟謳。

哭朱韞山先生二律

八載聯交兩意傾。一聞凶訃我心驚。投膠未了今生願。話别難伸遠道情。有劍空懸偏惹恨。抱琴欲碎豈成聲。墓門回首何堪想。獨坐鷄窗泣短檠。

曾記蓬茅絳帳開。偏移玉筍替栽培。多年誼重勞青眼。一夕魂驚棲碧埃。門外桃林添别恨。庭前鶴淚帶餘哀。我來不禁情生感。清淚千行酒一杯。

為吳若僑步壽春廩生楊桐軒原韻

論交一諾重千金，郵寄新詩意倍深。路隔關河增别緒，調彈山水感知音。奇冤縱獲究非罪，枉尺何嫌可直尋。我贈數言聊慰藉，挑燈擲管寫真忱。

搔首濠梁淚欲漫，懷君綦切惹心酸。人常臨難思骨肉，交到忘形吐肺肝。自古有才遭俗忌，返躬無愧憾豈中。乾英雄本色終難易，濁世全憑白眼看。

翹望鍾離感别情，鄉關又見月輪盈。宵深頻入相思夢。夢裏逢君記尚清。
我輩聯交自淡如。别君十日轉嫌疎。長途相贈無多
物。珍重濠梁一紙書。
憶昔陽關策馬回。紛紛微雨濕輕埃。到門笑指簷前
樹。一朵紅桃始破腮。
孟光情重盼梁鴻。爾日欣逢信息通。乍讀華函偏惹
恨。數行血淚滴輕紅。
鴻雁分飛幾度秋。離情未釋轉添愁。鬚眉義氣推巾

幗。定卜蓮輿啟故州。

五色雲箋疊妙詞。箇中心事我先知。訂交足慰三生願。得識荆州恨已遲。

黽山遺澤自堪親。李子心傾失路人。松栢耐寒持勁節。發生轉眼又逢春。

輓孀舅湯祝唐茂才

文正家風詰絕倫。一朝淹化忽歸神。香山雅集添新侶。梓里同聲哭哲人。德本壽徵原有準。善無福報果何因。桑榆景過形偏瘁。歎少服勤替此身。
客歲家君返太虛。扶筇臨弔感欷歔。泉台已定三生
約。塵世難留半載餘。知有夙緣盟管鮑。恨無哲嗣結
程蘇。我來痛灑靈前淚。孺慕同深倍慘如。

哭姨母江孺人

九齡恃失有誰憐。回憶深恩一泣然。方冀持籌添
碧海。忽驚赴宴返遙天。同胞姊妹悲重聚。異姓壎箎
望共穿。最是慈心偏愛我。生來弱質惹情牽。

贈松泉教習有序

松翁李老夫子壽春名宿也經濟文章冠絶一時邑侯耆公禮延主講吾賴人才不難彬彬日盛矣弟幸晤三次獲益良多因成長句三章非敢言詩聊申企慕之忱而已録呈雅鑒即祈斧削不吝是荷

一番投刺拜經師。義氣文章兩得之。萬頃波光徵雅量。九齡風度想英姿。窮陬共仰德星照。小草欣沾化雨施。以兩侄均蒙教育故云羨殺龍門原不峻。茶温酒熱客來時。

賓筵重聚倍心傾。子史欣聆月旦評。胸有詩書真雪
亮。口如漢河漢自風生。飲逢暢處千杯少。談到深時
蒲座驚。知是青蓮曾被謫。勾留賴水亦增榮。
半簾疎雨卷閒愁。報道先生過我遊。旅舍何堪勞玉
趾。容居無力奉金甌。詩能脫俗人方雅。交到忘形氣
更投。寄語執經賢弟子。得師且莫誤勤修。

附李教習和句有序

長日消閒正無聊賴忽見彩雲一片天外飛來

盥誦再三喜與弁愧并謹依原韻學步邯鄲明
知下里巴人難和陽春白雪然謬承雅愛欲藏
拙而竊有未安唯是珠玉在前未免自慚瓦礫倘
蒙大吟壇不棄進而教之幸甚
林宗雅範是人師。愧我蓬飄杜牧之。古誼殷殷聯義
氣。清標落落仰風姿。遙頌手翰邀社。開敢道眉顰竊
笑施。相見也應同恨晚。西窗剪燭問何時。
傳箋有約蓋重傾。今古妍媸任意評。詩學尋源留一

派交情切乞訂三生。目空黑白俱能辨，心定升沉雨
不驚。雅羨林泉風味好，立身畢竟布衣榮。
一編靜對便忘愁，坐擁青氊誤壯遊。快觀新詞霏玉
屑，遥知彩筆滌金甌。掃除荊棘胸懷淨，領畧芝蘭氣
味投。從此高山深景仰，步趨矩矱勵前修。

贈賀張鵬雲新婚四絶

之子于歸樂及時，一天好事自家知。催粧詩藉修眉
手，忙殺風流筆一枝。

手○抃○妥○○趾樂幾篇○冠裳濟濟，會華筵○今宵花燭燈科
小○轉眼金蓮撤　御前○
三日賓筵興未闌，阿翁開笑一家歡○華堂○燕子雙飛○
處○添箇新聲聽○問安○
螢窗讀罷月三更○每夜歸來夢易驚○此後蘭房○應睡穩○
有人代聽曉雞鳴○

韻峯诗稿（殘卷）

常家鐘（一八九一—一九五七年）字韻峯，安徽潁上縣人。
遺詩稿三十三首，蓋如秦火之餘也。
嗚呼已逾百年矣。
子法寬識 二〇一〇年四月

秋柳

月落秦淮影共流。蕭條猶帶漢宮秋。陽關一曲消魂甚。人立斜陽古渡頭。

湘湖秋泛

記得山城桃李開。阿儂姊妹踏春回。而今秋色滿湘浦。紅蓼洲前放棹來。

鴛鴦湖詠鴛鴦

烟雨樓頭細雨迷。裴公島上草萋萋。尖頭塔影如針細繡出鴛鴦也並飛。

莫翻水調倚蓬窗。莫打蘭橈過石矼。水若打開能復合。鴛鴦飛去不成雙。

蠶婦詞

村村女伴太匆忙。桑下歸來又夕陽。翻使城中羅綺笑。髻蓬鬆拜馬頭娘。

車聲咿軋轉如飛。柚得勻絲幾百圍。爲有白頭人怕冷。小姑權緩嫁時衣。

當年牆下剪蒿萊依舊桑陰滿綠苔。留得樹頭高絕
處。待儂歸去喚郎來。
忽看簇簇纔娘稠。鋪地青桑色似油。妾鬢蓬鬆郎莫
笑。邇來一月不梳頭。

擬曹唐小遊仙

洞口桃花春復長。有人曾訪白雲鄉。而今門外青苔
掩。惆悵東風憶阮郎。
家住東南最上峰。饑餐霞石倦依松。興來獨向江邊

立戲把筠竿釣白龍

喜晴

濕霧濃雲頃刻收銅鉦焱焱掛枝頭暖催春信梅花
早淨漏天光竹影幽流水半溪爭放鴨夕陽幾樹繋
歸牛漁翁晒網行沽酒柳外蓑堆一葉舟

秋雨

枕簟涼生鎮寂寥何來急點響瀟瀟催回紙帳三更
夢滴破書窗數尺蕉蟋蟀堂虛懷遠道梧桐院冷坐

深宵空階落葉知多少。一盞殘燈手自挑。

秋水

淺碧蒼茫淨不勝。長天萬里水波澄。驚潮夜月鳴雙鴈。喚渡斜陽立一僧。蓼岸花疎藏蠏舍。蘆灘霜落淡漁燈。何人為唱江南曲。日暮西風罷采菱。

花影

濃春疎影落花枝。空色無端自轉移。小院日高風定後。曲欄雲破月來時。畫中葉亂鶯聲寂。綠外香多蝶

夢凝錦繡一堆人莫掃芙蓉鏡裏鬬芳姿

柳花

撒卻紅塵返太虛因風猶是撲香裾遭逢萍水如憐
我懊惱楊枝不管渠窩裏有心銜遠燕江邊無數點
游魚多情只有章臺女皺斷眉痕未肯舒

春柳

春到長隄色正奢剪刀風約萬條遮這邊小泊彈箏
舫就裏深藏賣酒家碧水斜陽橋獨木綠烟細雨路

三叉
年年不斷陽關曲，送盡離人只落花。

年年春水漲洲汀，幾日東風舞未停。細雨鶯聲離別路，夕陽人影短長亭。腰支漸展三分綠，眉樣新添一種青。不見近來攀折苦，溪邊藏個釣魚舲。

夢梅

縞袂分明一笑溫，水邊林下恰黃昏。羅浮夜永香凝榻，紙帳香浮月到門。尋過斷橋如有約，覺來疏影杳無痕。梨雲便是三生石，莫向人間說返魂。

簾影

珠簾十二掛絲絲隱約湘紋入硯池明月恨人剛捲後夕陽歸燕未鈎時花邊翠羽隨陰轉柳底鰕鬚帶浪移遮到紅窗如霧裏一爐香篆又迷離

門神

本是淩烟畫裏身英雄骨相總如真衣冠近日猶遵古面目經年又換新笑爾徒為門外漢關情常動路旁人王侯故第雖零落尚籍鬚眉傲比鄰

明月

明月復明月。清光懸孤獨。圓時何太遲。缺時何太速。

春草

何日迎春來。何日送春去。問春春不知。芳草生處處。

笠

衝雨兩耳鳴。戴雪一頭冷。卓午立花間。圓蓋詩人影。

樵夫

雞鳴日升峽。一斧橫腰插。驚起隔林猿。紅葉滿肩壓。

牧童

桑麻幾鄰里。何處笛聲起。牽來黑牡丹。小立斜陽裏。
行行且隨意。放遍蘼蕪地。嬾不管烏犍。捉雙蝶而戲。

自君之出矣

自君之出矣。不復理朱絃。思君如楊柳。三起又三眠。

紅梅

曾將丹骨換冰霜。花萼翻新別樣芳。却被捲簾人一笑。癯仙今日也紅妝。

聞鶯

無邊紅紫間長隄。欲聽新聲酒自攜。楊柳河橋歌舫外。杏花春雨畫樓西。縱驚綺夢休教打。似惜芳華不住啼。怪煞江南金縷曲。幾番相妒意淒迷。

李陵答蘇武書

凉秋霜雪滿穹廬。絕域懷人恨有餘。回首英雄千古淚。斷腸生死數行書。吹殘塞夢悲笳裏。送盡邊聲落木初。最是孤衷難訴處。臨風引劍意躊躇。

哀江南賦

蕭梁事業付沉沙。羈旅孤臣感歲華。江上青山仍窈窕。城邊枯樹尚欹斜。夕陽影裏王孫草。杜宇聲中帝子花。畱是當年歌舞地。高垣深處又誰家。

壯士行

壯士入山不畏虎。橫行青山立威武。書功竹帛圖凌烟。至尊含笑賜金錢。一朝忽怒起權貴。鐵鎖鋃鐺付廷尉。低眉下氣黥奴旁。猛虎束縛如牽羊。吁嗟乎男兒雖死不屈節。可惜蓋世英雄之姿。而死奸權舌。

折楊柳行

細草纖纖風拂拂。拂門外長條愁百結。蝶夢朝縈碧玉縧。馬蹄春踏黃金埒。春來陌上色青青。少婦牽絲餞遠行。花下開樽勸郎醉。驪歌一曲短長亭。長亭短亭飛絮滿。隨風散去隨蓬轉。天涯一望碧無垠。萬縷千絲誰復管。恰恰鶯兒嘒嘒蜩。臨歧景色轉蕭條。相思別後知何處。濃綠陰中舊板橋。烟寒日暮難分手。

紅淚雙垂只低首。那堪一葉報秋風。芳菲無復章臺柳

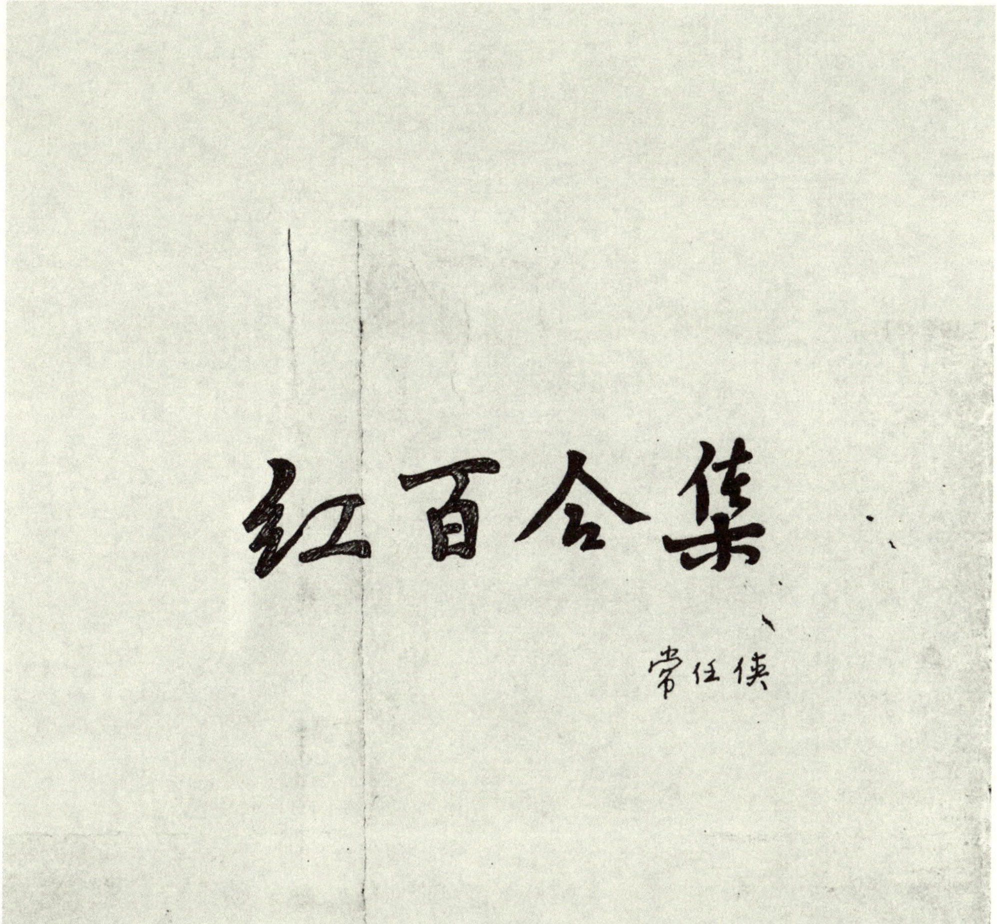
红百合集

常任侠

一九二二年在南京读书中学时代作

三月三日观钟山云气

沉沉塊垒拔天走，斯须群峰皆无有。或如萍絮秀且文，或者峥嵘壮而醜，或如乳虎跃天门，或者伛偻如老叟。或奔而前遂以违，或从而后渐相偶。倾刻阴霾垂四野，隆隆天怒不停吼。胜观马射华林园，白衣瞬息成苍狗。茫茫世事亦百态，风云激荡互抖擞。钟山钟山兀然立，向空独舒擎云手。长虹垂地饮江波，江上看云浮大斗。

一九二三年春，姚鹓雏先生命题作此篇，先生谓行气似苏长公。今将五十年，犹能忆之。　　一九七一年三月记。

送春

鹧鸪声里雨如烟，愿倩游丝一线牵。残月晓风疏柳岸，白波青嶂落花天。蜂狂蝶醉怜前路，绿暗红稀似去年。南浦粼粼凝望处，漫漫飞絮远无边。

秋柳

三春旧梦冷江村，疏鬓萧萧掩白门。瘦损腰肢情已断，不堪羞留怨黄昏。

残菊

老去精神犹矍铄，东篱独自对孤标。宵来任是恶风雨，偏似渊明不折腰。

以上三题，皆与雉雏先生唱和之作，即席为之。

西北有高楼

西北有高楼，玄鸟巢其间，朝夕勤飞抢，柔翮历百难，巢成生五子，哺育日拳拳。梁间相对语，清声发丝弦。一朝惊祸变，吹折阿阁巅。二雏惊坠地，微息遂以捐，三雏声啾啾，终夜不成眠。嗟乎兄弟恩，人亦胡不然，萋萋陵上草，伤心已十年。

宋振寰赠鲁迅先生之《呐喊》

阵中呐喊血殷肤，挥日鲁阳扫万夫。莫谓狂人抒肺腑，欲将炼石补天衢。 一九二三年夏

此书初版本，女娲补天一篇，犹未抽出。

登清凉山扫叶楼

森然古树可参天，石级磷峋一径穿。冷冷疏钟飘古刹，萧萧落叶下哀蝉。拾来云物都如画，除却清凉不算禅。八指龙阳诗在壁，前朝旧事袅茶烟。

 (2)

壁上有八指头陀寄禅及龙阳易实甫小书墨迹，山僧未忍墁去。

访小仓山随园遗址

小仓山色接空明，旧址随园野草生。蚕豆花边闲小立，一峰青透晚烟横。

此两诗与钟山观云一首，均发表于南京美专杂志，梁公约、冯哲庐两先生读而喜之，曾为诗相赠。冯诗云："我来秦淮得士士，方生善画子善诗。诗尤为余宿嗜好，偕子题画有所思。思余老友朽道人（陈师曾）曾以诗画介我眉。客秋适逝沫南棹，昊天肆虐与世遗。斯人不作我心痛，我来回顾谁心知。课余偶与子晤对，淳致二叟子所师。胸怀坦荡世罕觏，下笔潇洒饶清姿。浮云富贵本过眼，千秋著作尚可为。生也勉翔继绝学，新体纷纷蛙鸣池。甲子孟夏六二老人哲庐题"。冯诗末语，未为知言，时余更好为新体也。甲子余年二十矣。梁公约先生为画菊两枝，题二绝云："吾乡城北此最盛，南来几见秋花黄，对君高格可无酒，今夜月明知有霜。风凄露切百卉收，黄金世界入深秋，残阳一照孤花色，谁识缥缃是乱愁"。诗亦可诵，饶有韵味。

一九二六年丙寅旧作

暮春江干客舍

楼上看山山几重，客愁莽莽水长东。残春直送云帆远，薄醉犹携酒胆雄。白鸟群飞迎夕照，杨花十里倚江风。登临不禁怀乡感，尽在平芜望断中。千古英雄一例同，浪花淘尽海天空。残春欲谢初困雨，中酒无聊转怯风。山色隔江迎馆舍，杨花如雪扑帘栊。故园北望青无限，扬子西边落照红。

送颖士北归　用工部九日曲江韵

一片风花点客衣，石头城下送人归。冥冥晚雾催帆远，淼淼寒波见鹭飞。别后定馀诗思绕，樽前坐看酒徒稀。江烟堤柳明年绿，重约听莺愿莫违。

游仙四首　大雪清寒作

香风吹梦过蓬莱，五色云中现玉台。美酒浅斟尝半醉，奇花刚好看初胎。当阶琼树参差是，佩剑仙人次第来。回首软尘成一笑，流芳遗臭总无术。

广寒负手看琼花，笑问双城可忆家。几处楼台闻玉笛，欲从仙子乞胡麻。风前漱齿银河水，日暮迴身碧玉車。青鸟殷勤传信息，下方人正斗尖叉。

云母屏风有若无，醉中击碎紫珊瑚。裳衣织女七襄锦，漫数鲛人一斛珠。月地云阶花影乱，青天碧海酒徒孤。分明记得来时路，照水芙蓉似画图。

天风吹下许飞琼，玉宇高寒看水晶。深夜何妨邀月姊，群仙分坐动银筝。瓶笙花影接前席，檀板金樽记旧盟。云路迢迢归梦稳，淮南鸡犬远闻声。

述怀丙寅生日作　十二岁（一九二六）

书空咄咄亦无端，赢得狂名只自怜。落拓生涯偏久病，悲凉文字入空禅。苍虬呵殿行千里，明月相随过廿年。与世浮沉吾已倦，看云独上西山巅。

世乱年荒更苦兵，眼看竖子尽成名。阿谁肝胆能相照，自抚头颅总不平。短咏长谣空寄恨，断筝哀笛可怜生。孤怀无自招俗嫉，欲叱青鸾，上帝京。

此期常集龚定盦句多首，皆弃去，此亦受其影响。

丁卯正月初二日长歌寄怀

长风吹雪银光铺，树头棲满头白乌。今年萧索过元日，天容惨淡常寂孤。西邻老翁过我舍，蹙眉未语先叹吁。为言往者岁云暮，东村西村闻歌呼。珍羞错采罗廛肆，满街肴肉杂清酤。爆竹火花人语沸，堂前竞换新桃符。一阳乍转春气舒，擾擾夜午闻呼盧。村人好客陈鸡黍，相见把臂倾尊壶。今年穷愁不似昔，十室八九冷空厨。横征暴敛迄凶岁，安有余兴饮屠苏。兵来猖狂肆啖饮，虎吏比户衔錙銖。寇来叫嚣更凶戾，贡献少绌遭残诛。中宵惊魂未定息，兴晨又见人催租。南村寡妇常夜哭，阶除冷落棲煢孤。北村田夫披败絮，寒风瑟瑟侵肌肤。强者走险流江湖，弱者饿死填沟渎。鸡鸣狗盗亦不贱，城中新贵多伧夫。昨来突骑南征人，又见四出索车徒。鸡豚狼藉惊嗥叫，道旁侧帽调村姑。翁言未终泪如雨，我起离座足踟蹰。开户仰天一太息，寒星疏疏淡欲无。吁嗟乎明

扰扰

日燃纸送年去，吾将饥驱奔泥途。

新春呈训庭诸兄

论世同树掌，读书未满车。高朋遗鬼瞰，聚处欲移家。对镜怜风骨，衔杯感岁华。孤怀无寄处，袖手看梅花。

兄弟吾年少，同吟乐有馀。春阳生小室，风物喜幽居。邮路添新刊，闭门理旧书。何时能过我，西望望巾車。

晚归

市隐苦尘嚣，挟书竟独行。惊风飘白日，哀角动孤城。野渡人归晚，残阳鸦乱鸣。踽踽临薄暮，犹听叱牛声。

二月初十大雪有作

薪火濒绝唤奈何，贫民生计费张罗。古今名士无分晓，犹自高吟白雪歌。

三月初四晨望

姹紫嫣红随意开，剧怜造化总多才。含颦弱柳初开眼，带笑夭桃正结胎。未免有情人独立，似曾相识燕归来。凌晨东望春如水，又见鸟巢衔枯柴。

北京市电车公司印刷厂出品 七五·三

(1231) 20×20=400

(7)

柴门

远市柴门久不开，料无载酒故人来。书帷风动飘香雪，新买红梅绕屋栽。

吹笛 （三月十九日）

临风吹笛遣华年，放眼平芜绿到天。九十好春馀几日，游丝飞絮远无边。

日暮

野人家住鸟巢村，菜花十亩黄到门。四邻渐瞑晚烟碧，微闻老妇呼鸡豚。

柳絮

斜倚东风眠未眠，落花时节困人天。丝丝垂柳知春暖，也展纤腰脱冬絮，新絮送遍一家家，铺地翻疑六出花。莫谓飘零无着处，乘风正可到天涯。

四月初三日暮游南板桥

过桥行数里，田父意温存。嫩芦初生岸，绿杨深护门。微风吹大野，落日照孤村。弥望青无限，开襟倚树根。

食柳[illegible]虫有感

蜉蝣当朝生，未几暮遂死。驰逐飞絮天，飘流落花水。素有楚楚名，人云味颇美。乡人以佐炙，不思鲂与鲤。罗者亦有人，叫卖遍闾里。吾昨购少许，加韭可二簋。食此盘中物，感慨弥能已。乡有莽丈夫，矫健颇自喜。日昨从军去，奋欲得金紫。壮怀凌风云，豪气搏虎兕。侵晓渡淮南，未久残刀匕。吁哉万物灵，生命薄如纸。莫为蜉蝣悲，人亦何殊此。昂藏七尺躯，是亦一微螘。生当乱离时，慎勿辄拊髀。

啄木鸟

一双啄木鸟，飞高东西村。声声相对鸣，两两常相闻。几时复相聚，相聚弥温存。生无一言忤，故有百岁恩。百岁不为老，共抱松楸根。非同俗世情，指腹为婚姻。生小不相见，相爱安足论。一朝鸳梦冷，高歌翻鼓盆。安得比啄木，生死结精魂。

题《楷堂小传》

少年弹剑寄悲辛，歌哭无端賸一身。莽莽关河看落日，鹡鸰原上倍伤神。

三兄名楷堂，辛亥革命时，与李鸣玉表兄去刺军阀倪嗣冲，未遂而死，鸣玉为撰先兄小传印行。

四月十五日父忌辰展墓作

绿麦油油绕墓门，恨深风木更怡神。伤心十六年前事，世态炎凉未忍论。

先父生于庚午，卒于辛亥，年四十二。初为塾师，清末科举废，兴学校，父为维新派，起办师范学校，倡科学，为颍上劝学所长，继被乡里选举为安徽省谘议局议员，兴办中学，鸣玉、楷堂，皆所教育。辛亥革命之前，四月以疾卒，积劳殉职，壮年早逝，吾家困难数发，近亲不一顾，世态炎凉，幼时所历，不能忘怀，此后离乡远去，惟携父生前一影而已。

薄暮村北小桥漫兴（五月初十四）

袷衣已觉柳风凉，小水平桥意自荒。阅世哀蝉偏唱晚，行人大道尽尘黄。高霞朗朗明脚艳，远树丸丸送夕阳。离乱能忘差自喜，田歌四面正登场。

夏日述怀三首

手持古剑照须眉，起问青天我似谁？畸士孰云能见志，才人穷病亦无悲。好言清节东林社，自署狂名元祐碑。闻道惊风吹海立，满腔热血已疗饥。

沧海横流动百哀，欲追落日上高台。楚狂大笑能惊俗，屈子长歌空费才。滚滚风雷随地起，群群鬼魅逐人来。科头大木清阴下，此是撑天一巨材。

黄金结客少年场，江表豪情未便忘。一尺落花春寂寂，万言长赋泪浪浪。身如云鹤差堪喜，意讬泥龟亦自伤。我是痴人无别念，梦中每念吴山苍。

乙丑丙寅之际，读书中学，患病返乡，曾为小学教员。一时郁勃之怀，惟寄之于诗。一九二七年大革命，鸣玉率乡里少年，组为学生军，参加北伐，以竟辛亥革命未竟之志。乃又遭新兴军阀叛变，不许革命，以至浪迹沪宁，辗转江左。至一九二八年秋，复入南京大学读书，与王伯沆、胡小石、吴瞿安诸师游，潜心国故，遁迹文园，与故乡遂隔绝矣。

一九二七年夏与鸣玉组织学生军北伐

颍上青年集义军，欲张挞伐指燕云。长淮澎湃红旗壮，大地风雷战血殷。天堑一江通沪汉，狂飚万里扫尘氛。北洋魑类行看尽，反帝反封转巨轮。

专車夜赴常州

领略幽玄未可忘，沉沉夜气扑车窗。残宵断梦都飘落，点点流萤过野塘。

龙潭

江南浪迹已无家，风景苍苍一叹嗟。我过龙潭天又晚，野塘开遍白莲花。

江南

江南合算水云乡，四面风来早稻香。绝妙新秋三食品，红菱白藕绿莲房。

秋日游愚园

六年未过南城根，劫后名园今尚存。曲折回廊临野水，模糊古刻漫苔痕。茶馀清韵落棋子，石罅秋烟养竹孙。久坐不知归路晚，却看车马在朱门。

哀梁公约师

西风猎猎响空林，江南草枯秋已深。昨夕忽闻师殂谢，眷怀不觉泪潸浸。初住秦淮习吟诵，鄙俚乃蒙师赏音。高情遇我良独厚，耿耿常此盟素心。六年前事一回首，始向讲筵识此叟。作画淡逸无其伦，为诗真朴诚不朽。低头自诵《江北灾》，老泪满襟书在手。蔼然古道照几席，仁言沛泽传众口。当时受学皆远人，闻师讲述如饮醇。座中为说《庐江吏》，一堂肃穆多沾巾。课余贻吾诗书画，至今什袭如藏珍。有时开卷一展视，高旁古秀绝清尘。去年再来问起居，师方病足求良医。持杖殷勤至道念，絮语半日忘渴饥。吾意仁者必有寿，如师上寿当可期。孰意相晤此最后，邗江怅望空泪垂。往者闻师富收藏，异书佳画抽缥缃。所蓄古器尤罕觏，琳琅四壁生辉光。师以卧病就滬渎，坐令人亡物亦亡。文物星散音徽寂，广陵歌绝为神伤。师善画菊兼爱菊，高格亦如秋菊芳。刊江城北菊最盛，师常行吟丛菊傍。今年见菊不见师，残阳仍照秋花黄。持觞对菊比遥奠，魂兮归来饮酒浆。

上海

司马青衫泪更多，华灯照夜夜如何。座中平视刘公幹，来听韦娘一曲歌。（大世界韦漱琴）

秦淮河

秦淮灯舫欢加夕，箫鼓遥遥夜又阑。客里何堪闻笛韵，绕船明月照人寒。

蚌埠

鸡声茅店信凄寒，扰我人间七不堪。携取旧书归旧隐，梦中还似在江南。生成孤介爱清寒，与世徜徉久未堪。回首六朝行脚处，台城烟柳望江南。

大革命失败之后，心情寥落，飘泊萍踪，携取旧书，一返故里，少作复失，惟存数诗而已。

一九二八至一九三一在南京大学读书时代

暮春归里与孟公小饮

相对无言看落红，江南江北一春同。鸣鸠庭院初温酒，吹絮年光又晚风。异地乍还仍似客，故人无恙渐成翁。乡园多感饶情话，自笑劳生是断蓬。

同人集后湖闻故乡乱作

梅香杳杳送吴讴，短柳鬅鬙欲拂头。一片城阴遥远水，四围春绿满晴州。花边跌宕惟深醉，客路歌呼有乱愁。最是乡园兵气盛，天涯何处仲宣楼。

同人集秦淮邸席作

座中酒客皆年少，一笑酡颜各解衣。半日豪情

北京市电车公司印刷厂出品 七五·三

(1231) 20×20=400

(15)

成衣浪，四堤雄辩有从违。轻舟泊岸楼阴静，晚市初灯树色微。长板桥西歌管盛，夜阑明月送人归。

长拍　游后湖

野水连城，野水连城，斜阳影里，一片波光如画。临湖荒店，彼有旨酒，坐中人举杯良佳。艇子似浮瓜。看荷花深处，翠禽将下。水底钟峰倒影动，青苍苍衬微霞。风景何当论价。愿栽花种竹，此处为家。

彼有旨酒句，按律需用四上声字，当时随瞿安师习曲律，故有此作。

鹧鸪天

银汉兴波未许填，可应决绝更情牵。疏帘雕玉魂摇押，密字真珠泪满笺。人寂寂，雨緜緜，有花枝处有秋千。罗衫不耐春阴薄，开尽酴醾似去年。

踯躅花前露满衣，晚莺啼处惜春归。妆成玉镜窥娥瘦，弹罢银筝怨雁飞。风动烛，月侵帏。小红楼外绿阴肥。沉香花细天涯近，未必相思寸寸灰。

北京市电车公司印刷厂出品　七五·三

(1231) 20×20=400　(16)

蝶恋花

寻芳不过横塘路，细雨帘栊暮。欲凭燕子话春愁，何处片帆天际识归舟。醒来水阔潇湘远，梁燕飞双剪。红墙西去即银河，不道人间天上总风波。

题刘君烟江把钓图

富春有子陵，西塞有志和。刘子湖海人，心远趣自多。日与鸥鹭群，定亦避网罗。云水青茫茫，微风满烟蓑。得鱼未足羡，换酒频始酡。往来不逢人，但听芦中歌。

游半山寺

高岭度寒云，挂瓢倚秋树。荒寺风萧瑟，败壁苔藓护。荆公昔淹留，诗境应如故。石径千崎岖，乱叶迷归路。回首看夕阳，城堞入烟雾。

半山寺在钟山半山处，昔宋王荆公隐居于此，此在大学读宋诗时所作。

冬感

少狂喜作客，风雪岁已晚。苦寒不出门，日日书遮眼。古人思慰亲，而我困未返。江水隔苍茫，西笑白日短。且复酤清醪，孤怀应可遣。

袖手看寒梅，高枝花已满。

读陆放翁剑南诗钞

放翁虽暮年，壮心犹未已。炳灵精气奔，愤世空拊髀。猎猎西北风，滚滚胡沙起。何日迴王师，扫荡定北里。此志未能达，太息成老死。至今读遗篇，奇气撑卷纸。

曹操诗：烈士暮年，壮心不已。放翁诗：僵卧孤村不自哀，尚思为国戍轮台。老骥千里之思，亦爱国热情，有以致之。

夜读谢翱羽晞发集

西台长恸哭，仰视天如醉。千秋帝子魂，一掬孤臣泪。晞发上阳阿，白日见魑魅。放浪山泽游，忠贞永不二。忧时为苦吟，耿耿何曾寐。世乱见高节，风骨绝俗媚。秋灯读遗编，荧荧吐寒穗。起视星河明，光芒挂长彗。

一九三一年夏大学毕业，西游庐山，归即教学南京大学附中，及南京安徽中学，暇时好为新体诗，读拜仑、雪莱等欧西人作，有会于心，尝与铭竹、孙望诸人发刊《诗帆》，又于报端及文艺期刊，写作抒情短章，刊《母忘卅》、《收获期》

两集，所作古体不多。一九三五年春赴东京，入帝大文学部大学院，又与同好为古诗。三六年冬归国，三七年夏，板荡西迁，由屯溪、长沙而至武汉。三八年参加武汉政治部第三厅，由周恩来、郭沫若同志领导，军书旁午，未辍歌咏。三九年至重庆研究考古艺术，复为各大学讲文史，倾心于马列主义著作，结习未忘，间为短诗，所成亦无几矣。

一九三三年九月一日初游北海漪澜堂
次黄黼馨教授韵

漪澜堂外月如霜，顾影独来转自伤。曲榭微风榴子落，华灯照水藕花凉。愁闻玉楼歌吹沸，谁念铜驼荆棘荒。我亦东西南北客，不知秋梦驻何方。

一九三四年十月十六日南京鸡鸣寺重九登高诗会由陈石遗主持分韵得情字

一雨洗万卉，深林春鸠鸣。览物得其趣，可以怡我情。嘉会集少长，浩歌扬新声。座中石遗叟，体强双眼明。八十不策杖，剧谈意纵横。幸会东堂乐，暂得灰甲兵。闻钟下僧舍，科头上层城。安得沧浪水，且濯我尘缨。

一九三五年二月二十七日与令孺冰之游孝陵及灵谷寺归约其食麦饼

东城驰道走铃铃，陌上花开水满萍。灵谷繁樱春未醒，迴车回看蒋山青。

明月团团鸡子黄，酒家麦饼试新尝。与君尽醉同归去，露湿春衫过藕塘。

一九三五年三月六日乘长崎丸东渡七日午抵长崎

海上惊涛未觉寒，东来初见古衣冠。明窗板屋松杉下，风物唐街负手看。

九日初抵东京

横滨驰道入东京，春树晴川照眼明。处处花开迎我笑，来朝金井看芳樱。

四月十二日晤田泽千代子舞蹈家

东方邓肯早知名，青鸟衔笺惠我情。闻道霓裳传法曲，自携仙笛渡蓬瀛。

田泽习东西方古典舞，常至欧美献艺。当时与朝鲜崔承喜驰誉东方艺坛，设舞蹈研究所传艺。其父以广收世界著名音乐片著名，暇时常过其居，以诗赠之。

四月十三日应东京帝大考试

五月一日文学部大学院入学

松柏青青护赤门，东瀛学府此为尊。弥生旧绩传先史，明治新规启后昆。舜水终焉留遗稿，阳明学派感群伦。我来文苑穷诸艺，欲就耆贤仔细论。

大学在本乡弥生町，明治初立，此为最早。中有"朱舜水终焉"之墓。赤门即唐门，培养赤色思想，大学亦开其端。

四月十四日独赴武藏野看樱花遇丁玉隽

千株红樱烂漫开，看花林下独徘徊。不期相遇武藏野，何处好风吹汝来。

五月二十五日晤安英一在筑地观剧

朝鲜妙舞乐洋洋，玉管笙箫播盛唐。千余年来兄弟好，与君谈艺喜同堂。

十月十五日乘杰克孙号东渡令孺九姑同赴东京，丁西林夫妇来送行

大海洪涛作远游，且来三岛一句留。为寻江户风光美，万里凌波访十洲。

十月二十三日与伯轩云清同游强罗箱根芦之湖

强罗泉水郁奇温，腾踊新着犊鼻裈。浴后凌风思远举，蜿蜒曲路驶箱根。芦湖水满净琉璃，

山似层莲捧玉卮。有美同舟临别馆，瑶池此是不须疑。

罗斯金(Ruskin)文库与映霞小坐

古典琴弦静旅魂，盈樽可可挹香温。桥西尺八低声咽，相伴忘言月一痕。

十一月五日与玉烈、佑宸、守济、振宗共组织马克思主义研究小组，读资本论，约十日作一研究报告。

青年早以俄为师，瀛海东来遇故知。集体精研资本论，一生常效马克思。谈天述作皆求进，辟地潜修尚未迟。一角松杉遮户牖，辛勤改造惜良时。

赠盐谷温先生（十一月六日）

秀句穷经久，声闻世所知。名山千古业，健笔百篇诗。白付心常泰，巫彭寿可期。远来逢海士，妙理解纷疑。

隅田公园朗咏会（十一月十六日）

隅田川水晚苍苍，嵯峨江楼下夕阳。青酒扶歌生古意，薰槃普茶试新尝。座中华友诗翁老，栏外疏灯夜色凉。一例豪情成稚騃，欲陈俚句颂陵冈。

赠李用中（十二月二日）

长鲸拔浪怒云开，浮海东行郁壮才。回首中原方鼎沸，与君歌哭上西台。

君家自古诗无敌，短咏长谣遍海东。写出日光山色好，苍苍峦气入空濛。

菊坂寓楼（十月二十日）

黄日照短墙，野梅荫陋室。菊坂幽谷中，市声渺不至。

闻筝（三六年二月十二日游大塚作）

黄月团团驾瓦冰，西楼乙女夜调筝。此中哀怨谁曾解，许与江州司马听。

上野怀人

红樱如雨扑簾时，上野孤亭落日迟。遥指海西天地阔，不堪长诵横江词。

近日收玉清、丰紫、季彬、奉康诸人函，驰思不已，安得返京。

观田泽千代子印度巫女舞（十二月十四日）

诸天妙舞乐洋洋，华鬘云衣宝相装。秋菊春兰无限好，三千世界礼空王。

题郭君丹羽山馆图（十二月八日）

石门有精舍，渺渺隔潇湘。绕屋群巖碧，真趣得羲皇。年年春花红，年年秋叶黄。君子思无极，沧波万里长。

十二月十一日与佑辰同访诗人郭沫若于千叶市川须和田町

千叶贞松护一庐，不闻市嚣博群书。诗人自写龟甲字，古器精研岁月除。

赴水道桥接友人约赴银座进夕，夜送之归中野（一九三五年十二月二十一日）

水道桥西映晚霞，远来同是客天涯。可应浅醉抒胸臆，已领幽思透齿牙。之子欲归应有伴，浮生若梦况无家。难忘中野茫茫夜，油壁轻车护蕣华。

与映霞同游井之头公园（三六年一月十六日）

万木森森异境开，清言尘外共徘徊。朱霞初映井头水，照出娟娟绝世才。

赠王桐龄

江户同为客，桐逢大海萍。黄花期载酒，白发更穷经。已著千秋业，应希百廿龄。与君看故国，风雨入苍溟。

时华北正多风雨，又君为师大教授数十年，著有本国史，君原为东大卒业生，今年六十余，又来研究。十一月一日記。

北京市电车公司印刷厂出品 七五·三

(1231) 20×20=400

一九三六年一月五日至九日，与佑辰、王熙、宇济甘同游大岛、三原山、下田、伊东、热海、汤河原、江之岛诸胜，由横滨返东京。

大岛悬海中，满山椿花红。椿姬小王子，樵歌出林丛。三原喷火山，地心喷熔矿。攀登穷奥秘，岩浆正鼓盪。元村一夜宿，曾闻述往情。荷兰昔强抛，杀男女为奴。离岛去下田，小休热海滨。山翠永不改，玉梅耀芳春。伊东望海市，网代买羊羹。驱车汤河原，潺潺闻溪声。结队入山窟，寻幽江之岛。中有白衣女，伴佛悲寂寥。横滨在海湄，列强曾侵逼。黑船不再来，唐人罪阿吉。盈盈一水间，青青无数山。胜游难再得，常忆东京湾。

将返南京，佑东瀛春宴诗留别，同席诸人（36.2.13.）

東海春潮生，野梅花已吐。今日良宴会，酒侣结三五。醉眼睨人寰，乾坤一腐鼠。举世皆沸腾，大盗据枢府。斯民憔悴尽，何处干净土。诸公且醉歌，吾为诸公舞。丈夫手中剑，早为锈花腐。读破万卷书，于世究何补。勿作西台

北京市电车公司印刷厂出品 七五·三

（1231）20×20=400

（28）

哭。匀為冬烘儒。少年郁奇气，斩蛟射猛虎。
海上长风生，行矣奋鹏翥。

一九五六年五月十五日，与张天翼、子植夫妇同赴中山门苜蓿园四十四号访蓬子、宾之，与其两儿合摄小影。

金雀花开四月初，中山门外有幽居。两儿嬉戏春风里，他日能传鲁迅书。

蓬子译书未是贫，莎菲写记有情真。只今蛰处城东隅，待得春雷现玉鳞。

四月九日接和子函，云樱花将开，盼归东京。

金井樱花睡未开，迟郎凝望早归来。远迎梦里凌波去，屐齿新痕印绿苔。

四月十二日潜社集会，与吴瞿安先生共聚于秦淮多俪舫，作《看花回》小词，咏杏花。

十里芳菲照眼明，小驷辚辚。满枝春意浓如酒，

醒

缘郊似觉微醒。小窗前夜雨，梦摘红英。南渡伤心忆旧京，百劫曾经；于今重诉兴亡恨，对幽燕战血犹腥。花间挥手去，极目苍冥。

时华北沦陷，词中感慨係之。

四月十七日演复话台，与同剧诸人二十一日登扫叶楼。

优孟一歌哭，眊聩应惊起。世人如不知，来共山灵语。长啸望夕阳，莽莽春如许。万缘出清钟，飘然思远举。

五月五日题大风歌碑拓本

汉家雄武剩残碑，华夏光炎恨莫追。我亦临风思猛士，山河北望不胜悲。

奇字曾传曹喜书，歌风台上一高呼。万方多难惟今日，赤帝何人振霸图。

时华北沦陷，光复之望，惟期之于赤帝而已。

六月一日怀人

小楼絮语忘宵寒，从此铭心离别难。昨夜相思凌海去，携君菊坂艺秋兰。

七日寄远

两地相思海水深，好凭青鸟问徽音。人间任有愁千劫，月子明明誓此心。

七月九日返程过巢县林头

拂水垂杨绕大堤，稻禾满眼绿烟肥。四山青似江南路，一派哀蝉夕照西。

八月二日乘秩父丸东渡，四日抵神户，赴宝塚游览，遇李宝三同学赴美。

神户同为客，相逢大海滨。东西各分手，慷慨答知音。灯市一宵醉，沧波万里人。熏风吹宝塚，且去搽清尘。

东海吴歌（八月五日）

不忍池边树，青々又一年。郎去无消息，春花红可怜。

莫谓风涛险，莫谓海水深；妾有凌波步，夜々梦寻君。

盼郎々未归，海水茫々绿。昨夜樱花谢，红雨落扑簌。

踯躅日暮里，是妾忆君时。春莺莫乱啼，引起你相思。

灼々芙蓉花，照你颜色好。採之欲遗谁，郎归胡不早。

晚蝉唱高树，明月照疏簾。妾心无所寄，终夜未成眠。

田中之妹，生小东瀛，亭々玉立，楚々可怜。三五年十二月十二日，田中介以为友，此后时相过从，三六年春返国，来书缠绵不尽，遂更赴日相视，三六年九月为浪人所诱遂绝，闻其向人啜泣，犹念々也。

十日赴伊东南真，居海滨双瀑别墅，十八日返东京视去请，玉隽，二十日返伊东过镰仓，逗子热海游览，二十七日返东京，寓追分アパート，与云涛相邻。

浪花半月縈清尘，逗子镰仓物色新。漫信鱼书来锦馆，可应鳏病倚茅阵。呼吸峦气朝曦上，吞吐潮音夜梦频。常记伊东朗咏夕，海滨吹笛伴何人。

九月十日参加高尔基追悼会，到昇曙梦、秋田雨雀、千田是也、伊藤熹朔等人。

文坛巨杰殒苏联，"夜店""草原"众口传。筑地新协方稽古，舞台形象看千田。

日语谓排练为稽古。为纪念高尔基，排演"布雷乔夫""夜店"二剧，中华戏剧社亦参加演出。佐佐木孝丸导演，千田是也任剧中主要演员。千田曾去德国，演"浮士德"剧甚佳。

十一日夜醒成小诗

墙外蟋蟀相对语，池西萤火逐群飞。豆棚瓜架儿时事，瀛海东边有梦归。

步许静斋六十四初度韵（九月十五日）

照人肝胆见孤忠，涵濡群伦是此翁。高士许询曾济胜，长才魏绛绩和戎。心怀静室抬归鹤，思入沧溟逐断鸿。胸次层云生海岱，天都策杖

北京市电车公司印刷厂出品　七五·三

有谁同。

此诗为书册页，许曾告孙湜道谢。

竹泽五子为介其妹前野元子，擅英语，善钢琴，芝区香泽女学初卒业，年十八矣。（36年九月，廿七日）

心怀圣洁动微波，碧玉擅为子夜歌。热海初归翻怯冷，含情来问病维摩。

十月四日与令英八姑赴千叶海滨游览，秋高气爽，波涛奔腾，心旷神怡，自摄数影。

高秋晚照望茫茫，天水相接碧一痕。惆怅心情无寄处，且来大海听潮音。

十月六日与田边尚雄论音乐

田边教授擅音律，博采穷搜遍亚洲。今夜初闻西域曲，令人常忆古凉州。

田边来寓大讲音乐史，携中国古乐片、戏曲片，及所自摄电影，以饷听众，尝与论"三番叟"颇似中国"跳加官"，回边去："三番叟"来自中国，秦人于奈良天王寺传雅乐，二人传散乐。"三番叟"属散乐一种，由中国传日本。又三味线即三弦，传入琉球，谓之三线，初入九州，谓之沙弦线。九州今犹仍旧名。工藤篁云："三番叟"开始有to-to ta rari一语，非日本语，乃由藏语，盖源于印度，传来中国西藏，再传而至日本云。昨于银座夜市得江户时代所制骨刻"三番叟"根付，故记及之。

盐谷教授推荐在上野帝国学士院作汉学报告（9.29.）

吾年三十一，渡海来东瀛。研学赤门内，图书充几楹。史籍罗中外，穷究古文明。历史有发展，前进永不停。证以古器物，乃知其进程。先民所创作，不胫常远行。遵陆更逾海，自西复徂东。亚洲各民族，均各有所宗。用以贡世界，异采吐琼英。艺术诸形态，有如百花呈。芬芳相熏染，水乳能交融。中国与日本，文化多相同。自从隋唐来，人民如弟兄。大海不能阻，广送遣唐生。勤学传诸艺，舶载趁长风。建国仿唐制，规划筑洛京。奈良诸大寺，造象说佛经。我来游其间，思古发幽情。置身古建

北京市电车公司印刷厂出品 七五·三

(1231) 20×20=400

(35)

筑，往史得证凭。读书纵万卷，实践乃破家。两京撷精要，百史罗心胸。所获亦既富，抽思方广宏。日本汉学会，相邀有殊荣。愿抒一得见，逞论浮世名。大庭得攻错，学术求共鸣。敢冀诸耆彦，经座展高评。

十五日赴西京，十六日游西本愿寺，赴奈良，过桃山陵，西大寺，东大寺，正仓院，法隆寺，春日神社廿古迹。

奈良古寺晚鸦鸣，一片秋霞绕碧城。吴下士龙悲入洛，苍茫回首望神京。

西京建筑，多仿唐代长安，旅游其间，如睹盛唐规范。日本称西京为洛阳，故云。时故国正多风雨，眷怀西顾，游此后即将还金陵，吴下士龙，不能常徘徊于异国也。

十七日游银阁寺，平安神宫，国立博物馆，三十三间堂，上圆山公园，登山顶东山茶寮小憩，当垆绝美，对客嫣然，天上人间，两俱清绝。

圆山凌绝顶，有女独当垆。仙乐通银汉，秋宵倒玉壶。微言传下界，断梦落平芜。老桂飘香夜，幽思绕古都。

十八日与元西游清水寺，陶磁名产清水烧即出于此。参观京大考古学资料室及滨田青陵教授研究室。下午返东京。

品茶曾入金阁寺，名物还看清水烧。欲就青陵问故实，桂花香里过书寮。

京都金阁寺、银阁寺，过去幕府将军常在此品茗。京大滨田教授，搜集古器颇富，书寮老桂多株，香溢苑外。

十九日，闻鲁迅先生逝世，失一文坛巨人，泪诗悼之。

冲霄闻呐喊，鲁迅是吾师。永世骨头硬，长吟华盖诗。穷追落水狗，狠斗法西斯。试听无声里，惊雷动地时。

秋肃临天下，噩耗至海东。冰霜知节操，风雨念音容。黄埔腾潮汐，红旗护典型。感召文苑泪，瀛岛有哭声。

十一月四日开追悼会于神田日华会馆，诗人郭沫若、郁达夫，日本文学家佐藤春夫等皆有悼辞。鲁迅先生著《中国小说史略》，大学以为教本，学者闻其丧，多为殒涕。

二十一日夜赴日比谷公会堂听雅乐演奏，为许静仁撰讲辞。

十番雅乐自唐来，左舞东传入载舶。破阵兰陵金鼓震，倾盃胡子绣襟开。秦人受艺天王寺，魏史通书耶马台。青海迴波千万里，龟兹一部奏轮台。

与许君同座听雅乐，此日本所传中国古乐，有兰陵王、倾盃序、醉胡子、青海波、迴波乐、轮台曲，日本谓之左舞，秦人于天王寺传之，耶马台即大和，日人发祥地。

二十八日为文展入选金学成、青乐交响曲入选蔡继琨及余三人举行庆祝会，并宴盐谷教授等于精养轩。

群贤毕至宴华堂，展技呈才焕国光。愿播诸书穷演变，人民艺史写东方。

余写《汉唐之间西域乐舞百戏东渐史》，东来搜集史料，"雅乐"、"散乐"均在探研之列，此中日人民之所创造，颇有相关演变之迹。

三十一日赴上野帝国学士院讲堂演讲，莅会多知名学者，会后公宴于上野公园内常磐华壇。

辉煌学士院，上野讲堂开。为述天竺乐，远从西域来。审音传韵律，崇佛建楼台。文化沟通久，遣唐多异才。

十一月一日夜应日本汉学会长德川家达以晚宴

日本学林研汉籍，江户幕府开其端。阳明舜水为世重，赤门弟子罗三千。至今六艺焕光采，呈才记学著鸿篇。德川于此独奖借，荣名掌望推英贤。明治维新更昌盛，前后相继三百年。座中白发诸博士，多来宗向求遗编。参以兰学资述作，广为论辩开讲坛。我来东瀛与斯会，汉唐文化穷流源。探讨乐舞有一得，中印日本相蝉联。西域文明换新貌，隋唐东渐流涓涓。德川家达有勋望，领导此会为之先。华灯炜炜照四座，金谷酒满开琼筵。飞觞醉月欢今夕，朗咏七律舞蹁跹。

四日赴多摩川三菱别庄静嘉堂文库观善本书，盐谷教授伴往。

百宋楼中饶古香，昔年船载静嘉堂。森森多摩松杉路，来共学人细品量。

北京市电车公司印刷厂出品 七五·三

(1231) 20×20=400

(39)

时诸桥辙次、长规矩也两教授为取善本。

八日与询侯、令英、映霞赴日佛会馆看雕塑展，至罗斯金文库品茶，夜观筑地小剧场演雪莱《强盗》剧，送映霞归中野。

静女温馨对品茶，茫茫碧海即天涯。宵来共赏雪莱剧，中野迴车北斗斜。

时映霞住中野有乐庄别墅，距东京六十里，北斗横天，野色寂静，途中稻田相接，唯闻蛙唱荷香而已。停车视其楼上窗明，即返东京。

九日云清约为我画像

三十游踪逐水云，樱花海畔又逢君。松间古寺翔金雀，竹里清溪冷翠裙。修鬓常为峦气湿，朱颜每被日光熏。且凭阿堵传神笔，写貌添毫肖十分。

十二日与元子游日比谷公园秋菊盛开

秋菊开时偕子来，花间携手共徘徊；松阴鹣鸟如相语，吴服翩翩映碧苔。

在日比谷公园，与元子摄数影。

十五日与大中臣信命参观吉原与葛饰北斋浮世绘中已多变异。

遗俗传江户，寻秋过吉原。六宫充粉黛，千户储悲酸。地狱人间世，天堂富室欢。几多贫女泪，流入隅田川。

十七日参观考古学及东洋史研究室藏书，与驹井和爱、姚太壁、岸边成雄诸同学相谈。

弥生遗物共摩挲，《乐浪》原田业绩多，驹井穷经来禹甸，岸边审律论唐乐。赤门相视成莫逆，御殿言欢意气和。沧海论交须记取，一衣带水更相过。

二十八日元子自茨城来，寄居茨城多贺郡上村小路地常盘木一ム，已半月矣，朝夕劳动不辍，手足均裂，相聚三日，遂成永别。

乖

孔雀东南别，吴鹣翅翼乘。情君三宿去，待我五年来。苦酒一宵醉，芳樱几岁开？银河看牛女，玉露共徘徊。《唐人才吉》剧中，主人山本安英问人："美洲樱花几岁始开，何以久不见来，岂忘约乎？"

十二月七日观山本安英演《唐人才吉》。

横滨传往事，阿吉困伶仃。宛转龙头笛，参差凤尾笙。架笼春信断，番舶夜潮平。幕末凄凉事，低徊付断筝。

与末清赴丸の内加拿大轮船公司问船期。九日同游上野公园。冬日萧寒，寒树迎风，为摄影存念。

文园善病总相依，君问归期已有期。上野且来手日坐，落霞江户晚鸦啼。

十五日以《中国原始之乐舞》论文赠岸边成雄。

临别赠君一卷书，与君同好论乐舞。渺渺碧海远相忆，李白晁卿似也无。

阿倍仲麿留学长安，改名晁衡，天宝年间仕唐，将返日本，李白、王维赠之以诗。余今将返南京，故云。

十七日快车赴神户。王熙送我至平塚。明日乘上海丸回国。二十日抵沪。

海上惊涛岁又阑，伶俜心绪独凭栏。回头香泽芝園路，耿耿星河再见难。

北京市电车公司印刷厂出品 七五·三

三十日谢寿康来谈，夜写《人与神之恋》长诗寄元子。

寿康悲剧《李碎玉》，驻节欧陆负盛名；过谈午夜不思睡，沧波遥々万感萦。挑灯自写《人神恋》，樱花开时寄海东。樱花纵好君不见，孤灯照影苦多情。

谢寿康先生，为巴黎文学及法国政治学博士，精于法文，任驻比公使，著法文《李碎玉》悲剧，演于比国皇家剧院，比皇与后皆来观，深获盛誉，驰名欧陆。谢与徐悲鸿画师为契友，皆南国艺术大学创始人也。自欧陆返南京，任大学文学院长，余创中大剧社，谢译《茶花女》剧，以俞珊主饰，过从甚密，为忘年交，曾以所著法文剧原稿赠余，并约同往巴黎。余时心驰在海东，乃写《人与神之恋》长诗纪念日妇，亦一悲剧也。谷崎润一郎曾刊此长篇小说，因取其名云。

一九三七年一月十一日春日宴集有白华、小石、玉霜、式一、莲枝君劢等数十人，集于谢寿康寓邸。

寿康春宴百花开，座上群英联袂来，文彩风流给笑语，人生能有几多回。

宴后余为白华、小石、君劢、熙春、西曼、式一等摄一照，即在邸舍前。时式一亦以《王宝钏》剧演于欧洲。

二十八日赴文艺社讲《日本文坛现状》，并刊讲辞于报端。

东海文坛有暗潮，岛崎一老树高标，世间终有佐野辈，便尽黄金亦徒劳。

佐野学以特务奖金，收买文坛，岛崎藤村首先反对，佐藤春夫亦不愿受奖，离会而去。有人追询奖金来源，佐野云：追询者即别有用心，以此正直文人，皆纷纷离去。余以讲稿刊于报端，亦示当时国内反动派也。

二月十四日，观上海业余剧人演奥斯特洛夫斯基《大雷雨》剧，谢用信导演剧后与诸艺术家会谈。

封建王朝势已倾，奔雷急电扫长空。剧中倾吐无穷恨，暗里如闻震巨钟。

十七日观四十年代剧社演剧，至佑台会谈，遇寿华同学，久别已不相识，惟闻声始忆往日。

寿华风貌自娟娟，比座学诗共少年。今日重逢呼关露，桃花人面忆前缘。

与寿华十年不相见，声音犹昔，面目已改，曾饰剧中人，华服高髻，非复昔日风致矣

三月十七日中国戏剧学会公演《日出》，为诗赠之。

大地方沉昏，群鬼纷出没。东方出朝羲，炳炳照盲雾。人间罪恶薮，九衢多歧路。佛不入地狱，众生永迷误。诸公广长舌，现身出弘幕。台下谛听人，欢喜成大悟。

《日出》首演于南京，邀往观，并为文以张之。

十七日寿康邀赴国际联欢社听杭尼夫人弹竖琴(Harp)

竖琴声里意缠绵，无数明珠落玉盘。多谢寿康重惠我，诗思和梦忆蓬山。

北京市电车公司印刷厂出品 七五·三

(1231) 20×20=400

(45)

十八日观沈逸千察绥写生画展，沈为我造像一帧

逸千妙笔穷诸态，塞上风云纪壮游，为我写真亦豪迈，长城饮马解貂裘。

十九日胡生读班超传，慨然有报国之志，诗以励之。

驱马蹄破西域山，壮志报国不思还。一生英名留汉史，卅载奇计伏凶顽。虎头燕颔雄且武，须白头斑思故土。云暗龙城望九州，玉关生入朝明主。吁嗟呼，男儿生，莫等闲，又见胡骑满阴山，行当杀贼绝大漠，安能久事笔砚间。

胡生名家范，1938年赴延安，在抗日战争中牺牲，闻其同班生毕焕奎、徐远东言之。

二十八日再晤黄洛思，五年不相见，曾印"毋忘草"以为纪念，犹系旧情。

以往情深莫忘怀，春来玫瑰吐新芭，韩愈化

蝶终成幻，漫道新阿怨祝梁。

四月二日思元子一绝

双宿双飞誓莫违，宵来春梦尚依稀。回头东海云生处，又是繁樱欲尽时。

二十日在珠宝廊如凤斋波斯胡商处得孤鸾小镜，书诗记之。

一自孤鸾横海飞，相思日日泪沾衣。青铜莫照妾颜色，明月团团已减辉。

七月去庐山牯岭，全国抗敌会议，萃集于此

七七事变会庐山，统战功成纪史篇。万众同心齐奋斗，行看扶策剪凶顽。

返京演抗战戏剧，余饰主角，洪深导演。开演未半突被禁止，观众祷告，以邵力子说项幸得重演。洪深禁演时，谓遵守政府法令，劝观众离去，泪随声下。

卢沟桥上起风云，吾侪歌呼挽陆沉。抗敌何期更获罪，邵公说项慰洪深。

~~1、七月去庐山牯岭，全国抗战会议萃集于此。~~

~~2、演抗战戏剧。~~

六月十一日题钟馗嫁妹图便面。

照眼榴花处处开，艾旗蒲剑满门栽。今年偏遇五虫劫，无复钟馗嫁妹来。

九月四日由合肥至南京，景况凄寂，寓中被炸，住室几椅皆碎，元子照像坠瓦砾中，十二日再返合肥女中，为讲学，覆巢安得有完卵，瓦砾堆中旧梦残，飞贼手消难恕汝，如今沧海起狂澜。

十四日梦击落敌机

海上狂飙起怒波，酣呼昨夜战群魔，争看举世缉凶文，歼尽凶残好放歌。

十月二日读藏书《Beauties of the opera and Ballet》

忆与元子出买蒲团（神保）未成，转以购此，为之怅惘。

展书重忆念奴娇，大地飞焰魅宾寥。曾记当时需蒲团，玉泉相拥度寒宵。

时寓本乡玉泉馆，离日本时，以金三十元为来华旅费，及书籍什物留给元子，俱被馆主吉川营一吞没。

方生璞德来合肥宣传抗战，演《放下你的鞭子》

往访之（10.5.）

青年璞德是吾徒，唤起斯民奋壮图。放下皮鞭同赴敌，宣传衢路一高呼。

璞德后更名永植，主解放日报笔政。

北京市电车公司印刷厂出品 七五·三

(1231) 20×20=400

十日赴屯溪过宣城

沿途村镇以溪名，苍翠连山泉水清。昨夜闻人祝胜利，劳劳亭下过宣城。

十二日坐屯溪河干晚眺

河曲人如鹭，山前月似钩。秋灯明野馆，暮霭隐渔舟。远市连空翠，鸣潮压乱流。群山方遘患，何意独登楼。

九月二十一日过芜湖时，闻新征壮丁皆故乡颍上农民，被迫而来。

重见石壕吏，搜索遍颍滨，强征莊稼汉，都是故乡人。粗肤阳光紫，方言井里亲。新婚三日别，凄恻不堪闻。

平日不练兵，仓皇迫农民，达官巨室，闻敌即逃，保中国土者唯吾农工而已。

十月十九日游隆阜戴东原故居，朱遏先移藏书于此。

研学常钦戴震贤，东原故里富遗篇；遏先一老藏书在，隆阜山居树掩关。

二十一日至休宁万安调查修铁路工人，皆河北逃来灾民，遭受残酷剥削，病饿死者甚众，向有关方面反映。

河北流民避寇侵，焉知内敛更杀身，剥削病饥填沟壑，今是亡家受困人。

三十一日在中大附中讲《鲁迅之治学精神》

鲁迅精神百世师，杂文批判震当时。青年战士勤培育，血荐乳哺尽大慈。

十一月二日为全体师生讲《反帝反法西斯与国防》。

弥天烽火羽书驰，强寇猖狂压境时；抗敌应须团结紧，同心消灭法西斯。

十二月二日辞高中离屯溪，夜宿祁门茶场。八日由祁门赴景德镇，万壑千山，马戏团主孙小际雇驾车运送，履险若夷。九日赴饶州鄱阳，过湖赴南昌，夜泊湖口，荒港无人。十三、十四乘舟湖中，烟水苍茫无际，惟见映日群帆而已。

千山万壑走征途，午夜奔车万象殊。未许诗情萦白岳，更携秋梦过天都。苍波初日飞鹢急，野港凝烟露浅芦，好去汨罗吊屈子，何时重过鄱阳湖。

黄山白岳，均在歙县，住屯溪半载竟未一往，既去思念不置，何时更来乎。黄山一名天都。

北京市电车公司印刷厂出品 七五·三

(1231) 20×20=400

(51)

南昌西行过醴陵（12.17.）

水映河房菜满畦，醴陵回首暮云低。松冈起伏寒烟下，草草奔车过赣西。

十九日抵长沙，二十四日初晤徐特立先生，明日再访同

长沙徐老树楷型，诲谕勤勤教后生。万里长征身益壮，文人武化率先行。

徐老为题手册："文人要武化，武人要文化。"

三八年元旦与徐老参加湖南文抗会游行

湖南文抗结同心，痛斥投降卖国人。徐老精神堪表率，共伸正义感群伦。

时汪派汉奸，到处散布投降言论，所谓"说老实话"，即不愿抗战，投敌卖国而已。

赴伤兵医院，问伤兵情况，为女青年会写剧本

前线负伤带病身，更谁慰问解悲辛。街头蜷卧寒风里，尽是杀敌卫国人。

北京市电车公司印刷厂出品 七五·三

(1231) 20×20=400

(52)

时伤兵多卧车站及街道边，医院收者极少，常有车送往医院亦不收纳。

一月十四日仲藻来谈，云汉奸郑孝胥近作有"孤棹向阳原不媚，断流归海更无还"句，余谓此伧真枉令读书也，诗以斥之。

认贼作父生何益，垂老吟诗死便休。举世争唾郑海藏，断流入海岂能收。

长沙重晤姚鹓雏先生（38.1.20）（~~和诗~~）承赠一律，即步原韵。

十年不见头更白，一醉重温旧谊深。眷恋江山添画癖，摩挲碑板做书淫。搏空欲奋南溟志，羁旅愁闻越鸟音。此日湘江重聚首，不堪西笑寄乡心。

~~先生[illegible]赴南洋编报，未知此[illegible]。~~附鹓雏先生赠诗

南强北胜矜才美，土厚泉香得气深。昔日元章唯石癖，如今皇甫是书淫。白头自笑隆中卧，焦尾谁弹爨下音。饱饭桃花颍水曲，知君会我此时心。

故乡颍上产桃花米，曾邀先生避寇往颍滨，故诗中及之。

十六日在世界剧院应长沙戏剧界欢迎会作演说。下午在远东茶座剧作家茶话会，到茅盾、徐特立、黄源、王鲁彦等五十余人。

青年齐列作家林，座上群贤尽善文；此日湘江风雨骤，同舟共济细评论。

北京市电车公司印刷厂出品 七五·三

十七日在实中纪念周演讲，批判汉奸理论，堅定抗战国策及国共统一战线。

暗中鬼蜮既猖狂，破坏团结自欲降。应与内奸决斗争，统一战线更坚强。

二十六日应长沙文化界抗敌后援会请，在银宫大剧院讲《九一八后日本文艺界动态》。

法西主义肆侵凌，日本文坛有正声；莫道随军诸丑类，逐臭到处是苍蝇。

北京市电车公司印刷厂出品 七五·三

(1231) 20×20=400

(54)

在医院动手术，陶復平来探问，云将赴汉口，翟力奋来辞行（2.4.）

復平力奋两英才，烽火相随问病来，桔子洲头一挥手，湘江激浪两分开。

（后復平作抗敌宣传工作，被国民党特务囚于上饶集中营而杀，力奋从军远去，亦无消息，在桔子洲头所摄一影犹存。）

二月七日闻捷收宣城

昨夜喧呼發大声，我军捷报復宣城，病中忽觉腰躯健，梦随骑吹入旧京。

晚间至远东喜晤郭沫若同志

昔年分手瀛海滨，今日喜晤湘江唇，湘灵鼓瑟谱战曲，誓饮黄龙扫贼氛。

和经农（2.14.）

一鼓春雷百蛰惊，群伦赴义死生轻，雄师北上清残虏，城上旌旗指日更。

北京市电车公司印刷厂出品 七五·三

（1231）20×20＝400

（55）

入川赋

锥处囊中，情不自甘；作茧自缚，年复一年。乃脱颖而欲出，庶寝影兮无惭。冀驰骋于广野，更容与乎百川。待其踌躇满志，顾盼自豪，头角初露，劲节独标。乃先理其荒秽，扶其枝条。华实茂衍，灌溉均调。小试长才于下邑，割鸡焉用夫牛刀。而乃既善其事，予焉退藏。束以纨素，饮以琼浆。撷华采兮若英，浴兰汤兮沐芳。夜如何其，夜则未央。弋其凫雁，将翱将翔。彼君子兮，和乐且康。乃倚徙于瑶席，为客诵白驹之章。歌曰：皎皎白驹，在彼空谷。载驰载驱，[illegible]载欣载足。采葑采菲，受天百禄。又歌曰：蜀道之难难于上青天，神工鬼斧尽精坚。杜鹃啼血飞猿急，巫峰暮雨穷追攀。于今滟滪浪花涌，轻篙直下迫严滩，锦江城外苍松茂，春花秋月一年年。

十六日在长沙医院卧病，如史迁蚕室，不可以风，写此小赋，聊以自娱，仲康来访，出示相与大笑。

北京市电车公司印刷厂出品 七五·三

(1231) 20×20=400

(56)

十七日郭沫若约同访商承祚，从其谈铜器甲骨及新出土文物。

古器朝朝出墓茔，小吴门外有珍丛。肯垂告语不知倦，东海初归意趣浓。

长沙小吴门外司马冲，为楚汉古墓丛葬处，多被残破，出土漆器、铜器、古玉、镜鉴之属甚夥。锡永收获珍物，为《长沙古物闻见记》录之。

二十五日同徐特立先生谈农村工作问题

辟偏革命出农村，组织农民定认真，莫落言诠说服务，须知文艺为何人。

二十九日与寿芳孙养癯、多慈父女同游天心阁，在其家午饭。

故乡有幸遗诗卷，泽畔灵均共吟哦。记取天心阁上路，湘兰绕树树交柯。

三月三日送铭竹之贵阳

客中送客情难尽，况复潇潇暮雨时。此去黔山烟瘴恶，传车珍重写新诗。

曾约铭竹等组织《诗歌战线》，孙望、千帆、紫薰皆集长沙，方杨亦来会，《诗帆》旧人，皆欲鼓吹抗战，更抒新篇，故云。

梦中得句

独出湘城望锦城，杨花十里逐春风。只今春色浓如酒，又逐杨花作断蓬。

时在湘中，而梦入川，未几竟至重庆，幻想盖亦有因。

十三日晨至武昌渡江至汉口，陈真如邀聚餐，座有李济深等。

请缨击楫渡长江，四海群英聚武昌。千里风烟一杯酒，红旗高举卫吾疆。

四月一日归长沙，应中大高中招生，考生颇有崇拜国际强盗墨索里尼、希特勒者，均不取。

希墨群众磨齿牙，吸髓吮血肆践踏，青年何事崇纳粹，莫教重开邪恶花。

四月四日去武昌，入昙华林政治部第三厅工作，主管编审戏剧，与张曙、冼星海等共一室。

张曙新歌颂壮丁，红衫星海写飞行。军声大振敌前后，照影江波作一兵。

与张曙合作壮丁歌，星海合作飞行曲，深入敌后，远达南洋。星海喜着红衫，后赴延安，张曙牺牲于桂林。

(58)

六日台儿庄大胜利，庆祝游行，为第三厅总领队。

游行二十余里，写大捷长诗二百四十行。

红旗先导步踌踌，振臂高呼动四方。前进歌同江浪涌，吾军大胜台儿庄。

所写大捷长诗二百四十行，今已失去，部分插入《亚细亚之黎明》歌剧中，剧本亦被窃。

十三日汉口中山公园群众大会，负责保卫周恩来、郭沫若同志。

广场祝捷台儿庄，电播洪音万臂扬。翼卫周郭当一面，风闻众里隐豺狼。

十六日侄子法勇志愿抗敌由故乡来武汉

一肩行李满身尘，幼小南来抗敌人，十五身长将六尺，男儿骨相自嶙峋。

闻布谷鸣 (18)

布谷催耕似去年，好春如水忆江南。只今草长莺飞日，断尽人家万户烟。

赠洪深 (21)

高情如水乳，汉上遇知音。烽火连千里，精诚结一心。万方诛暴虏，四海砺兵金。北望中原日，新诗试更论。

雄才海上一文豪，文章经纶照吾曹。此日与君清贼寇，他年再上《五奎桥》。

赴东厂口总务厅纪念周，周恩来同志报告军事 (8.1.)

八一南昌起义师，红旗高举震当时；十年今日重合作，统战功勋世尽知。

九月二日移居联保里十一号，与洪深同室，得蟾纽白寿山"红豆"小印，即以赠之。

红豆生南国，将此赠与君；襄阳风物美，常念一枝春。

时洪深妻参加战地剧团，在襄阳巡回演出。洪念之甚，强索红豆小印去，将自名红豆云。

十五日离武汉南下视察，得玉璧，携赴战地。

汉皋解佩绿斑斑，土蚀苔花分外妍；今日驰驱东敌去，玉环相伴度间关。

此璧为战国时物，九月十五日离武汉，得之后不忍释，携此珍物，出于战火，来几武汉沦陷。

二十三日上南岳祝融峰

祝融大帝曷垂起，烧尽凶残化劫灰。我来苍茫望四海，呼吸云气吐风雷。

下山赴藏经殿，途中云气濛濛成三绝句：

呼吸云气中，但闻鸟虫语。天风吹衣襟，飘然思远举。

逞云下深谷，苍松作龙号。我岂仙真人，满身生白毛。

[illegible]

道傍杖独坐，雾外听黄鸡。山回逢老衲，且问路东西。

在赤帝峰前，採得天南星一巨本。上结绿穗，闻秋冬则实红。

直上赤帝峰，摘取天南星。葱茏翠可爱，藏之襟袖中。上山采灵药，救民出瘵病。愿为医国手，辛苦毕此生。

至潭泊市

轻舟晚下潭泊市，两岸秋虫鸣如织。江干犊子望行人，深林鸠妇哭落日。

衡山桑园击落敌机两架，与陈、田两人往桑园舟行而作

清湘凝碧波，岸草绿如剪。牧牛自在行，白帆悠然远。孤塔迎野云，茂林媚秋晚。如此绝尘境，风鹤惊京染。昨夜战长宵，狐鼠遭群歼。敌机坠郊垌，敌血污遍满。身受法西毒，至死迷不返。苍鹫下一击，穷鼠破魂胆。献俘来村人，群力胡氛翦。举凡动刀者，不死刀下鲜。昨读古哲言，谨悟心无忝。一心祝胜利，水纹

北京市电车公司印刷厂出品 七五·三

(1231) 20×20=400

(62)

荅宛转。

饮酒（29）

醉里诗摇荡，灯焰照眼花。何须计生死，[illegible]、伏剑走天涯。

十一月二日出席十七师政治部座谈会，晚间叶剑英同志讲话。

万里长征百战身，叶公能武亦能文；闻君畅语孙吴术，胸有六韬靖寇氛。

十二月七日"亚细亚之黎明"歌剧即成校一过，武汉失守，寄剧本延安，冼星海制谱。

自从东海起狂澜，蓬岛芳樱再见难；争得黎明亚细亚，红旗再展好河山。

风尘江汉洞起遐思，黄鹤楼头北望时；寄与延安冼星海，弥天烽火谱新词。

十一月十二日长沙大火

楚人一炬成焦土，湘水长宵赤怒焰。替罪合当酆悌死，张头确沐猴冠。

长沙大火，余以车载三厅文件出。至湘潭八十里，沿途人民，扶老携幼相属于道，回顾火光熊熊直冲霄汉，咸举张头之首而之。与尼禄之焚罗马，并为世界绝大惨剧。

一九三八年十二月三日与郭沫若、冯乃超同志赴桂林。

夜过永州（零陵）潇湘二水，成一绝句

夜来初过潇湘水，落木萧萧山月黄。行人唤渡寒波静，满江浓雾湿衣裳。

十二月二十四日张曙同志被敌机炸死，为葬南郊将军桥，并为撰墓志。

敌机过后火焰张，瓦砾堆中屋坠梁，海霞未满琴已碎，青山埋骨姓名香。

敌机过后，张妻来告，张曙与小女俱死，余急往照料，从瓦砾中抢之出。琴弦已碎，血迹犹殷。郭沫若同志命余主其事，葬之南郊，始离桂林。

一九三九年一月一日由贵定至贵阳，游万佛寺，坐小阁品茗，下临城河远望东山，仿佛身在南京鸡鸣寺时，风景不殊，举目有山河之异，令人喟感。六日由贵阳至遵义，长征时遵义会议在此。访郑子尹巢经巢集不得。

柴翁遗篇不可求，牂牁北行续壮游。晓日清霜过遵义，红旗永护最高楼。

十日与宗白华教授同至郭沫若同志寓，郭老邀余对弈，即在其家午餐。

世事纷纷一局棋，山城雾重夜潮低。回师东下知何日，江上洪波漾大旗。

附郭老书写《洪波曲》

十一月二日迁寓上清寺后罗家湾44号董舍~~别馆开董舍~~

别馆开董舍，花枝窍寂春，桂香穿户牖，石室净尘氣。峦抱一湾翠，江迴十畝村。下罗幽境里，城市亦山林。

十三日在白华处写《归命一切智》，即苏曼殊所译《心经》，陈寅恪（君旧）录出。

《归命一切智》，《心经》是旧译。一花一世界，三藐三菩提。曼殊能达意，白華更品题。总结唯心论，梵言应细批。

三月五日，与滕固组织考古艺术史学会

精研艺史集群贤，文物光辉世界传；此日巴州初聚会，收罗古器写新编。

与会诸教授有马叔平、朱希祖、金静庵、宗白华、傅抱石、梁思永、陈之佛、胡厚宣、徐中舒、胡小石、滕固等数十人，余任常务理事，以年三十五，精力正旺盛也。

“汉石棺画象伏羲女娲研究”，宗白华教授刊于《学灯》

伏羲女娲已绵久，神话传说遍古今；楚辞天问有著述，鲁灵光赋多敷陈。蛇躯交体肆谲怪，人首昂藏粘龙鳞。汉人石刻具形象，苗瑶古事穷根源。沙坪新出之石墓，双棺画象彫阙门。闻知诸旋所出土，函北交汇老宗兄。出示《学灯》章刊布，遂使斯学得多闻。壮岁读之不达意，日后读遍究典故。嘤鸣求友藉攻错，闭门读书大江滨。

杨仲子为刊大青田章“饮马长城窟，披发颍水阿”十字。

小石师集句（13）

梦里忽年少，淮南侠士身，开平遗志在，十万剑横磨。饮马长城窟，披发颍水阿。长缨如在手，风雨渡黄河。

吾先开平王常遇春，号常十万。一生常继开平志，千里事侍任侠名，此威继志语，友人常以相赠，仲子为刊巨章，今犹在。

十八日晤乔大壮、陈匪石谈瞿安先生遗事。

夜雨长谈彼外尘，霜厓遗事述从头。桂林一别音徽绝，梦断南云金齿秋。

北京市电车公司印刷厂出品 七五・三

五月三日敌机炸重庆

校场隧道尸横陈，痛恨恶官杀市民，不死敌机死地狱，万声号哭闭铁门。

敌机炸重庆，市民入隧道，道中不通空气，恶官锁门不许逃出，万声号叫，一时全毙，如人间地狱。

yìng（[illegible]）

马叔平来我处，为沈尹默借砚还时媵之以诗（29）

马翁请借金星砚，沈老还时赠好辞，此事艺坛留佳话，右军细楷杜陵诗。

尹默先生还砚，赠书诗一章，令昕铭诸砚背，细如蝇头，两俱精绝。

嘉陵江

嘉陵看不厌，春水碧于秋。缆影累残照，滩声激怒流。巴人歌曲渚，客子望归舟。故国知何处，停云似断愁。

郭沫若同志生子两月汤饼宴，到青山和夫，鹿地亘夫妇

子名汉婴，赖酋其母立群。诵麟趾三章祝之（6.4.）

麟趾新添汤饼香，嘉宾聚会庆华堂。生来宁馨容如母，更继峨嵋世泽芳。

北京市电车公司印刷厂出品 七五·三

(1231) 20×20=400

听三弦（闻铃）（6.20.）

灯阴弦语细叮咛，诉尽青天碧海情。最爱莺娘歌此曲，不堪满指是秋声。

莲枝善歌"闻铃"，其夫善弹三弦。十年前于秦淮河上，尝与白华、小石诸教授灯下听歌，回肠荡气，旧游如梦。今复遇于巴州。

九月十一日游北温泉，登缙云寺。

空山一牛一蝴蝶，牛寂不动望行客。狮子峰下望（临）江水，深树乱蝉吟秋叶。

十三日自相思寺上狮子峰

科头直上狮峰路，一派蝉声曳暮秋。我有相思无诉处，空山礼佛问从头。

二十六日 七夕夜坐怀元子

七夕愁无奈，三年见更难。浑忘秋露湿，独自泪栏干。

怅怅秋河远，沉沉夜漏迟。今宵虫语急，或是梦来时。

二十七日至郭沫若同志处论考古，并转致其尊人膏如先生讣告，送尹默、仲子、小石、白华诸人，并作悼辞。

沫水有徐翁，禀气仁且宽。高义感盗贼，良医济病瘝。积德之所至，满阶生桂兰。哲嗣能文

北京市电车公司印刷厂出品 七五·三

草，报国披征鞍。教忘劳人民，[illegible]。翁往照沫水，翁去沫水寒。沫人思翁者，日日望沙湾。

白凤四诗（10.11.）

白凤冲天飞，肯共黄雀语。俯视蚩蚩氓，蠢聚如蝼蚁。

竹实如明珠，果腹更何求。空山闻好音，隔溪白云流。

诗如泉水清，悠然得天趣。念彼山中人，夕英掇寒碧。

秋日桐叶落，春日桃花好。白凤兮白凤，翱翔足终老。

十月十九日参加鲁迅逝世三周年纪念会，演讲者罗果夫、陈、潘廿人，针锋相对，成为斗争讲坛

追念三周鲁迅翁，河山半壁战旗红，会中尚有陈潘斗，莫教敌人乱阵营。

若渠寄我之书一箱，连同我书，捐与陕北大学（10.26.）

若渠寄我一箱书，滇水巴山两地殊，送与延安

北京市电车公司印刷厂出品 七五·三

诸故友，连天烽火走征途。

沈尹默为书"西北高楼空伫立，东南孔雀惜分飞"一联，足成一律（11.15.）

迟迟春日照珠帏，耿耿寒星掩玉扉。西北高楼空伫立，东南孔雀惜分飞。花开花谢才人老，潮落潮生梦境非。欲采香兰遗远者，蓬山烟雨转霏微。

西北高楼一联，为一九三九年旧句，尹默为书之。一九七一年始缀成一律，三十余年矣。陈真如拟为再书之，数年前灾卒，尹默亦失明，旧日楹帖被霸，思之怅惘。1971.4.19.记

发掘汉墓纪事次郭沫若同志韵

巴水碧如油，渝柳软于鞭。晴郊结游展，荒垅拔残砖。研古集多士，搜奇来群娟。长剑出幽墓，覆瓿结败泉。别辞庠昌利字，造作延老年。欣获盘与豆，快比箭脱弦。洗拓能忘疲，摩挲行废眠。既返城市路，犹恋墟里烟。

附郭沫若同志题富贵砖拓墨

富贵如可求，尼叟愿执鞭。今从吾所好，乃得

汉时砖。上有富贵字，古意何娟娟。文采朴以殊，委宛似流泉。相见仅斯须，逖矣二千年。贞寿逾金石，清风拂徽弦。皓月来相窥，拓书人未眠。嘉陵江上路，蔼蔼竖苍烟。

四月十日由重庆牛角沱生生花园渡江至培善桥胡家堡，与叔平、聚贤、沫若诸人发掘汉墓，得延光砖，拓墨本，请郭老题诗其上，又题富贵、昌利两砖。

题延光砖叠前韵　郭沫若

延光二千载，瞬息视电鞭。人事两寂寞，空余圹与砖。重堂叹深邃，结构何联娟。上规疑碧落，下矩体黄泉。但期坚且美，无复计华年。富贵江上陂，巧夺琴外弦。一旦遘知音，彷佛启冬眠。影来入我窗，壁上生云烟。

再叠前韵简于湖　郭沫若

先生促逸兴，让我着先鞭。一纸求题咏，真成引玉砖。诗心清以越，字体秀而娟。岂期在城市，胜彼栖林泉。可知宅心泰，应宜益寿年。目叹断飞鸿，依然手挥弦。天地一大墓，京垓人正眠。梦中相搏击，万里亘云烟。

题汉富贵砖拓本叠前韵（4.22）

八尺璃琉榻，七尺珊瑚鞭。生极富贵，死亦闭墓砖。江流常浩浩，明月常娟娟。斯人何所有，白骨朽黄泉。上溯延光季，世历千百年。其间贤圣辈，一一播管弦。忧乐先天下，陋室足安眠。吾生重高节，富贵如云烟。

村居即景再叠前韵

牧牛者谁子，斜阳挂一鞭。茅屋卧新犊，颓墙坏败砖。室有糟糠妇，蓬鬓亦娟娟。向晚摘园蔬，凌晨汲山泉。但求生事足，劳劳不计年。众鸟绕屋鸣，胜彼管与弦。清夜百虫吟，悠然酣睡眠。念此望乡国，遥遥隔苍烟。

谢友人赠普耳茶三叠前韵

客从滇南来，千里息征鞭。珍重故人意，赠我茶一砖。谓可助苦吟，诗意发连娟。我姑酌一瓯，瀹之以山泉。饮此清风生，真足延寿年。夜深不思睡，起坐抚五弦。开门见新月，群蛙喧未眠。解衣扪肺腑，吸呼生云烟。

赴学院讲课过歌乐山道中作四五韵。

辛苦为形役，造物施巨鞭。日日责在背，相彼驴驮砖。不及道旁花，自媚还娟娟。小休坐磐石，微绿荫流泉。忽闻杜宇声，去蜀知何年。回看山下路，千陌细如弦。应知农事足，麦熟蚕起眠。越岭闻鸡声，亭午起炊烟。（40.2.22.）

书李守常先生事，为诗奠之。（1990.1.4.）

李先生守常者，名大钊，河北乐亭人。幼孤贫，幸母贤，抚育长成，既壮，走东瀛，入早稻田大学，习社会经济学，学成归国，执教于北京大学及女高师校，即以所学教诸生，析理深阔而诲诱后进复恳至，一时俊彦之士，皆乐归之。先生长身美丰仪，貌温文，学养，有儒者风，出词谦煦，未尝盛气下人，笃信泰西马恩二氏之说，躬行而力践之，至死而不爽，中国知有此学，且结信义敢死之士，以谋廓清社会者，先生实首创之也。先生造就弟子甚众，今之杰出领导革命者，多其所得士焉。先生得俸金，则恒以济人，无少私蓄，交屡空，晏如也。每至窘迫时，辄举衣笥付质肆，肆人视封

(1231) 20×20=400

北京市电车公司印刷厂出品 七五·三

志，為先生名，即付所需，其值可不问，如是者屡矣。以先生重义，至期必归偿，故肆人不之疑也。是时胡匪张作霖，聚徒众雄关外，继入据北平，大捕言革命者。先生名与其列，追索甚至，因避居东交民巷中，与李煜瀛共一室。事且急，李劝先生同出走，不听，李去独留。其弟子陶君往视，复力请避去，仍不听，且曰：丈夫重其节，志士殉其道，义也。死生何惧焉。未几而逻者至，遂引之去。先生既入狱，其友吴君弱男者，為之奔走营救颇力。吴之夫湘人章士钊，尝客合肥段氏，作霖拥兵自恣，惟段氏者能与抗礼。吴乃请于夫，嘱恳段氏一援手焉。章与先生，政论素异，以為政敌也，难之。吴誓于夫曰：若能出先生于难，后当事夫加谨，否则且离异。士钊惮之，于是走津门，赴通州，将谋于段。未及至而难作。先生死事之晨，时在西市某陋室前，围以短墙，中置绞刑机，墙外皆银行巨厦，行员某穴壁窥焉。其首被贼害者即先生。先生被杀前，刑人询之曰：有遗言否？先生曰无之，于是坦然赴义，不十分钟而气绝。再次一女子，年轻不能死，久之乃绝。次及一人，仰天而惨呼曰：天乎，世间宁有公道耶？其声凄厉，观者惊堕墙外，自谓平生所闻，以此声为最痛矣。

先生既死，其家葬之城外某阡，力人为举榇者，皆曰吾辈皆知先生为义人，辞不索一钱云。

业师胡先生者，先生至友也，常述先生行事，余幸得闻之。师某年掌教武昌时，尝于署中，邀先生南下讲学。先生过郑州，密主劳工运动，人无知者，曾与师言之。观其恂恂学者，讵知固尝冲冒风雨晦冥之际，如搏空之海燕也。窃尝读其书，钦其人，故略著其事。嗟乎，与社会变革之交，正义所在，为先驱者，往往杀身以赴之，积之久也，而光烂焉，如日月之经于天也，无论知与不知，皆仰视之。今继其学者既众，先生为不死矣。为诔奠之。

（一九四〇年一月二日夜，写"[illegible]的死"）

传播马克思，先生实首倡，壮岁赴东瀛，归国设讲帐，培育新青年，著述更明畅，打倒孔家

(1231) 20×20=400

北京市电车公司印刷厂出品 七五·三

右，力与军阀抗。五四大游行，封建遭涤荡。二七大罢工，领导为群望。组织中国党，革命力益壮。赴义坚不避，辉煌树巨像。一死重泰山，光焰高万丈。

一月十二日，巴中晤陶行知。

晓庄师范忆江南，反蒋反封起巨澜；今日渝州重设教，育才何畏有艰难。

行知先生办晓庄师范，被蒋贼排挤，今于重庆又设育才学校，余曾讲音乐史。

二十日，诗集第三集《收获期》出版，纪念之

布谷飞鸣收获时，蓬山回忆五年期。难忘上野芳樱尽，落英缤纷不忍池。

不忍池在上野公园前

二十七日悼吴承仕先生三首

妖氛连海角，太息失经师。未入春风座，常钦岁晚姿。审音明要术，说礼证新知。（先生精于三礼及音韵学）重振徽州学，垂天无尽时。

室遭群鬼瞰，吮血更磨牙。斯世谁无死，荣名宁有涯。运筹驱丑虏，起陆制龙蛇。壮节千秋在，文章作国华。（传云先生密主津沽义勇军活动）。

温故知新者，如公有几人。一生惟反帝，百死

北京市电车公司印刷厂出品 七五·三

(1231) 20×20=400

（76）

一九四〇年一月二日中夜，写《侄儿洽勇之死》刊诸《新蜀报》端。

梦里空思十二郎，笔含清泪九回肠。未将汝去延安道，翻使投身饲虎狼。

间中玉笛作龙鸣，怀志冲霄翅未腾。重过吉安难见汝，忍将文字记形容。

洽勇幼离家门，投身抗日，往金家寨依其兄洽豪，时洽豪参加组织，在大别山游击队中。队中以勇侄年幼，乃南来武汉依吾。后从军至江西，仍与其兄通讯，反动派特务诬之为共党，凌辱之，患瘧痢不为治，置之死。洽勇善吹笛，在武昌时每徘徊电影院前听新曲即能吹奏，为省钱而未尝一入观。既病瘧，吾送之入医院，与钱购药券，次日即离院，取钱出，节约更不就医，不知瘧之毒也。嗟呼，安知反动特务诬某，虐之至死，较瘧为更毒乎。

不屈辱。（传先生为遭肢解，死甚惨）。治学兼文史，穷源洞伪真。经筵今寥落，正气结天津。

二月二十一日挽蔡孑民

祭酒常尊最老师，自由立教震当时。百川学海争奔汇，特正如公更有谁。

处世能容应享寿，对人无语亦如春。暮年未了平倭愿，常使英灵绕海尘。

七月九日丰治秋来，1922年南京同学，今声音面貌俱改，四一年四月二十日又与曹靖华同来，送之归歌乐山，书二绝句赠之。

幽燕歌哭不相闻，烽火巴渝又遇君。同学少年忽已壮，风尘辛苦话斜曛。

故人廿载情无限，远送浑忘日已西。指点前山归路近，绿榕老屋杜鹃啼。

四〇年九月三日与芝冈同往纯阳洞中国制片厂追悼张曙，诵长诗悼念激动四座余着戎服，三八年与张曙所同制也。

战时岁月去堂堂，此夕悲君忆武昌，同是须眉好男子，慷慨相共试戎装。

革命从来不怕死，退缩怕死不英雄，琴弦断处血花碧，怒火奔雷谱大声。

在武昌时与张曙同制军服，常谓余曰：着军服为的革命，来革命就要不怕死，若怕死就不要来革命，以此自誓，且以励人。张曙死于桂林，星海死于延安，与两人合作最久，常于奔雷怒火中创作新词，先在广众中朗诵，两人为之作谱，同伴既失，革命损失不小，闻笛腹痛，挂剑神伤，与伯超合作挽歌，不胜痛惜。

十月四日去磐溪访向华先生

嘉陵山水好，对此可忘机。雾断群峰出，江回一鸟飞。过滩还问路，落日渐沉晖。来访故人宅，朦胧野色围。

十四日寄昆明彩珠

冷煞秋江江上潮，孤衾堆梦夜迢迢。昆明远望三千里，相见何时向九霄。

十九日参加鲁迅先生逝世四周年

迅翁垂教记犹新，呐喊声中过四春。暗里须防赵家狗，磨牙乱吠逐"狂人"。

纪念鲁迅先生逝世四周年，二沈（钧儒、雁冰）主持，许寿裳作报告，余诵《狂人日记》至"黑漆漆的，不知是日是夜，赵家的狗又叫起来了。"反动派特务，忽然骚起捣乱会场。雁冰告我，特务已在问我的住址，会众皆散，余与张西曼出，特务尾随，欲加留难，厉声恨恨而去。

赠李君二绝

君住桃花溪，溪水浏且清。碧潭深千尺，思君无限情。

君去桃花溪，溪水鸣寂寞。明年君不归，桃花空灼灼。

四一年一月十二日在青木关立小溪边看山前月子，写生日五古一首。

明月照沟渠，流水声呜咽。远林吠乱龙，群山迷夜色。客馆不能寐，徘徊愁千叠。我生三十六，孤愤谁堪说。一身形情影，千里云伴月。老母常倚闾，念我关山绝。诸侄纷长成，兄弟俱久别。偶然得音书，展读增怆恻。有家不能归，有书遭虫啮。绕屋树已枯，寒塘冰应结。栖栖感岁暮，适生苦无策。逐逐情网中，劳劳困车辙。一岁又一岁，月圆复月缺。且入空房里，吟诗自怡悦。

二十三日贺素野小忆新婚

素野生春绿，东风放玉梅。窗前新月好，差可比蛾眉。

小忆知何忆，新情积旧情。此情如松柏，千载更长有。

二月一日步行过川师前，为中统特务拘讯。

江南一叶郁奇冤，鬼蜮追踪遍渝川。义正辞严何所惧，凌冬古树自撑天。

皖南事变突起，新华日报发表社论，禁不许登，周恩来同志题"江南一叶，千古奇冤"八字刊于报端，余与潘菽、梁希、金善宝诸人募捐慰问新四军，亦遭特务拘讯。事后作《冬天的树》一诗，乃解衣询之。时马寅初先生，亦同遭特务拘禁，《寒花时分谢》共组讲习会。

二十日劳军义卖，书字数幅，中占一绝。

茫茫寒雾压童城，独听双江郁怒鸣。何日春花开烂熳，布谷声里劝农耕。

冯焕章请为书字，即作一诗赠之。

大树声威壮，中华一巨人。将军忘其老，倭寇畏如神。照世悬肝胆，吟诗见性真。但求纾国难，血泪不辞陈。

昔年读书东京时，每与日人燕谈，述及将军名，辄悚然敬畏，视如神明。常过横滨关帝庙，中悬"威震华夷"四字横额，日人亦敬礼之。今古英雄，足以互相辉映也。焕章先生嘱书，爰而政之。1941、3、2。

夜宿浮图关上，不能成寐，怀人有作（3.26）。

青木苍茫隔野烟，浮图关外草芊芊。思君梦醒知何处，细雨春江听杜鹃。

北京市电车公司印刷厂出品 七五·三

(1231) 20×20=400

(80)

四月五日磐溪修禊次方东美韵

东望烽烟急，西来感慨多。飘蓬千里外，载酒一相过。细雨滩声静，微风花气和。高明遭鬼瞰，谁与作春傩。

八日岛樱诗次东美韵

生小住瀛岛，玉质舞春风。侬心如冰雪，侬命如飘蓬。委身适上国，幸比妾媵充。愿得欢相爱，年年粉态红。

中央大学艺术科窗前，有八重樱一株，移自东瀛，敌机来炸，遂遭摧残，但犹勉强作花一二，为艺术科讲"神话与艺术"，坐花下半日，未能忘情于尤子也。

十六日晨梦得小诗

春花谢了秋花开，日日思君哪得回。独上高楼空极目，两行归雁际天来。

五月三十一日，夜宿白沙山居，与彩聚坐，成小诗。

野水閒堂吟万虫，清宵聚坐两心同。牵牛织女临河语，露似珍珠月似弓。

六月四日祝冯焕章先生六十寿

冯将军，寿六十，精神旺，躯干直。重节义，崇真实，不爱财，不怕死。论兵杀敌意纵横，浩然正气贯白日。六十年中外御敌，豺狼盗贼终入室。将军百战老益壮，边关坐镇甘锋矢。读其日记，即民族战史，读其诗歌，则血泪盈纸。嫉恶如仇，爱兵如子。接物推诚，教战明耻。颂祝将军寿无穷，青如松柏坚金石。炳炳焕为民族光，千秋万岁常如此。

悼滕若渠函（29）

故人从此逝，落尘遽遗篇。朗朗山岳姿，胡不延寿年。忆昔清游日，北湖荷田田。疏柳夹长路，小车冲野烟。访书趋古肆，有获双眉轩。求画得逸品，拳拳忘睡眠。所集求既多，寇来尽弃捐。君物与我物，回思空情牵。前岁晤巴谕，君旋去百滇，为述滇池美，召我往盘桓。去岁君复归，执教共几筵。乐此数晨夕，妙绪发连娟。送君过龙隐，一别隔人天，今日奠君酒，知否到重泉。

君善为文章，鸿笔世所惊。创造擅稗史，早岁享令名。中年游欧陆，学艺复大成。拓碑登龙门，搜奇更北征。旅途探史迹，研古掇其英。论画穷流变，吟诗发性情。与君为学会，来集昏宏明。才翮扬国华，高举振八纮。孰意即永别，奄忽归荒茔。光彩照瀛海，寿命短巫彭。念君更寥落，不觉泪纵横。

君逝前五日，尚復寄书来。发笺意忽至，作字亦奇瑰。上言卧病久，虚庭生莓苔。肌肤虽云损，精神日渐恢。下言艺术会，报部莫迟回。良朋涖巴渝，嘉集望速催。君情犹如昨，君才未全灰。思君如梦寐，遗笺惆重开。悲风撼堂户，日暮怅蒿莱。

红梅一绝（7.4）

半放红梅花正繁，不堪辛苦度华年。今宵共赏山前月，夜々清辉盼早圆。

七月十四日在青木关音乐讲习班讲课，静观虫鸟，得一小诗。

壁上土蜂筑小屋，檐前瓦雀哺新雏。细蚁觅食途已远，巨蛛守网待何如。百物营々各自得，今我不乐何其愚。门前香稻看已熟，后园甜桔种千株。此间暂居亦云好，闭门却热读吾书。

九月一日晨起见紫牵牛花开竹篱上，秋露欲滴。

寂々张醒眼，怅々渺秋河，何处寻织女，宵来清润多。

十月二十三日赴北碚，访子展、宗融、彝甫诸友于夏坝。

为彝甫题画一绝。

秋树遮岸峦，清波萦洲屿。偶耕在江碚，山风吹人语。（题江碚偶耕图）。

十一月十六日祝沫若五十寿辰、创作二十五周年纪念，到文化界数百人，渝市知名之士，荟萃于斯。

祝嘏五十设华筵，著作等身廿五年。今日同争新民主，更为战斗写新篇。

道硕来访，为介绍其友谈艺（12.1.）

硕人甚倾魏琮林，蜀道维艰隔玉岑。苦蹋远来衣有意，欲求天马绝秋尘

道硕同学，要为琮林，嘱求悲鸿画马，然欲绝尘而去耶。

一九四二年五月四日文化界晚会，得鲜石斛花一握，形如红兰甚美，张一麐、沈钧儒各来索取一支，~~[illegible]~~即赠之。

石斛花开艳艳红，如兰如蕙耀春空，风标众里谁相似，赠与沈张好义翁。

石斛兰科植物，花大而美，喜生高处，川中多有之。

(84)

赠何君

攀城血战下南昌，留得荣名千载扬。麟阁丹青传壮烈，西风猎猎大旗扬。

吾性好文复好武，君才能武亦能文。收京他日同吟唱，立马吴山看夕曛。

一九四二年腊月十五生日作

腊月十五月圆候，正是慈亲生我时。拔地寒松撑骨干，压庐瑞雪照丰姿。学而不厌忽逾壮，生也有涯亦数奇。四十年来无一可，只将群众作吾师。

一九四三年一月十五日写六忆诗，编集《蒙古调》，拟刊之。

忆昔初相爱，盈盈十五馀。携花不插鬓，入座每翻书。浅笑晕生面，轻歌情引裾。剧怜娇小态，多病体常虚。

初生居漠北，稍长住参南。丰鬟袓维碧，秀口荔枝丹。白下同游嬉，春明共往还。依人如小鸟，妙语解绵蛮。

重逢巴渝水，相念望昆明。沧海十年话，烽烟寸里情，同心铭玉间，密思寄云程。相枕怀中字，珍珠入握盈。

廿六来归我，佳期喜未迟。百年一诺重，七夕两心知。天上双飞鸟，人间连理枝。枕边密誓语，宫印认芳时。

杏脸融如醉，随腰倦更舒。春来生红豆，月满孕珍珠。誓伴长卿老，相怜处士孤。为君偿宿债，何惜五车书。

赠我金约指，约指复约心。心如石不转，情似海天深。红豆生南国，晨风郁北林。区区还自惜，梦寐转孤衾。

青木关上树，千古更常青。此意何人解，孤吟空泪零。精魂托片石，寄恨探兰馨。夜永银河望，遥怜帝女星。

探

此诗为彩珠作，已将三十年，偶翻旧书得之。彩珠汉姓汪，父名乌勒吉，蒙元参加辛亥革命，母名金淑慧，为卓盟喀喇沁右旗蒙古师范教员，外蒙巴州增参加广州第一次代表大会，即其力，著有蒙汉大辞典廿书。彩珠蒙语名速不台期慕克，为1931年南京大学附中学生，后入北大，卒业于昆明联大。其右臂及股上，均有朱痣，宫印芳时，~~即谓此也~~，永志不忘。

北京市电车公司印刷厂出品 七五·三

一九四三年一月七日与潘水叔同编《学术杂志》，常往来璧溪重庆间。

唯心邪说须批判，实践马恩论证周。此日广邀文化界，精研学术集同俦。

此刊物为党支持，出版第一期，至第二期付印，被反动特务捣毁。

二十七日院中梅花开，怀人有作。

隔江远望雨丝丝，病里情怀那得知。几度思君空怅触，红梅花下立多时。

二十八日有寄怀

寒雾绕孤村，山月随人走。疏星缀天末，微灯透林薮。午夜不成寐，顾影寂无偶。何时能与君，~~[illegible]~~孤鸿传远音，壮怀重抖擞。国事方蜩螗，何为空搔首。

流莺（2.8）

流莺来去无消息，飞燕啣泥过别家。度尽残春心事在，东风惆怅看杨花。

为许敦谷题达摩图（3.5）

达摩面壁坐，十年不回首。薜荔满苍岩，风雨龙蛇走。四山寂无声，块然如土偶。无眼耳鼻舌，万物皆刍狗。无识亦无得，挂碍更何有。

晨起（3.18.）

春睡由来未易醒，阶前好鸟两三声。红梅落尽春未尽，满眼桃花又放晴。

唐倚石题杨妃醉舞图。

美人曼舞醉酡酡，尚有仙山入梦么？我已尊前饶百感，不堪七夕望银河。

夜雨（5.4.）

一度思量一惘然，十年如梦梦如烟。今宵夜雨鹃声急，又剔残灯忆十年。

题石林临周文矩玉步摇图

漫 漫掩轻罗袖，婷婷玉步摇。华年空自惜，寂寞度芳朝。

题云阶画

前溪绿柳碧毵毵，小扇轻罗去独探。照影清波空自惜，落花时节梦江南。

又题乳鸭池塘图

小塘春水活，荇荇叶参差。此中富逸趣，羡杀雏鸭儿。

曙光榴花白鹦鹉图（5.29.）

翩翩空自惜雪翎，往事开天梦已醒。语世删除成正觉，番榴枝上诵心经。

送高君去兰州

送君西北去长安，剑阁秦峰放眼看。云树苍苍一挥手，风尘辛苦劝加歺。

题王君樱花杜鹃

红樱花发杜鹃啼，回首东瀛旧梦迷。春色年年还未改，令人癡望海天西。

文熙梨花图

寒食清明次第来，溶溶小院玉梨开。枝头好鸟闲相语，日影迟迟照绿苔。

曙光画水仙（7.2.）

妙笔真能穷造化，清才直欲压徐黄。春来惯写凌波影，曲渚迴风湘水长。

文熙榴花鸽子

寄信传书事渺然，前尘如梦梦如烟。闲门读画潇潇雨，榴子花开又一年。

迎春双燕图

江夏王君擅墨妙，逸情清趣世间无。招来花底双双燕，剪取春光入画图。

野薇麻雀图

只为惜春常起早，每因寻胜澹忘归。野薇开落无人问，晨露初晞一雀飞。

山斋墙西，有一小阜，多生细竹，间有野花，徘徊其间，偶然得句，王君画中写此景，即题其端。

为仲生题八哥红梅

莫向花间怨别离，东风惆怅耐人思。枝头好鸟来相语，又是红梅盛放时。

高君白头翁雪梅图

雪里江梅红照眼，赏幽觅句倚危栏。君看枝上白头鸟，双宿双飞耐岁寒。

为寂子题屈原画像

泽畔憐芳草，天涯望美人。昏昏皆醉梦，哀怨向谁陈。

题倚石画布袋和尚

乾坤一布袋，群伦处其中。扰攘无已时，营营类百虫。历尽诸辛苦，弹指成虚空。老僧常看世，含笑如癡聋。问我我不知，开襟纳晚风。

一九四五年十二月十一日应印度国际大学教授
由重庆飞加尔各答

七年惯听巴山雨，今日能无去国情。江雾迷茫还隐市，天风浩荡任扬灵。十方烟水添忧患，万里云山纷送迎。滇海雪峰都过了，遥遥灯火是加城。

食椰枣

东海不遇安期生，棹头不顾此西行。夜煮寒泉食椰枣，红棉花下一灯青。

在印度国际大学住宅窗外，有红棉树一株，来时正着花。又有红豆树一株，及菴没罗果，实均熟矣。

加城植物园观红莲

灼灼红莲华，亭亭出清池。植根在净土，展英纳晨曦。好风扇微和，佳卉荫塘坡。我来盘膝坐，对之情不移。飞鸟自翱翔，茂树相因依。心静万虑空，入寂悟真知。此华照我心，我心无苦悲。此华照我眼，我眼带迷离。此华之所照，随在充悦怡。我口忘言说，我身忘渴饥。神与古佳会，微笑迎凉飔。晴晖垂太空，祥光生水湄。瞻礼红莲华，圣净天人姿。一心勤供尔，来来无芳期。

Santiniketan 善地尼克坦感怀　　1946.1.

回头东望旧神州，满地烽烟动客愁。草草十年惊短梦，茫茫四海荡孤舟。何尝忘世还牵爱，纵许逃禅未解忧。策杖西来风物异，怀乡王粲怕登楼。

Santiniketan 义云寂乡或和平林，印诗人太戈尔创立国际大学于此，梵语名Visiva Barat，义云世界艺苑，应聘来此，为教授两年，居中国学院（Cheena Bhavan）讲中国文化考古

看月

清夜看明月，澄澈照万里。花静不吐芳，鸟静不闻语。大地皆光明，无丑亦无美。一刻成永恒，数息净尘滓。此身坐空阶，此心如止水。

晨梦

晨梦梦中方休发，抬头忽见万花开。看花披发朝复暮，明月冲花入抱来。

天竺九月见芦花

天竺九月无秋意，忽见芦花却忆秋。欲去故园湖上坐，芦花塞雁满汀洲。三见芦花头欲白，

十年浪迹等浮鸥。何时还晤诸兄弟,忘却芦花一段愁。

和蓝谷先生见寄韵

高龄已达古稀年,经世文章公早传。犹记隅田朗诵会,豪情飞越海东天。

附节山先生见寄原韵

泊海论诗忆往年,忽闻空谷足音传。知君奋羽迁乔木,一举高飞云外天。

忆马寅初

细数豪门饱橐囊,寅敢斥窃国坐庄皇、正声早震沙坪坝,侃々风徽照讲堂。

1941年与马寅翁同住沙坪坝,讲学触时忌,同时被拘捕,在印度讲学,可以直摅胸臆,每忆及之。

赠章异

孔子作麟经,春秋寓褒贬。董狐奋直笔,正论摘奸险。谔々古人风,千载留彤管。斯世淆是非,正气日以短,狐鼠坐朝堂,诬枉谁平反。百世渐零落,饿莩沟渎满。欣君为评论,侃々露肝胆。作人民喉舌,狂澜只手挽。皇々公理彰,永々铭玉版。章在广州任评论报主编,被反动派迫害来印度。

一九四七年中秋梦见凝芬晨起作

小别焉知再见难，梦中相晤泪偷弹。惊鸿照水容如旧，灵鹊填河夜又阑。倦有馀芬凝角枕，敢怀密意寄琅玕。阴晴圆缺浑无定，天上人间一例看。

中秋与梵澄拈韵得園字

清风来海隅，晚色下高原。今夕秋已半，延月开东轩。团々过雪岑，皎々照林園。忽如见故好，相对倾壑罇。渐觉形影寂，静无猿鸟喧。清光不择地，但看枝阴繁。洼水供瓶卉，嚼瓜代盘飧。露气生短发，野馥散疏藩。嗟我来炎方，居室如蒸燔。既无兄弟乐，更负庭帏恩。郁々怀故宅，耿々望里门。襟期无一适，国事安足论。此夕是何夕，坠虑归本元。明月来相慰，解我心中烦。眷々照永夜，迟々过西垣。弯环认小径，微茫接远村。脱衣挂石肘，科头倚树根。坐久不思睡，遗世復忘言。

中秋与梵澄拈韵更得姐字

冰轮凌太空，清光垂大野。今夕正中秋，合当浮巨斝。久为羁旅客，安辞容颜赭。醉后乘白

北京市电车公司印刷厂出品 七五·三

云，玉宇任遨游。人拜石为兄，我呼月作姐。引路过瑶阶，持赠桂盈把。随风听霓裳，归向笛中写。高歌惊鸟鹊，飞飞绕兰若。怪树伸虬枝，满地秋痕泻。既醒復欲醉，倾盏更饮者。

加尔各答

加城筑炮垒，英帝练兵场。从此征全印，延伸向四方。王公吸鸦片，奴隶餐糟糠。刮尽人民血，维多利亚室。

华氏城

首府巴檀那，古名华氏城。无忧留石柱，曲女播芳声。三宿加兰馆，千珍到玉庭。临河精舍下，激湍日奔腾。（加兰为此城豪富，建博物馆，驰名国际文学，邀余为鉴定中国、日本古艺术品。）

那烂陀

玄奘修学地，梵刹那兰陀。六代经筵盛，五天大德多。劫馀成废墟，扰攘历干戈。重见长腰米，千年等逝波。（余游那烂陀博物馆，求烧焦长腰米数粒，玄奘当年食此。）

王舍城

日暮趋何处，言寻王舍城。道逢黑狮子，舞绕野林丛。七叶不知路，三星照远空。匆匆归缅

北京市电车公司印刷厂出品 七五·三

(1231) 20×20=400

奔，宵夜畏孤行。

竹林精舍

精舍说经处，森森绕竹林。邱陵曾震动，花雨落缤纷。度苦千秋愿，谈玄一世尊。至今鹫岭下，惟有野人村。

鹿野苑

道成鹿野苑，沐发恒河滨。初转法轮处，初收丘五人。慈悲鹿母意，慷慨鹿王心。佛语如常在，流传直到今。

菩提场

菩提成道处，高耸窣堵婆。照影尼连水，趋尘健多歌。神通驯醉象，心定服群魔。忍辱何足道，舍身愿代鸽。

大吉岭

雪山大吉岭，本是金刚林。地属乌斯藏，人和土蕃来。英兵强割地，开道入云深。别馆崇楼内，辛劳役苦贫。

尼泊尔

地接西王母，天开狮子宫。凭栏千树碧，夹道万花红。劈峡文殊剑，穿云喜马峰。溪山明月夜，黄竹动歌声。

读报（1949.1.9在印度加城）

又遣虞姬媚白宫，丧心难比楚重瞳。金陵王气黯惨尽，玉树新歌懊恼闻。早括珠玑藏海外，更无子弟返江东。石头城下降帆出，寂寞秦淮夜月笼。

时蒋派宋美龄赴美求助，金陵王气已垂尽矣。

腊月十五生日作（49.1.13在加城）

腊月十五月圆候，正是慈亲生我时；拔地寒松撑骨干，压庐瑞雪照丰姿。幼居农亩知艰困，长历湖山发壮奇。四十年来惟一可，能以群众作吾师。

四九年二月一日离印返国

异方数载倦西游，且倚危舷戏白鸥。明日冲破天际去，朱霞朗照东海头。

海行舟中赠丘士才

中年豪气未消磨，沧海相逢共啸歌；万斛鲛珠联绮句，千灯云母照洪波。楼船北望乡关近，天堑東归吾卷多。此日中原都解放，与君不饮更如何。

北京市电車公司印刷厂出品 七一·七

丘君赠诗，次韵和之（49.2.12）

故国春花吐万英，朱波东望动乡情。河山永属新民主，湖海难逃浮世名。压水浓云黄日暗，缆船明月夜潮平。三朝三暮槟城去，港口劳君相送迎。

附原作

朱波江上遇英耆，与话乾坤鸥鹭情。但是东山多丽句，果然南国老诗名。风尘久困心犹侠，书剑长存气未平。天竺东归值此日，中原解放万人迎。

舟中看月夜作（49.2.14）

海中明月如金轮，鲛人夜出数家珍。鲛妇织绡如水碧，细縠缠头趁芳春。鲛人鲛妇肤如脂，按节漫歌更漏子。遗我明珠系襟裾，赠汝槟榔染朱齿。

新加坡陈氏园食桑葚（49.2.22）

陳氏园中桑葚熟，星洲初尝动乡思。故国十載烽烟里，慈亲望我鬓成丝。忆昔种桑園老屋，鸣鸠乱啄春日遲。四月蚕老麦正熟，黑葚白葚满桑枝。群兒攀樹探雏鸟，田翁牵犊飲清池。今日南天温舊夢，归看家人收繭時。

北京市

仰光

仰光新雨后，海气绿森森。曲路湖光湿，雕阑树影深。金塔藏佛发，石刻记骠人。自古朱波地，胞波来往频。

槟榔屿

南国列千岛，槟城负盛名。市环沧海碧，花外乱山青。春色常如许，潮音觉有情。宵来堤岸坐，抚道会群英。（过槟城时，骆清泉居士及弟颖持、袁晓鹏李，夜于堤岸集民盟方面同志共话。）

新加坡

古代名狮岛，今为新加坡。英伦拓殖久，民族斗争多。北马传《风下》，《南侨》挥鲁戈。小休兰馆内，海角聆新歌。（余过星岛，黄曼士邀余往赏兰花，名品种甚富，又邀往新世界听歌，会晤旧友甚众。）

49.2.27 抵香港 晨睡乃起，空了、新民诸旧友

漫携诗书妻北征，红旗初换望神京。流连狮岛东南亚，飘泊鲸波大小城。未许豺狼当道路，也看狐狸啸行程。来寻旧侣资燕谈，香港旧游幸再逢。

初抵香港，特多横逆阻难，空了代为交涉，更访乃超、而复、国彦、新民、水拍、主群等诸旧好，欣然过从。

抵天津

远离国土久飘零，雪压长松岁几更。初见红旗忽下泪，何人知我此时情。

1949年初，北京解放，由海外归国。初履津沽国土，不禁泪下，招待主任连承农来接。我说我到家了。连问：你家是北方吗？我说：解放区就是我的家。忽然泪不能禁，为诗一绝纪之。

哈尔滨

北国风光美，难忘哈尔滨。门堆三月雪，桥涨一江春。朱果添新酒，白鱼剖细鳞。茫茫黑土地，解冻待耕耘。

1949年四月，由北京去哈尔滨，时已春尽，尚有积雪，住马第尔饭店，其中仍烧暖气。

旅顺

旅顺风涛壮，百年战伐多。巨人新世纪，还我旧山河。故垒遗残炮，沉沙有断戈。行看西下日，惨淡隐岩阿。

大连

初入大连港，摇空海气温。晴霄天际望，远水碧嶙嶙。

北京市电车公司印刷厂出品 七五·三

(1231) 20×20=400

沈阳

辽左空馀恨，关东弃沈阳。廿年随逝水，今日竟重光。赤帜插玄菟，红星射白狼。秋林摧落叶，一夕下严霜。

辽东，汉玄菟郡。唐人诗"白狼河北音书断"白狼河地名。

吉林

风雪吉林道，貂裘未觉温；一丛乌拉草，珍贵逾人参。

鸡林乌拉，满族语，义云水滨之地。俗谚：吉林有三宝：人参、貂皮、乌拉草。一九四九年春去吉林参观，首长周同志赠乌拉草一束，此物贫民最需用，较人参貂皮、供贵族者，尤重要也。

长春

捣碎狐狸窟，驱除虎豹群。人民清秽恶，此后始长春。

小丰满

辽东多峻岭，涧谷水流长。下注小丰满，狂奔松花江。中途阻急湍，发电通四方。动力与灌溉，处处生祥光。

北京市电车公司印刷厂出品 七五・三
(1231) 20×20=400

抚顺、本溪

抚顺露天久，本溪入地深。工人双巨手，日日捧乌金。

鞍山

钢水流不尽，鞍山炉火红。金蛇飞日夜，捕捉赖群英。

鸭绿江

江水鸭头绿，风帆鹅掌红。桥头相互望，挥手各西东。

1949年游东北至安东，在鸭绿江畔，对江即朝鲜新义州，大铁桥跨江上，步行至桥南端，与岗位人员握手签名乃返。忆一九三六年旅居日本时，友人安英一、韩泉甘皆鲜人也。鸭绿江中风帆多鹅掌红色，景色颇美。

云岗

武州川水畔，照影古云岗。昙曜开斤斧，平城资谷粱。雨侵岩洞险，露坐佛躯凉。拓拔迁都后，龙门重洛阳。

天水

天水秦州地，泉甘土更肥；牡丹高二丈，古槐逾三围。故国多乔木，晴云遮翠微。城南林荫处，买得醉瓜回。

麦积山

林海无穷碧，中藏麦积山。层栏廿十二，造象近三千。诗至秦州咏，文传庾信篇。北周留胜迹，此地少烽烟。

甘泉寺

马跑甘泉寺，庭中唐玉兰。凌风张翠盖，冲雾出重簷。香远来仙蝶，花开散玉盘。年年千百朵，应是少陵传。

~~麦积山壁画彩塑~~

敦煌

鸣沙留石室，戈壁绕敦煌。野水明驼道，华灯古佛场。画龛传北魏，彩塑至三唐。一点绿洲里，瓜田风土香。

(1231) 20×20=400

(101)

朱弦（1954.1.7）

朱弦五十奏新声，卅六鸳鸯相对鸣。簷外牵牛遮绣幕，榻前飞雁度银屏。垂垂红豆生春笑，握握明珠趁月盈。白心同心应记取，好香一炷祝長生。

白色碧桃盛开诗以记之 (1956.4.12.)

玄都观里玉仙居，脱却朱衣换白衣。前度刘郎浑不识，夜凉月色满襟裾。

金鱼三尾畜养年余，已驯熟矣

盆中蓄红鱼，三日一换水，水清鱼更乐，喋喋如相语。庄生在濠梁，观鱼得鱼理，此虽小天池，南溟能相比，鲲鲸遭残害，不如盆盎里。

延安道中 (1956.)

延安行看近，陂路万松围。鸡犬闲闲意，牛羊得得归。满川烟树碧，近水稻粱肥，此是甘泉路，千山下夕晖。

一九五六年赴延安巡礼，并至玉门、敦煌

杜甫川

延安城南路，云是少陵川。杜公遗祠在，荒废已百年。诗人爱国家，发愤著诗篇。遭时正板荡，身命难自全；乃欲庇寒士，愿使天下欢。所以名不朽，常留天地间。

延安晨望 (题怀民画册)

延河流碧野，古塔耸晴空。革命英雄地，东方晓霞红。

北京市电车公司印刷厂出品 七五·三

(1231) 20×20=400

(102)

桥儿沟

桥儿沟边圣母祠，当年鲁艺系人思。村农争问北京好，细述扶头灌酒时。

延河北岸，桥儿沟，去延安十五里，地有圣母祠，为过去鲁艺旧址。合作社主任赵步壽存述鲁艺诸同志在此时，常来村中，亲如家人。来贺春节时，农人又劝酒，不饮则提两耳灌之，不为忤也。

山丹花

山丹花开别样红，葵花开时总朝东。侬心亦如葵心望，可有山丹赠与侬。

此花在延安途中常见，即所谓野百合也，效山歌为之。

桥陵宜君道中

洛水雁初落，桥陵日欲斜。川原如画稿，林壑隐人家。凿洞宜寒暑，引流灌稻麻。乱山行不尽，何处是天涯。

过宜君哭泉

孟姜女嫁范希郎，生长津州碑故乡。落日荒山挥涕泪，哭泉涌现回愁肠。

西安留别

朱霞照渭水，云树郁苍苍。情重难为别，相思

北京市电车公司印刷厂出品 七五·三

(1231) 20×20=400

永不忘。马嵬遵古道，雁塔隐斜阳。敬谢主人意，西行去路长。

兰州饭店晚眺

水绕山环处，名都是皋兰。五泉通翠阁，诸果荐冰盘。大道连西固，高楼接雁滩。十年新建设，百里市容宽。

过黄河

黄河之水从西来，冲风挟浪群山开。两岸水土多流失，百谷千壑孕祸胎。下趋平陆愈浩瀚，自古泛滥常为灾。大堤束水势险恶，河床积沙成高台。昔年蒋帮轻民命，决堤放水惊轰雷。洪流滚滚人烟尽，巨浪滔滔鸿雁哀。田庐湮没不知数，平畴弥望绝蒿莱。解放以来务水利，治河规划抒宏才。上游有峡三十六，筑坝拦水高崔嵬。不为民害为民利，能储能泄凭主裁。能发电力千万瓦，推动机械增富财。能溉田畴千万顷，纵横沟渠无飞埃。西达兰州东至海，运输巨舶任往回。古谓河清寿难俟，河清可见无疑猜。煌煌大计照百世，巍巍巨人镇九垓。黄河今日得改造，发挥伟力实壮哉。蜿蜒九曲流金浪，夹岸百花开琼瑰。

赴刘家峡途中

河谷原无路，奔车冒雨行。崩岩纷错架，野水乱纵横。岭上人烟少，高田黍麦生。小休茅舍畔，妇孺笑相迎。

刘家峡即景

刘家峡口风光好，筑坝拦洪百利收。河水到此山一束，红岩绿树映黄流。

红柳沟工事俯瞰

红柳沟前望，下临绝壑凭。中流施钻探，两岸揽钢绳。急水激洪响，削岩露断层。于今施建设，潜力献金能。

邓宝珊省长招饮慈爱园，即席赋此。

园名慈爱种甘棠，青李来禽入座香。四壁缥缃充画阁，五泉云影护书堂。岁寒松柏知高节，秋熟葡萄照夜光。多谢主人情意重，酡颜犹自劝霞觞。

过乌鞘岭

乌鞘岭上菜花黄，二麦青青未上场。八月此间如四月，错将秋色作春光。

北京市电车公司印刷厂出品 七五·三
(1231) 20×20=400

高岭层峦未易通，盘旋铁道上凌空。只今劳动英雄力，巨斧开山胜五丁。

过天祝自治区

西来旅客各添衣，行过天祝自治区。气候微凉庄稼好，山间流水灌田畦。

过武威

匆匆原田映夕晖，筑埋拦水乘[illegible]肥。土屋处处高级社，万产丰收看武威。

过张掖

车中不能寐，披帏看牵牛。星光照四野，夜过古甘州。模糊见村树，始知人烟稠。应是戈壁中，西行有绿洲。

戈壁滩远望

雪峰冀峙祁连山，戈壁茫茫接玉关。一片绿洲诗意好，稻田村树水弯弯。

嘉峪关即景

嘉峪关前落日圆，茫茫戈壁少人烟。地平一线绿如荠，夜宿长城古道边。

灌田水自雪山下，戈壁光从云隙来。金色残阳偎远树，朱霞天半起楼台。

北京市电车公司印刷厂出品 七五·三

(1231) 20×20=400

〈106〉

西行至嘉峪关，为长城终点，关上有庙祀关羽，关下清流一派，圆石垒垒，捡得一石似玉，大如鹅卵，夜色渐临，已近玉门油矿矣。

玉门油矿

矿区在戈壁，旧名老君堂，地有油涌出，石漆换墨光。自古弃于地，流失无收藏。贫农有发现，开采来四方。乃被封建主，吃人如虎狼。掠夺吸膏血，剥削饱橐囊。劳人终穷苦，不得果腹粮。荒山穷谷中，常见白骨凉。自从解放来，矿区日开张。探地用机械，巨钻破坚刚。油井惊喷涌，运载去远方。炼油通管道，贮油建库房。工人皆丰足，国家更富强。玉门油矿地，巨厦建道旁。忽如新城市，电炬皎夜光。工人日以众，事业日以昌。来者皆年少，踊跃拓西疆。遂使风沙谷，化为聚宝仓。英雄伸巨手，探地取油浆。燃烧成动力，工业日辉煌。地面任驰转，天空任翱翔。工农现代化，需油如需粮。玉门油布地，民族志气扬。洋油乃毒液，不如国油香。国际贪豺虎，从此减疯狂。巨人新世纪，红日照山岗。玉门油无尽，源远

北京市电车公司印刷厂出品 七五·三

(1231) 20×20=400

(107)

更流长。欢喜复赞叹，高歌望穹苍。

玉门油矿，旧名老君堂，古来石油出地，人取以膏车。水经注名石油曰石漆，麦积山左近亦有之。解放以来，内地来油矿者数万人，皆二十左右青年。在此居数日，日与诸少年游，工作之余，亦有文娱，衣食丰足，居室良好。新兴事业日以昌盛。由此去敦煌，戈壁中驰道数百里，以沥青布地，光可以鉴，则炼油之余也。中途遇一汉墓，中出汉人铜印明器数事，拓得印文一纸。汉逐匈奴奴隶主，经此河西走廊已两千余年矣。

由玉门油矿赴敦煌，晨过赤金峡

古堡初阳朝气温，小桥流水绕孤村。奔车已过赤金峡，一片平沙望玉门。

过玉门

玉门烟树郁苍苍，垂柳白杨大道旁。喜看农庄收稼麦，时逢公社牧牛羊。移民四郡弭灾患，屯戍千军开大荒。拖拉机群翻土地，十年规划足兴邦。

安西途中见海市

海市时时见，黄沙处处迷。渐看绿树近，应是到安西。

沙漠中时见海市，与海上同。

至敦煌千佛洞

一片绿洲开异境，百年茂树荫流泉。我来已是经千劫，宝洞登临见妙颜。

敦煌月下

明月照千佛，古寺闻清钟。流泉送秋韵，萧萧杨叶风。

题画

野水鸣清籁，秋山万树红。不知深谷里，可有采芝翁。

宝鸡道中

山下人家近小溪，山头翠色万松低。萦迴一涧随峰转，蜿蜒双轨傍水趋。隧道临崖通险峻，疏林如画出清奇。渭河沿岸风光好，不觉行行到宝鸡。

杂诗二十首，皆西游记行之作，大率写于车尘颠顿之际，词意不工，略志经历而已。一九五七年一月二十日记。

北京市电车公司印刷厂出品 七五·三

(1231) 20×20=400

(109)

飞过印度洋俯瞰双虹

青天无际白云围，身在双虹高处飞。银翅回翔过碧海，微觉凉意上征衣。

一九五六年十二月，奉派赴印度新德里，主持国际佛教艺术展览中国部，过缅甸在飞机上作。

在仰光与耿飚同志游动物园

海气吹云未觉寒，仰光风物且同看。金塔影外连千树，夹道浓荫开石楠。

一九四九年一月第一次由印度返国，过仰光时，为缅甸反动派所阻，未能畅游，华侨教育会为余所开欢迎大会，亦未能参加。一九五六年十二月奉派赴印过此，住大使馆内，始得与耿飚同志畅游。

新德里

北飞新德里，灯火夜空高。初日临园路，热风动万条。英伦开拓殖，蒙兀废王朝。国大今承统，兴亡第七遭。德里数被燬弃，已重建七次。

德里广场晚眺

广场落日送余晖，鹦鹉投林逐队飞。德里岁阑千树绿，环街花发御单衣。

新德里中心有环街，围绕广场，杂花生树，十二月有似春时。

入暮绿色鹦鹉，千百成群，飞集街树，晨间又復飞去。余寓广场附近高楼，（marina hotel）远望绿树连云，不知其为冬日也。

国际佛教艺术展览，余主持中国部，占会场诸馆三分之一，其他诸国共占三分之一，印度占三分之一。吾国出品珍贵丰富，非他国所能比也。成四绝句：

敦煌彩绘焕奇光，千叔如新石窟藏。四国总理齐赞叹，东方佛画数隋唐。

佛教艺术展览在新德里开幕后，印度尼赫鲁，缅甸巫巴瑞，印尼沙斯特罗阿米佐约，锡兰班达拉纳奈克等偕来参观，深致赞美，並曾在中国佛教艺术前留影。余代表中国送致《中国佛教画集》，《释迦牟尼佛像集》以为纪念。

云冈麦积与龙门，石刻千秋礼世尊。吴努远来瞻佛面，苍茫方广气融浑。

中国石窟雕刻，以云冈麦积山龙门等地为最着名，此次均有陈刻。缅甸前总理吴努告我，曾往中国巡礼佛迹，对于各石刻，永留伟大印象。

文殊问疾坐经筵，雄辩维摩妙相传。西藏佛徒同携手，凝神壁上探幽玄。

敦煌画中有文殊问疾一图，仿佛阎立本吴道子笔意。藏族大喇嘛来观时，余携手亲为讲解，却人奉以为神，不敢近前，皆瞠目视之。

缂丝刺绣共称奇，彩线金针细品题。求佳西方待净土，钟声梵呗出招提。

中国佛教艺术展品中，有缂丝刺绣佛像及西方净土图，系故宫博物院藏宝，精工绝伦，备受群众赞美，各国政治领袖及专家学者，多曾摄影留念。

游太姬陵

太姬陵墓望中收，红堡临河下乱流。落日东南飞孔雀，浮云西北隐高楼。珠光黯黯琼门闭，月色溶溶玉殿秋。往事空传夏吉汗，穷奢极欲万民愁。

阿格拉（Agra）

红堡遥相望，东西玉殿陈。族宗铁慕耳，教衍穆斯林。阴谋枢密室，凶残父子亲。来游阿格拉，读史费沉吟。

Agra蒙兀儿王朝所建，宫殿多用红白色大理石，极精妙。

北京市电车公司印刷厂出品 七五·三

阿旃陀（Ajanta）

驰道如西印，遥临阿旃陀。石龛环曲涧，古刻遍斜坡。彩画留岩壁，佛光荫碧萝。应知刹诧国，好手艺僧多。

赴西印度Ajanta由Manmad下车，换汽车行过Arrangabad计八十英里，由Arrangabad至Ajanta计七十五英里，由此小城至石窟计七英里。石窟临曲涧，环作马蹄形，共二十九窟，均就崖壁凿成，中有壁画造象，为著名古艺术品。玄奘大唐西域记摩诃刹诧国曾记其盛。

爱楼罗（Elora）

阿兰加巴德，近接爱楼罗。拔地浮屠壮，随山刹宇多。教宗回、印、佛。俗崇蒲陀罗。昨夜离宫宿，繁花满碧坡。

一九五六年十二月二十一日赴Elora，至阿兰加巴德（Arrangabad）途中所见。

高粱吐穗蔗抽花，蓝蕊胡麻麦陇遮。燕子远来过岁晚，春风杨柳好还家。

燕子生于中国，岁晚辄去域外避寒，当春夏返中国育雏，亦爱国鸟也。在此见之，似曾相识，倍感亲切。

牛羊饮水聚污潭，搔痒舐犊亦自豪，喜看儿童吹牧笛，克黎希那是前身。

途中所见牛羊饮水处，辄立一木杆，备其擦痒。印度神话传说中，克黎希那(Krishna)原为一牧童，面黑，亦称黑天。

在爱楼蓦山馆度夜，夕照已尽，暝色四合，坐廊外得小诗

夕阳其已尽，朱霞漫地平。遥遥起烟柱，如在大湖中。暝色笼原野，碧树不分明。小廊面湖光，秋虫语花丛。爱此山中趣，足怡世外情。

此馆原为Nizam土邦离宫，建筑精好，迥绝尘嚣。回廊之外，下临花圃，所种各色玫瑰，正当盛开。静坐暝想，如在梦境。

由Manmad至Elora七十五英里，由Elora至Aurangabad二十英里，游爱楼蓦、阿旃陀两处石窟后，迳蒙马待东行，赴加尔各答，乘Air condition快车，沿途车窗所见，记之以诗。

赴加尔各答途中即景（十二月二十三日）

麦苗盈野可藏鸦，黄蕊伶仃放菜花。绝似故乡三月暮，香橼林里是田家。

看田人

四根支柱架小巢，能得容身亦自豪。莫谓贫无立锥地，风雨聊避顶圆茅。

车中即景

故国园林雪满枝，南行五日岁寒移。簕干盛放墙头灿，芭比新熟叶下垂。茂树迎窗觉夏热，野花缘径似春时。贪看夕照牛羊下，萋萋绿原落日迟。

簕干花（Bougainvillea）属紫薇科，终岁作花不断。芭比即番木瓜，亦终年结果，汁多味甘。

食番石榴

安石榴与番石榴，白马甜榴是此不。古来西域传珍果，一实当时敌一牛。

在德里食石榴，红子颗颗，灿如玛瑙，汁味醇甜，果大盈斤。西名与番石榴异，为Pomegranate。

番石榴形似石榴，子不分颗，味微酸，印度亦多有之。

中国不常见此种。白马寺所传，殆安石榴。洛阳伽蓝记云："白马甜榴，一实敌牛。"今故乡所传白子白花，味甘逾恒。

番石榴西名瓜娃（guava）。

北京市电车公司印刷厂出品 七五·三

二十四日午至加城（Calcutta）寓Grand Hotel 248号，诸旧友来访，与秀峰、威夏、道隆等共叙契阔，回首昔年，不胜感慨系之。

加城一别几经春，旧地重来记忆新。海外知交欣再晤，眼前诸弟更情亲。玄奘西迈名垂世，义净南归著等身。敢继前贤成大愿，和平普照好睦邻。

自一九四五年来任国际大学教授，1949年初归国，忽已八年。在加城曾办"中国周报"及华侨教育，曾与国民党反动派斗争。今全国解放，建设社会主义，海外华侨地位日上，仅动余墨，亦不敢再肆狂[惶]妄，昔日诸旧生，多来相视，因写此刊[诸]周报端答之。

返京飞过秦岭

日角成斜射，千山似透明。白云覆深谷，俯瞰数峰青。

日近长安远，峰高茫雾多。真如行大海，飞过万重波。

復印近诗二十二首，与去年所作西游记行诗共辑录一册，番禺叶遐庵先生题其后一诗云：

西北兼天竺，连篇写壮游。鹰扬凌大地，龙节至神州。佳景融边腹，嘤鸣互唱酬。好凭筹笔计，户牖共绸缪。

访问尼泊尔纪行（1957.6.）

四面青峦作画图，天开异境似仙都。争传秦那文殊剑，泻水劈山现碧鎏陆。

加德满都河谷，古代原为一湖，四面青山环绕，风景优美，尼泊尔传说云：文殊菩萨自中国来此，以剑劈山口，湖水泻去，始现陆地，剑劈处今为一峡，削壁下临，杂树蔚茂，上以铁索桥连之，终年流水潺潺，不能堵塞，塞则有水患。尼泊尔称吾国为秦那，出于古梵文，而译支那，义云富于智慧之人。

紫薇花开辇路旁，狮子宫里玉兰香。屏开云母张宵宴，为祝中尼友谊长。

狮子宫尼泊尔语曰："辛哈杜尔巴"，主大臣会于此，紫薇夹道，蔚然成林。尼语此花曰阿萨利，有红、白、紫三色，能开数月不衰。（郭沫若同志云：此花日语名猿滑，以树干光滑，猿攀上则滑下也）其狮子宫中，玉兰花大如盘，高与檐齐，香溢庭宇，尼泊尔盛产云母，某大臣云：建狮子宫所用云母、白石，

北京市电车公司印刷厂出品 七五·三

皆自山中采之。

西来八骏过昆仑，自古传言事应真。黄竹歌声闻月下，瑶池种稻万家村。

穆天子传云：西来逾昆仑，至瑶池，西王母觞于瑶池之上，别时歌黄竹之歌，其地望与此河谷相近。月夜闻歌，吹竹和之，不殊黄竹之音也。今此河谷丰产水稻，歌者所唱秧歌，宛转动听。西王母原为种族名，其人蓬首戴胜，虎目善啸，汉以后始渐美化。敦煌壁画中有东王公、西王母，即穆天子会西王母，汉以后美术题材中多有之。

登金顶寺

撑伞来登金顶峰，山中猿鸟不相惊。文殊举剑留遗迹，俯瞰全城万树青。

金顶寺在都城西北一小山上，万松如海，群猿见人，辄来索食。尼泊尔语名寺曰"斯瓦杨布纳待"（Swayambhunath）祀文殊菩萨。传说云：文殊举剑开山，以泻河谷之水，始现陆地，利民生息。古为汪洋碧池，文殊始在此山，种植莲花，浮于水面，全都最高处也。

清凉宫观舞谣

山民对对出青溪，草地同舞乐不疲。唱道插秧好时节，坡前坡后布谷啼。

清凉宫，尼泊尔语曰悉塔尼瓦司（Si ta ni was）。旧为那拉氏相邸，今改国宾招待馆，中有园林溪谷之胜，占地甚广。来访问时，居停半月，返国前夕，在宫后坡地，观尼泊尔民间歌舞，国王及诸大臣皆临，午夜欢会始毕。1957.6.14，作于尼泊尔，1960.3.24，文汇报刊载。

闽南纪行（1957.12.）

过埔上

水清见底富屯溪，埔上人家福满畦。大竹长林连近远，群峰叠嶂比高低。滩头客过翔孤鹭，谷口烟开唱午鸡。无限和平新建设，伐木声里夕阳西。

十二月八日峡阳道中

山青水碧峡阳路，曲折烟江胜画图。怪石冲波明激滟，长松漫野翠模糊。暮云蔼蔼留复去，晚市遥遥淡更无。一日奔车七百里，眼中清景娱征途。

至厦门

我从北溟之南溟，惯作东西南北人。北国冰封寒彻骨，南方风物暖如春。榴花夹竹红侵径，凤树高榕绿满邻。最爱厦门新景色，长堤割海碧粼粼。

鼓浪屿晚眺

鹭岛遥相对，波撼鼓浪屿。练军留壁垒，国姓举旌旗。海日沉将没，归帆望欲迷。绿榕亭子外，霞彩满天西。

屿上有郑成功练军处，郑号国姓爷，最高处建亭，亭外绿榕一树，百年物也。

至杭州寓湖滨西泠饭店，夜坐苏小墓傍成二绝句：

灯光照水静无声，淼淼湖波似镜平。今夜坐傍苏小墓，银河天际看双星。

湖上回头三十年，渐将华发改朱颜。宵来酒醒知何处，梦断东瀛只自怜。

将去西湖有作

南屏山色映斜晖，野鹭群群贴水飞。偷暇湖滨半日坐，老夫今夜即东归。

过沪赠吴剑南漳州水仙媵以小诗

此是漳南冰雪姿，烦君鼓瑟伴芳时。知公善作水仙操，琴座香温如护持。

剑南善鼓琴，能中医，执教复旦，曾赠我晋磁小盂。1957年十二月赴闽南厦门，开侨务会议，归途经沪杭，得小诗十余首，(观闽南梨园戏八首未录)至金陵坐秦淮半日，竟未成诗，仅得句云：老我风尘万里客，来寻烟水六朝人。曾访夏庐、方湖两师，老师宿学，大学耆旧，亦仅存二老而已。余于1922年至金陵读书美术专门学校，即在秦淮河南白鹭洲畔，后任教南京大学，倭寇来侵，始于1937年离此西行，风尘万里，六朝烟水，常在记忆之中，时时梦寐遇之，匆匆三十余年，每一回想，如读《世说新语》，不胜今昔之感矣。1958年2月16日灯下记。

十三陵水库即事(1958.6.)

造海移山气势雄，联成铁链锁蛟龙。健儿十万忘辛苦，水到渠成庆岁丰。

十三陵远景图

柿熟枫丹野鸟呼，秋深红树满山铺。十三陵下清清水，化作烟江浅绛图。

教南京大学。海寇来侵，始于1937年离此西行。风尘万里，六朝烟水，常在记忆之中。时时梦寐遇之，匆匆三十余年。每一回想，如读《世说新语》，不胜今昔之感矣。1958年2月16日灯下记。

十三陵水库即事（1958.6.）

造海移山气势雄，联成铁链锁蛟龙。健儿十万忘辛苦，水到渠成庆岁丰。

十三陵远景图

柿熟枫丹野鸟呼，秋深红树满山铺。十三陵下清清水，化作烟江迭嶂图。

北京市电车公司印刷厂出品 七五·三

(1231) 20×20=400　　(121)

题吴研因风吹集（1958.9.18）

蒋陳窃国柄，人民遭屠醢。鹰犬窥户牖，网罗處处在。灵鹤振羽翮，去郢不復徕。直欲居九夷，乘桴浮于海。乃遭倭寇劫，战伐历危殆。去日風云多，归来江山改。人民掌政权，朱英发万蕾。编定写篇章，爱重绵千載。詎意奉倩傷，神衰力亦殆。黄门有餘悲，鬓丝更皑皑。秋夜读公诗，激揚动真宰。惠公節哀思，忘情且乐愷。和平待鼓吹，讴歌抒文采。

1958.12.8.赴广州开侨务会议 至59.2.29.

海珠桥

海珠桥边花笑人，羊城岁暮暖如春；負兒着屐珠江女，也築高炉小土群。

~~季思見招食豹狸~~

~~盘中豹狸伴龙蛇，比食而不差。苏詩最爱荔枝好，此物可曾上齿牙。座有羊桃压虎酒~~

王季思見招食豹狸

座有羊桃压虎酒，盘中豹狸伴龙蛇；苏詩最爱荔枝好，此物可曾上齿牙。

食西瓜

嚴冬瀕海种西瓜，翠裹珊瑚沁齿牙。公社人民多智慧，轉移造化放奇花。

从江门往中山，访孫先生故居

灯火楼船趁夜航，明朝须赴翠亨乡；珠江水碧群星耀，卧听濤声入梦長。

北京市电车公司印刷厂出品 七四·五

(1205) 稿纸 (20×20=400)

佛山

江上青峰断复连，佛山山外更凝烟；阿谁重捉生花笔，再写浮生二十年。

我佛山人吴沃尧撰《二十年目睹之怪现状》。

新会

新会街边开白兰，美人岁暮耐朝寒。呼来未访饮冰室，直上圭峰学种田。

梁启超饮冰室在新会，圭峰新兴水利，山上种田获得丰收景象。

三埠

三埠华屋比云屯，衣锦归来空院深；应识侨人多爱国，曾将血汗换黄金。

台山

台山四境是侨乡，石堡高楼下夕阳；黑服竹篮众妇女，也担黄土上高岗。

时台山筑水库，由妇女建成。过去缺粮，今得自给自足。

赠内蒙歌手史秀云（1958.12.28）

草原歌唱出英才，顺风唱到北京来；唱得阳光满大地，千朵万朵春花开。

新岁献诗四首（1958.12.30）

人人多面出全才，建设辉煌震九垓，新岁决心大跃进，春来万朵红花开。

一日真如二十年，超英赶美更加鞭。人民公社威力大，生产更新番一番。

东风继续压西风，干劲冲天气象雄；炼钢炼人新教育，红专须要学工农。

民兵千万卫国疆，美帝何能更逞狂；已被拆穿纸老虎，再来打倒野心狼。

游颐和园后湖（1959.5.3.）

青溪曲折柳花飞，斜日穿林翠作围。轻梦随追双桨远，湖风初暖解春衣。

1958年10月26日赴石景山磨石口劳动

谷中半日雨濛濛，小阁凌寒野翠浓。喜过北风收白薯，早从南亩捆青松。丛桃霜后须除草，古寺西溪边已种松。荷锄只晨看大地，河山如画日初红。

香山寺

雨中来过香山寺，红树团团出翠林。饮尽玉华一瓯水，欲将爽气洗秋心。

西山道中

洒尘冻雨换阴晴，洗出西山分外青。红叶晚霞相映好，更从树外听溪声。

北京市电车公司印刷厂出品 七四·五

与千家驹偶耕

鸟语媚人出碧丛，夕阳蒸雾散空濛，西山雨后添新爽，日煖风和锄亦松。

秋日游秦皇岛（1960.9.19.）

东临碣石观沧海，海色苍苍照眼明。西极兽云吞落日，南边蜃气结层城。莽原大泽秋无限，潮涌雷奔夜有声。睡起听涛松万树，秦皇岛外月濛濛。

秋月（1960.10.30.）

娟娟秋月照回廊，上苑无声夜气凉，密语玉环同携手，此情常忆李三郎。

红叶

玉华西望对高岑，万树黄栌石径深，拾得香山叶一片，凌霜红透呈秋心。

春城

春城寒尽小梅开，斜日东风细雨来。西苑垂杨丝万缕，和烟和雾隐楼台。

垂杨

一带垂杨绕画栏，无边春色与谁看，千丝万缕何人数，袅袅东风起暮寒。

海棠（1961年）

燕燕双飞春日迟，昨宵红泪湿胭脂。风前无力难为醉，乞取春荫好护持。~~（1961年写）~~

爱晚亭

爱晚亭边树，苍苍枝向西。怀人星月下，不觉露沾衣。

蛩语低如诉，萤飞远更稀。松间一鹤唳，今夜应孤栖。

双虹榭

双虹榭外柳依依，桥畔初灯过客稀。独坐怀人侵晚色，夜凉微雨湿襟裾。

北海公园（1961.6.25）

水东千树压长堤，一派哀蝉夕照西。偷暇此间半日坐，绿槐阴下听莺啼。

七绝二首（1961.7.1.）

光芒如日正中天，建党于今四十年。六亿人民齐努力，红旗三面共争先。

反帝浩涛气势雄，东风继续压西风。台湾仍被豺狼据，誇海还须立异功。

北京市电车公司印刷厂出品 七五·三

(1231) 20×20=400

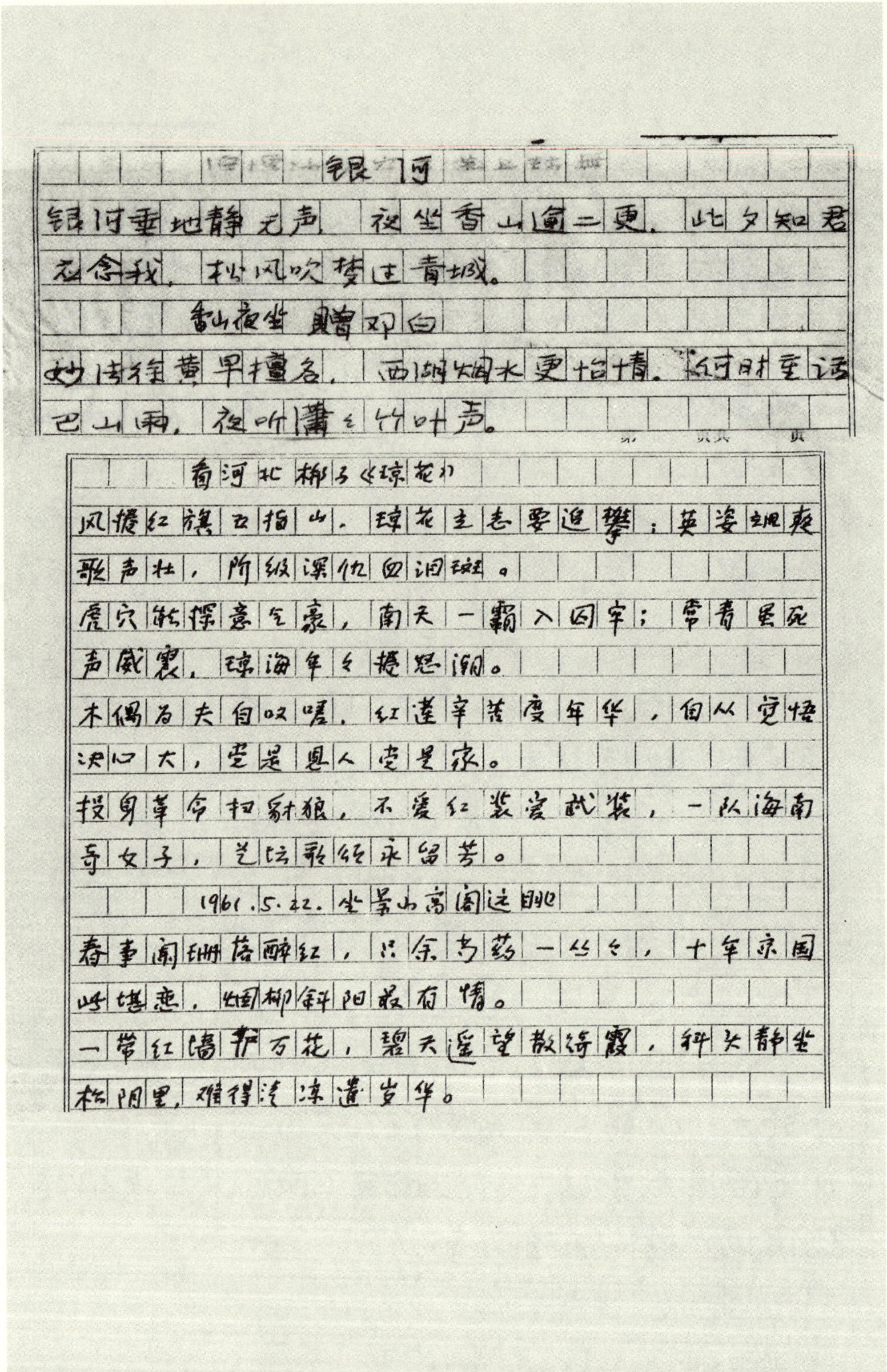

银河

银河垂地静无声，夜坐香山逾二更。此夕知君应念我，松风吹梦过青城。

香山夜坐 赠邓白

妙传徐黄早擅名，西湖烟水更怡情。何时重话巴山雨，夜听潇潇竹叶声。

看河北梆子《琼花》

风卷红旗五指山，琼花立志要追攀；英姿飒爽歌声壮，阶级深仇血泪斑。

虎穴龙探意气豪，南天一霸入囚牢；常青骂死声威震，琼海年年卷怒潮。

木偶为夫自叹嗟，红莲辛苦度年华，自从觉悟决心大，党是恩人党是家。

投身革命扫豺狼，不爱红装爱武装，一队海南奇女子，艺坛歌舞永留芳。

1961.5.22. 坐景山高阁远眺

春事阑珊落醉红，只余芍药一丛丛，十年京国嗟堪恋，烟柳斜阳最有情。

一带红墙护万花，碧天遥望散绮霞，科头静坐松阴里，难得清凉遣岁华。

1961.10.13. 听荆钗记七绝

一曲荆钗无限情，情如江水长长清；伤心忍随双飞急，笔底沉吟和泪听。

雏凤清声绝可怜，珠喉百啭正华年；回旋凄唱渠生坐，肠断温州钱玉莲。

东方歌舞团演奏曲首（1961）

菩萨蛮 共饮一江水

瑞丽江边春日暮，斜阳仍恋青青树。两岸有山村，歌声彼此闻。采花相互赠，且倩江波送；胞波是亲家，一江共品茶。

菩萨蛮 阿依土拉塔吉克舞

云裳轻举飘双辫，回旋百转如飞燕。秀足比惊羚，银铃逐鼓声。琵琶弦上语，浏亮天山曲；香散熟葡萄，珍珠萦细腰。

浣溪沙 傣族孔雀舞

孔雀东南逐队飞，江光野色漾晴辉。翩翩妙舞见风希，羌管悠悠回远岫，笙箫切切响金徽。四围空翠湿罗衣。

浣溪沙 崔美善长鼓舞

长鼓声中红袖招，轻回漫舞转兰翘，玄琴低低唱云谣。良夜月明花弄影，春江水暖柳舒条，东方霞彩已高烧。

怀仁堂全国政协大会朗诵诗四首 (1962.9.11.)

一、黄河清

当今圣人出，能使黄河清。圣人即众人，合力功乃成。三门绾枢纽，九曲便农耕。河渠何温驯，自此安患平。非止资灌溉，工业利经营。发电万千瓦，力巨莫与京。铁臂运机轴，昏夜耀通明。水库鲤鱼美，荒山百果盈。狂澜力能挽，造化力能争。山川改面貌，公社出群英。前古所未有，足使神禹惊。大河真如带，飘曳比长旌。大地披锦绣，晶莹玉带萦。照影黄河水，山青水亦清。

二、睦四邻

四海皆兄弟，况乃为比邻。和平吾所爱，友好迎国宾。原则呈五项，立约堪足珍。胞波重缅甸，赓歌扬好音。瑞丽江边树，花发遍芳茵。南邻柬埔寨，金边耀晴春。西邻尼泊尔，雪峰阻嶙峋。皆得结永好，相共来往频。其间与印度，自昔种善因。为友二千载，往事难具陈。近彼为政者，扩张逞野心。侵入吾土地，迫害吾侨民。议会肆嚣煽，恣意鼓舌唇。仿佛黎印度，以为图欺真。吾有理有据，彼不信不仁。尺土与寸地，安能轻予人。中国与印度，人民夙相亲。和平永无间，友谊日日新。愿共扫此障，睦邻意一申：希彼扩张辈，"五戒"知所遵。破妄归于智，勿执贪与嗔。

三、先农事

国以民为本，民以食为天。民足则国富，农事所当先。农村得丰稔，穰穰公社田。工业亦大盛，二者相关联。沟洫如网密，五谷连陌阡。牛马遍郊野，鸡豚充市廛。棉丝堆为阜，乳蜜流成川。但得稼穑茂，何惜手足胼。齐心同努力，定获大有年。

四、重勤俭

勤俭以建国，政策宜恪遵。决心节浪费，资力得保存。五年定计划，八字立方针。调整与巩固，所以固其根。根固叶乃茂，巨干挺昆仑。

劲节迎风暴，北京撑乾坤。吾民富毅力，艰苦何足论。愚公昔移山，老幼出一门。子孙继父志，子后高有孙。太行与云高，视之如土墩。今吾亿万众，团结如弟昆。绿野连万顷，红旗飘千村。百工各献艺，意气风雷奔。建国贵自立，做人宜自尊。献力与献智，东方迎朝暾。

春郊

乌鹊啣枝榆落钱，向阳溪畔雏鸭眠。临风细柳知春暖，也展柔腰脱冬棉。

1962年5月5日游香山途中即景，已入暮春，乌鹊营巢，见此深觉可喜。

小满寄小芬

小满逢初度，芬芳正及时。新巢孵乳燕，夜露润花枝。试写洛神赋，能歌白纻词。风前莫曼舞，珍重细腰肢。

赠嫣叔代初老作

学书初学卫夫人，细楷簪花妙入神。拭砚晴窗临快雪，扇头为写沁园春。

能将画笔写高寒，北国风光放眼看。敢乞仲姬斑竹子，楚江烟雨报平安。

赠云倩

玉骨姗姗不染尘，莲花谛合是前身。芸窗善写洛神赋，冰雪聪明有夙因。

弹指流光旧梦残，落樱如雪扑筝弦。芦湖宛转箱根路，东海回帆已廿年。

1964.5.21赴泰安参观，宿地委招待所

墙外清溪蛙乱鸣，丰年处处有歌声。今宵客馆不思睡，起看娟娟山月明。

过黄河

長河日落渐黄昏，齐鲁郊原入莽苍。向晚泰山山下过，无边沃野麦花香。

徂徕公社官庄大队

猪仔百家共一庭，累牛乘马喜盈盈；山村广厦欣初建，四面香飘麦陇风。

登泰顶（1964.6.5）

雾隐千峰日一丸，北风猎猎觉高寒。秦皇汉武今安在，泰顶摩挲放眼看。

双娥

历下乔凌高乃香，能攀岱岳上穹苍。南天门外风吹鬓，疑是双娥跨凤凰。

北京市电车公司印刷厂出品　七四·五

登岱顶天柱峰

一柱撑天氣势雄，曾遊五嶽此為宗；俯看大地風云变，劲節谁如岱顶松。

岱顶观日落

落日黄河一线金，千山波涌暮烟沉；且来割取为屏障，泼墨淋漓海样深。

眼底青齐接大荒，胸中诗意入蒼茫。明霞天末瞬千变，西海遥遥泛异光。

日观峰看日出

羲和为御驾双螭，红色东方闪大旗。日观峰前光万丈，镕金晃漾浴天池。

小满淑琴三十初度自泰安寄

小满逢初度，芬芳正及时。新巢孵乳燕，夜露润花枝。试写洛神赋，能歌白纻词。春風且漫舞，珍重细腰肢。

组织公社

北京市电车公司印刷厂出品 七四·五

徂徕山下风光好，四野黄云一望收。壘石建成揚水站，平坡切断老龙头。

泰安晚眺

故国多喬木，高山戴夕阳。荒城种秋麦，窮巷走牛羊。古刻留秦石，新花散晚芳。長松荫岱庙，此处得新凉。

1965.7.10赴红星农場割麦

黄金佈地望无边，香熟如闻烙餅煎。舞动小镰新月样，割麦休息话丰年。

与表場長坐麦堆谈话，黄翔同志為攝一影

北京市电车公司印刷厂出品 七四·五

赴密云水库参观（1965.8.3.）

迎人万柳绿鬖鬖，细水分流注野潭。行尽怀柔百十里，红莲青稻似江南。

密云道中

绿树阴浓噪万蝉，乱山合沓锁秋烟。密云塞上饱桑麦，公社人家大有年。

密云水库四首

饮马长城忆昔年，奔车此日绕晴峦。青山抱水明如镜，灌溉农村万顷田。

愚公壮志移山去，大禹辛勤疏九河。今日能教山与水，为人造福不嫌多。

近山深黛远山紫，天际烟峦淡欲无。照水晴空如画里，从今塞上有西湖。

天光云影逗轻舟，岸草浮烟翠欲流。仿佛长堤轮上坐，令人回忆少年游。

祝越南鸿基大捷

鸿基大捷歼狂寇，国际腾欢振义声。四面奔雷摧败叶，万方驰电请长缨。斗争火热英雄地，捍卫江山子弟兵。展望越南形势好，同仇众志可成城。

北京市电车公司印刷厂出品 七五·三

(1231) 20×20=400　(129)

送朴初晚归枫林村

山中月娟娟，清影照松径。秋虫寂无声，夜凉入禅室。送君归枫林，露气润石磴。一雨涤烦暑，宵来睡应宁。明晨看朝阳，玉华同寻胜。去疾静百虑，登临发逸兴。

八月十二日晨上玉华山庄

四山寂无人，万树鸣秋蝉。晴空如碧海，松柏森相连。朝来暑气尽，一雨分外妍。披襟迎微风，极目望平川。远水映玉镜，宿云接晓烟。磅礴涤尘垢，呼吸皆澄鲜。大地醒复醉，东方红欲燃。

投阁

投阁扬雄宁有道，怀沙屈子亦何因。途穷行迈悲摇落，谁识悠悠同路心。

有怀曾贻焘

一九六五年九月十三日赴邢台皇寺四清

白须飘飘作一兵，红旗高举上征程。愚公垂老移山去，大禹忘家治水通。建设宏规奔集体，划分阶级助贫农。澄清天下原吾志，改造还须先自清。

北京市电车公司印刷厂出品 七五·三

潭村晨望

晨上北冈向莽原，冈上妇孺竞拾棉。此地应名酸枣岭，自疑身在桃花源。白叟黄童怡然笑，凌晨抵暮皆力田。西家有男张黑女，东家有女张贵男。男女粗壮富筋力，曳车争道比白先。卧牛送粪露头角，狗保耕地挥长鞭。双印说地亩不弱，秋书割谷常在前。人情笃厚风习古，勤恳朴讷乐安年。今年引渠渠水少，玉让自视园圃干。但愿明年多穿井，井水到处人心欢。

宿豆毛尼家

毛尼累石为平屋，割豆摘棉岁有余。十日潭村同劳动，秋收抗旱起闻鸡。

潭村因潭水所经得名，居民数十家，村东有北朝古代石刻，庙已荒废。

十月十日初到皇姜

淙淙流水绕村前，夕照牛羊隐暮烟。阶级斗争随处是，何曾世外有桃源。

东羊卧晚归

落日余晖罨画山，南峰弓月一弯弯。村翁掘芋归来晚，十月山中尚未寒。

北京市电车公司印刷厂出品 七五·三

(1231) 20×20=400 (131)

雷公祠

北有银泉西玉泉，小村围绕四山间。古来击鼓求灵雨，今日千家自灌田。

雷公祠在村东小山上，有元明时代古碑，与皇寺中元明古碑，皆较早遗物。银泉玉泉，东西相望。

赵孤村

地瘠民贫可奈何，西行求食乱山多。赵孤村里斜阳路，试听徽帮一曲歌。

赵孤村相传即搜孤救孤处。村人多赴山西补鞋求食，所唱梆子戏歌调徽帮，亦此曲之遗音也。

温暖河途中

寒林荒棘一丛丛，远隔秋山烂熳红。临水人家傍石屋，汲泉日暮灌园蔬。

红石山

日寇凶残世所稀，八年苦难忍重提。莫忘侵略重重恨，红石山前血殷泥。

皇寺旁有红石山，寇来以机枪杀村民四十余。

下川

下川七里丘陵地，结队来掘丰产坑。荷锄晚归闻雁语，远村漠漠晚烟横。

食蔓菁　（11.25.）

弓家老妇劝加歺，杂菜窝窝若瓦盘。新煮蔓菁香满瓯，此中至味有谁传。

头痛小坐　（11.26.）

薄冰碎玉结墙阴，落叶飘萧惹梦魂。小院负暄半日坐，四山屏障暖如春。

常患神经头眩，似（假）寐能小愈。

王杰赞

王杰不怕苦，艰苦一身担。王杰不怕死，一死重泰山。王杰与雷锋，英烈能比肩。一心为革命，永垂天地间。

蛇年小寒生日作　（1966.1.6.）

幽居四见月团圆，生日今年正小寒。黄菊傲霜归篱下，红梅耐冷种山边。投林野鸟晨还去，绕屋清流岁不干。夜永遥思儿女辈，登高极目望长安。

折柳为杖，持与木生桥边种之。

身逾六十不需杖，持向桥边任细栽。且趁春风随意绿，成阴荫蔽后人来。

北京市电车公司印刷厂出品 七五·三
(1231) 20×20=400

柳笛

儿时好弄柳笛声，攀折柳枝舞春风。寄迹城市头初白，不觉六十已成翁。

食苦累 (66.4.8.)

丝丝金线不能穿，嫩叶纤纤来续棉。皇寺家家蒸"苦累"，柳心和麸供盘餐。

皇寺春日 (66.4.9.)

皇寺丁香如雪白，桃花烂熳正芳时。好春如水忽逾半，日日来看喷玉池。

上马鞍山看白马河 (66.4.16.)

群山万壑走东南，极目茫茫似海滩。此处太行开一户，镇沙白马远连天。

一九六六年五月十六日晨梦郑慧

郑慧能弹四种琴，春纤宛转妙通神。西行不见常相忆，夜雨空山入梦魂。

郑慧十余龄，能弹琵琶、古琴、塔尔、东不拉，并皆精妙。1945年曾欲西行考国际大学之细，玉川中天消息，不知所在。夜雨空山，偶然入梦，时正大地震后。

六月二十日别皇寺

衣上犹沾皇寺尘，担囊匝络总劳辛。愚公常抱移山志，不怕寒来暑更侵。

来皇寺四清，始于65年9月13日，去以66年6月20日。乡村生活，犹萦梦寐，历此寒暑，无所惧焉。

颍上（以下感旧九十三首作于1976年）

李白游仙去，江湖四十年。孤鸾遗小镜，常照好容颜。寻梦沧波外，驰思颍水边。青山鹘设处，归去读淮南。

颍水清浅，冬可徒涉。弥望平原，泉甘土肥。每岁秋水时至，黄流横溢，两岸汪洋，不辨牛马。闭目驰思，此景如见。青春去里，白首未还。仲宣登楼，每望旧乡；屈子远游，永怀故国。惓惓幽思，古今所同。归读《淮南》，无日忘之。

四十年前，得一古镜，背有孤鸿，苍翠可念，疑为长城匈奴故物，什袭藏之。

照容既逝，惟此尚存。眷恋（怀）青春，每增怅触。

姑苏

五月黄玫瑰，芬芳系梦思。毋忘金缕曲，常诵玉溪诗。去国三千里，相间十二时。姑苏春又到，花发莫嫌迟。

三十年前，刊有《毋忘草》诗集一册，义取Forget-me-not（西名勿忘我草，传出希腊神话）幽思缠绵，比之金缕用纸微黄，色如玫瑰。纪念往情，永留旧梦。相闻十二时者，1932年游苏沪时，友为选一怀表，夜则常置枕函。后赴东京，携以俱去。时时相闻，老而不忘。

菊坂

菊坂娱朝夕，赤门博古今。本乡多学士，空谷有佳人。上野迟芳躅，神田把玉樽。樱花广小路，屐齿惹香尘。

研学赤门，初居菊坂。时有大学俊侣，来共谈宴。上野神田，日夕散步。华年似水，往事如烟。昔年游伴，相看头白。

筑地

筑地黄昏后，遥天映彩霞。徜徉银座月，笑语日升茶。歌席娱清夜，香车护舜华。寒宵中野路，灯火望窗纱。

箱根

云物箱根美，芦湖照影清。山楼翔海燕，汤本听流莺。雾隐迴环路，烟迷远近亭。弹筝人不见，花外雨濛濛。

热海

热海涛声静，强罗风吕温。飘灯花影乱，锁月屐痕深。香柚金垂树，江梅玉满林。邻家若水嬉，菊酒庆芳晨。

网代

网代居まれ外，双瀑夹墅流。芳林集鸟市，碧海望蜃楼。锦馆空相忆，鱼书应暂休。何如潮汐里，差足慷烦忧。

大塚

大塚白山下，曾闻乙女歌。含情张翠袖，曼舞展双蛾。按节低徊久，围炉笑语和。海红帘外月，来照醉颜酡。

不忍池

不忍池边坐，莲花比玉颜。思君如满月，幽梦阻蓬山。银汉聆七夕，华灯忆上元。苍茫天野阔，望断海波前。

泷野川

泷野川前路，移家何处寻。西天开讲席，东国断知闻。海水摇空绿，雪山阻好音。谁能歌此曲，会我久要心。

王子

山村王子驿，平野现楼台。午夜笙歌沸，广筵樽酒开。罗敷抛桑筥，西子拔荆钗。供彼金持乐，红装陆陆来。

宝塚

奔车临宝塚，落日下平芜。艺苑飘笙管，秋山入画图。温泉涵诗阁，空谷集名姝。此是游仙窟，天台得似无。

奈良

春日开神社，秋风吹奈良。鹿林通古径，桂苑吐幽芳。教掌法隆寺，文传白凤章。盛唐留壁画，负手过金堂。

正仓院

秋入正仓院，古松掩古香。文章传六代，宝器重三唐。献物有遗帐，曝经展故床。地临东大寺，瀛海焕珠光。

飞鸟山

飞鸟山前路，樱开灿好春。繁英随舞扇，连盏醉歌人。古俗狂如此，东游快欲临。更期金井去，花气涤尘襟。

能乐堂

能乐娱春日，狂言发古欢。抒情大阪市，遗曲镰仓年。击节弹三味，振衣舞百番。青松常不改，何必画桃山。

田泽舞踊研究所

婷婷千代子，皎皎耀芳春。善作诸天舞，名驰世界林。搜奇田泽叟，育此掌中珍。空谷生兰蕙，勿为稗草侵。

三原山

三原环大海，碧树满春山。闻道有情者，"心中"去不还。

三原山在大海中，为日本现存活火山之一，山顶有大口，常喷火。情死者常由此双双跃入，日语谓情死为"心中"。

山下茶花美，山头火井深。椿姬歌一曲，"子夜"有遗音。

大岛遍生茶花，来以冬日，茶花盛开，气候温和，以火山故。日语谓茶花曰椿，读为ツバキ，椿姬（ツバキヒメ）即茶花女也。夜宿大岛元村，闻歌有如"子夜"。子夜，六朝女子名，善为米歌。

豁蒙楼（南京）

豁蒙楼上望，梅柳未荣时。桂桿春江水，药窗梦口诗。今闻传玉笺，密意比春丝。廿载长相

(1231) 20×20=400

北京市电车公司印刷厂出品 七五·三

(139)

忆，此生悔已迟。

余完有“梦口唧诗傍药寨”句，王玮徒曾为吾诵之，所惠笺云：“春江水暖，海柳未荣”，颇似六朝人语，藏之甚久，繁篇文徒，幸有传人。

天心阁（长沙）

同上天心阁，临轩掠鬓丝。不知何所语，未是忘情时。秋水无穷碧，春风亦太慈。微通温煦意，红豆长新枝。

寿春孙小养庵，善为古体，为我写一长卷，其女聪慧多艺，常同登天心阁，临风远眺，情相往望，会意未伸，今不知所之矣。

黄鹤矶（武昌）

黄鹤一为别，从今再见难。含情如碧玉，清泪湿栏干。孔雀东南去，鹍鹏溟海边。江城愁日暮，永隔万重山。

与玉清画师为友，乱离别去，遂无音息。

南温泉（重庆）

小慧多才艺，囊琴欲远游。信随南雁远，相忆蓼花秋。曾习天方乐，漂浮海上舟。川中消息断，无计问云鸥。

长城

大野歌洪壮，长城势展舒。马头蒙古调，天际彩虹图。温软乌拉草，吉祥如意珠。难忘豪宕意，金弹逐飞狐。

为彩珠故，曾刊蒙古调小册。彩珠姓乌拉吉，喀喇沁右旗人。

善谛尼克坦（Santiniketan）

凝神空万念，芙蕖吐清芬。初入金刚座，时闻碧海音。馀甘犹系念，红豆自盟心。一卷"园丁集"，行吟檬果林。

Santiniketan者，印诗人太戈尔所建国际大学所在地，世即以此名之。1946—1947两年，讲学校中，精舍前馀甘（印名菴没罗果）成行，红豆一树，清芬萦梦，遐想抒怀，月下每于檬果林中，吟诵太戈尔"园丁""飞鸟"两集，回思昔游，有如梦寐。凝芬不来，东望云天，雪岭峥嵘，为之意远。

长寿

读书能高隐，黄花绕草庐。看云松下立，来友鸟相呼。老圃开三径，寒柯挂一壶。悠游尘网外，晚景更谁如。

此念靖立。

青蛾

春燕曾相识，东风桃李开。思君迷远树，寄意上高台。传语无青鸟，遗踪认绿苔。何如汾水雁，呼侣早归来。

夫子庙（南京）

夜永金光阁，琵琶笑语新。风尘千里客，烟水六朝人。打桨前溪曲，回肠子夜吟。华年随逝水，桃李换芳春。

一九二二年，常赴金光阁听戴秉衡说书，滑稽谐笑，有柳敬亭风。

四象桥

曲折乌衣巷，寻常百姓家。小桥通四象，歧路有三叉。到此息尘影，暂来遣岁华。闭门歌管远，窗外玉钩斜。

桃叶渡

静静秦淮岸，双双旧板桥。悠悠桃叶渡，夜夜乱萤飘。

鸡鹅巷

信步鸡鹅巷，谈诗带夜归。情随湘水远，梦逐楚云飞。

香山园

寻幽灵谷寺，踪览香山园。遐想随归鹤，孤怀寄暮蝉。

玄武湖

向晚玄湖去，城阴一水摇。轻舟良夜曲，不达采樱桃。

常与凤雏夜游后湖，唱歌为乐，此景如在目前。

镇江

眼底金山寺，春江正怒潮。风尘临歧路，摧折屠龙刀。

金阊

城外花如海，凌晨唤卖花。观前风物好，结侣试新茶。

苏台多胜迹，年少屡曾游。惆怅芳春去，落英逐水流。

维扬

烟柳维扬路，藕花廿四桥。十年真似梦，听笛正轻舠。

上海

十里春申路，嵯峨巨室多。长宵飞蝙蝠，吹丝有群魔。

华厦哀弦急，争装试一鸣。不知饥迫下，多少断肠声。

杭州

断桥桥下路，传说隐蛇妖。欲听越溪曲，仙踪倘可招。

长沙

清湘深见底，一舸泛橘洲。不向重霄问，[illegible][illegible]汗漫游。

武汉

不饮建业水，来食武昌鱼。楚泽多神异，湘灵足慰余。

汉皋得玉佩，佩玉绿痕斑。宛转西洲曲，欢情比翠环。

湘潭

湘流临市宇，桔柚更依依。潭水深千尺，多情会此心。

桂林

桂林山水好，岩洞亦奇观。明发阳朔道，群峰剑插天。柳宗元永州八记，杜马平阳朔，山如剑排，水如仿佛，确是奇景

贵阳

道出牂牁郡，花溪景象幽。乱山迷晚瘴，闹市说铜楼。曾读哀牢史，追临金齿秋。宵来闻仲语，笙舞会群俦。

贵阳古哀牢夷，哀牢夜郎，一音之转，今各兄弟民族聚居之地。花溪，古花犵佬所居，墓中出古铜錞于，古读淳吾，淳读重唇音，即钟也。苗族多遗铜鼓，与云南、广西、越南古文化成一系统。贵阳古牂牁郡，金齿国在云南西部，夜宿仲家。闹市中心铜鼓台，即古苗族仆墓，每岁苗人来聚，歌舞于此。

昆明

昆明原古族，来住滇池边。除草开耕地，斩荆理宅园。担囊金马道，游牧碧鸡关。故俗今仍在，秋冬下络南。

昆明为古代民族名，见史记，原住云南西部，后住滇池边，即今昆明市，碧鸡金马故事，皆云南民族传说。楚图南《旅尘余记》，记述颇有情韵。

重庆

二水夹城络，巴人拱此州。巫山不可接，暮雨暗江楼。

傭奴旅人市，肥瘠任捡择。谁云巴蜀乐，天府贮悲辛。

国庐

茫々散云海，历々见烟村。莲谷读书处，时闻猿鹤音。

青岛

战迹余荒垒，涛声压惠泉。苍々云际树，可应是神山。

普陀

向晚东风起，潮吞千步沙。平生郁勃意，歌歗向天涯。

1931年夏读书匡山，1932年夏在青岛，1933年夏在普陀。

恒嶽

夜宿上封寺，朝升祝融峰。南天撑一柱，昂首接苍穹。

1938年夏由武汉往衡阳，上衡嶽。

南国

南国心相印，西川驱未酬。不知瀛海远，曾向梦中求。

春风飞乱燕，春水下合川，望断晴川树，斜阳无数山。

曾共幽兰语，含情偶未伸。金徽声呖亮，记得曲中心。

西行拾翠羽，东望寄明珰。但愿春常好，焉知秋夜长。

鲁迅

桃偶登场日，常钦鲁迅诗。惊雷动地狱，长夜过春时。"野草"开芳蕊，"朝华"展玉枝。横眉看魍魉，挥泪悼良师。

1923年夏，初至南京东南大学，友人宋振宗，赠书二册，得读《呐喊》，感激心魄，至于流泪。其后鲁迅先生著译书刊，搜求遍读，影响累积，深中脑髓，典型照耀，永随足迹。鲁迅是吾第一师也。1936年10月19日，鲁迅先生逝世沪上，余在东京帝大，晨起赴校，师友皆来唁问，不觉潸然而悲，为之下泪。原田教授告我，上野博物馆方展横河所藏古陶磁器，因步行往，一路风雨，涕泣不止，至馆两目皆赤，不能自禁。十一月四日开追悼会于神田留东会馆，郭老主持，佐藤春夫等亦泣下沾巾，至今念之，如在目前。

北京市电车公司印刷厂出品 七五·三

(1231) 20×20=400

(147)

姚锡钧

鹓雏飞南溟，青年有令闻。京师双才士，南社一诗人。鬼藻青邱稿，江村白下门。满堂都不顾，独与细论文。

鹓雏师曾主新加坡报纸笔政，青年时读书京师大学有才名，与彭泽汪辟疆合刊大学二子集。民初为南社诗人，与柳亚子等鼓吹革命。1922年余就学南京美专，师讲授文学，誉拙作为高青邱吴梅村一路。记有秋柳一绝云：三春旧梦冷江村，疏鬓萧萧掩白门。瘦损腰肢情已断，不堪羌笛怨黄昏。即当时少作也。师兼在东南大学教授，来美专惟改余一人课卷，他皆不顾。常为书绝句云："残春消息在林亭，相对惟余柳眼青。莫怨东风太无主，为渠力尽一春中。"又云："高楼雨过水潺湲，肯遣匡床客梦酣。一样晚风千树柳，夕阳残照似江南。"风怀潇洒，久不能忘。

王伯沆

冬饮庐中老，艺兰结古欢。往来仁厚里，学继乾嘉年。讲述遵唐范，裁篇取宋贤。红楼添细注，静室袅双烟。

伯沆师名瀣，号冬饮，居金陵城南仁厚里，与周处台为郃。善论文艺，诲人不倦。平居好艺兰，所植罗列皆佳种。批注红楼梦至十七过。蝇头细楷，老而弥笃。所居曰双炯室，藏书精善，多是手抄。所著诗古文皆精绝。主南雍讲座凡数十年。其贺郃老夫妇双寿云："四季平安，同居仁厚里，一团和气，共话咸丰年"。风谊可想。老患风痺，寝来不能西行。着一诗云："金粉飘零玉露残，城南柳老不吹棉。也曾种入灵和里，莫作倡条冶叶看"。咏柳所以自况，不食言。

胡小石

嗜古并成癖，吾师胡夏庐。文章宗屈宋，辞采傲潘陆。龟甲通奇字，风雷助榜书。六朝遗范在，云树入歌呼。

小石师名光炜，号夏庐，又号磐石生。精研甲骨金石，为李梅庵入室弟子。善作榜书，主讲中国文学批评及文学史，在武昌师大、金大、中大、云大等校教授数十年。为诗上追八代，亦工古律。师与乐亭李大钊先生为挚友，常述李先生行谊，嘱侠记之。师在武昌时为绝句云："黄鹤仙踪不可招，云山何事苦周遭。江城日暮西风急，岂独东飞有伯劳"。

黄侃

骂世黄夫子，酬春一酒徒。常疑龟壳字，惟重许君书。文习"雕龙"秀，诗趋绮丽途。茂陵同渴病，五十殒相如。

季刚先生常使酒骂座，惟惧胡翔圣，教余《说文解字》及《文心雕龙》两书，持书就教，则杂谈谐笑，不拘于章句也。先生常出所著《撷秀集》一卷，中多艳曲体，嘱余钞录之，继又悔而索回。情思绮丽，追踪潘陆，不知今在何许。

吴瞿安

最后闻师语，湘潭桔柚园。铁蹄飞战火，金齿阻蛮天。爨弄成惆怅，广陵断管弦。白头诸弟子，相对展遗编。

瞿安师名梅，字霜厓，吴县人，善昆曲，少年从学，常自吹笛教之。每写剧成，便自制谱，有霜厓三剧《惆怅爨》行世。讲学南北各大学，所授弟子甚众。居金陵时，每伴师秦淮河舫上，诗酒为乐，社集即席吟哦，历十年不辍。晚岁病瘖，1937年秋谒师湘潭柚园中，已不能语，明年卒于云南大姚。1939年大学追悼，为挽联云："昔年同世南雍，记十载深恩，闻常侍坐秦淮，细甚斟曲度。今日招魂西蜀，向云路遥奠，可怜无端风雨，如此江山。”1965年与任讷、赵万里、李一平等拟选编遗著刊行未果。

李和光

夙负南雍望，吉行冠士林。驰骋凌艺苑，《秀隐》见文心。碧海多年别，红旗万里春。白头欣一晤，讵意失斯人。

吉行为吾皖才士，同学东南大学，为二李之一，以文章名，兼能骈散词赋，精研《文心雕龙》，为黄侃先生所重。二十余年不相见，来京一晤，遽赴修文，故人零落，为之怅惘。

沈钧儒

救国七君子，惟公领导强。权奸终败窜，民主始光昌。鹏鸟飞南海，葵花向太阳。一生为革命，高节见冰霜。

大任心常泰，高龄逾古稀。著文期救国，无罪愤投狱。爱石亦仁术，强身习太极。[illegible]对唇紫语处，襄垣忆幽居。

李公朴

翠湖东去上斜坡，一角小楼会议多。戟指陈辞见肝胆，抚髯意气动山河。挺身何惧遭锥镞，决死原不避网罗。海外忽闻为贼狙，情柔兄弟泪滂沱。

公朴创读书生活出版社，昆明民盟小组集会，常在其家。时蓄长髯，每论时事，激昂慷慨。1946年为贼暗杀。海外闻之，为长诗追悼，不觉殒涕。

闻一多

凛凛直笔挟风霜，侃侃风徽震讲堂。大籀许书精篆刻，伏羲女娲费评量。深潭"死水"激浩浪，午夜"红烛"吐怒光。血染西仓坡下路，千秋留得姓名香。

一多早年习美术，善篆刻，研究伏羲女娲，因得同好，为订交之始。其所著《死水》、《红烛》两集，格调整齐，为时传诵。1946年为贼所害，死昆明西仓坡通衢中。

浩深

一曲曾闻"红牡丹"，浩深才艺亦翩翩。解衣共饮武昌肆，避世还隐歌乐山。疾首愿尝茶叶苦，翻身那计蔗根甘。江南红豆枝柯折，娓娓清言再接难。

《歌女红牡丹》,洪深导演,盖写阮玲玉事。余在武昌得白寿山蟠钮小章,篆红豆两字,伐截爱之。自名洪豆,强掌之去。1940年居歌乐山,闻其愤世自杀,驰书慰之,复书恳挚,藏之甚久。

张曙

风雨龙华暗,英雄斗志强。高歌莫提起,红日射铁窗。赤壁江波涌,庐向晓月黄。长途一握手,冰雪望茫茫。

张曙系龙华狱中,斗志坚强。于抗战前出狱,即参加对敌宣传,善歌《莫提起1795年来的事》、《芦沟桥》、《茫茫西伯利亚》等曲于武汉组织歌咏团,积极战斗。

大火长沙夜,忽闻张曙歌。高声冲黑暗,抗敌执干戈。紫色光芒壮,青年豪气多。桂林琴韵断,吾亦泪滂沱。

长沙大火之夜,途中昏暗,寒林星光之中,忽闻张曙歌声,即吾所撰《壮丁上前线》也。张曙以五音阶制谱,广大群众,皆喜爱之,流传敌后。中有拿起斧头镰刀,浑身有紫色的光芒等语,为反动派所忌,然亦不能禁之。桂林大轰炸,不避危难牺牲,即老嘱我为治丧，葬之桂林南郊将军桥山畔。

冼星海

《黎明亚细亚》，星海为吾歌。密字遗书在，激情入曲多。雷霆撼大地，风雨度黄河。痛惜未完作，落霞散逝波。

1938年在武昌时，撰《亚细亚之黎明》歌剧，交星海作谱，寄往延安，得其复书，云谱就一幕，尚未竟。《黄河大合唱》为星海名作，音节激昂，能鼓斗志。

杜国庠

细诠诸子研先秦，香岛归航又遇君。回忆潮州杜守素，能将辩证写高文。

杜老为1938年武昌政治部三厅同事，1949年初又遇于香港，聚谈殷切之至。

邱海涛

海外有知己，吾思邱海涛。捐金开讲会，习律卫同胞。妙解莎翁剧，名高缅甸曹。斯人独寥落，消息盼南侨。

加城侨生毛仲翔，湖北人，勇敢捍卫主席像，为贼贯力而死，群众义愤，延邱海涛为申理，海涛辩诉不力。

北京市电车公司印刷厂出品 七五·三

(1231) 20×20=400

贼竟逍遥遁去，此甚所失，深以为憾。

江亭

江亭星动夜空高，笔挟风霜一代豪。入梦欢谈还似旧，为君祝酒读离骚。

兰州

秋宵吹梦过兰州，翠阁山泉自在流。不见西川何水部，卅年风雨记同舟。

天水

天水冯君有别才，诗成一笑山花开。长眉麦积山中坐，疑是楚僧城外来。

李广桥

李广桥东十步廊，芦中一榻坐匡床。英诗细校不思睡，夜煮山茗当酒尝。

小冬

少年浪迹过江东，喜听歌人孟小冬。袍笏登场声慷慨，争看妇女作英雄。

1923年在金陵时，曾于下关听此。卅阳孟珠，此其嗣音。

畹华

畹华虽老尚能歌，垓下虞姬清泪多。历尽四三朝弦管歇，重拨旧曲捲洪波。

玉霜

玉霜中岁已痴肥，天半吹笙乘鹤飞。惟有江南李世济，更传清韵一低徊。

雲生

昔年照影秦淮水，笙管曾闻北地昆。一别云生三十载，燕山吹笛又逢君。

啣盃频述少年狂，宛肆羊熟桔酒香。昨夕闻君歌九转，老来意气未曾降。

云生善歌《九转货郎儿》，得北地激抗之致。

槐秋

困顿舞台老一生，中年"杰作未完成"。"梅萝香"散"名优死"，不见吴娘更恼兮。

槐秋妻吴瑾，老与仳离，死时女湘青远从香港来奠，风貌似之。

慧珠

西楼笙管可怜宵，窈窕珠娘一搦腰。彩凤还巢歌宛转，悲欢心事漾春潮。

红绡覆首夜如何，云掩双星唤渡河。座有湘南知己在，文园多病欲疯魔。

1949年初来京，长安观剧，婉君为介一晤，有遗世独立倾国倾城之概。1964年再于政协礼堂一观此剧，虽云迟暮，风貌依然，至今忆之。

近芳

能传绝艺效梅郎，帐下虞姬别楚王。千古龙门传壮彩，悲歌隔漾渡重洋。

近芳善歌虞姬，声动巴黎。

雕石

雕石名工冉景文，能传古刻亦逼真。只今尚遗唐狮子，骨相嶙峋至艺林。

捏面

指头巧艺面人汤，栩栩传神百样装。能使广寒倾刻现，散花天女展云裳。

往岁捏面人汤所制天女散花，细如小指，神态妙曼，叹为绝技。

药堂

药堂八十尚著书，译述圆融握智珠。读罢陀螺读拟曲，艺林双璧惠吾徒。

和汉精研意趣新，狂言谐笑亦天真。东方古事搜神记，浮世风吕述市闻。日落长河催晚景，珠沉沧海惜遗珍。剧怜老去无完节，潮退平沙闪凤鳞。

刘幹卿

春风吹草舍，村塾忆刘师。常诵唐贤作，早为革命诗。秋灯觅句读，小院酿花迟。向晚歌吟盛，儿童散学时。

余十岁就学东学村中私塾，凡历五载，读四书、诗、书、左氏传，仅能背诵，未知其义蕴也。1916年延塾师刘枢钧幹卿，为吾父所教优级师范学生，好研算术史地诸科。辛亥革命曾为古诗一首，仅记首二句云：“东风吹来武昌水，中华大局一掀起”。常闻向晚吟哦，师就东村舅氏家假全唐诗，日读一、二册，吾亦得读之，知有唐诗自此始。师教余为诗，以飞车得飞字命题云：超出三千界，长歌近紫薇。只堪仙共侣，那许鸟争飞。逐日蝶相竞，凌云愿岂违。全球游遍后，看我御风归。此为作诗学步之始。

东学村

担囊趋远道，锤铁少年心。打倒孔家店，决离东学村。飞飞红脚鸟，皎皎草场春。小车迷辙迹，小马送行人。

鸣玉表兄，父在安庆所教第一中学学生。辛亥革命时，曾与先兄楷堂谋刺军阀倪某，未竟其志。后读书北京。1921年自京寄来《新青年》一册、《新潮》一册，往复读之。中有《打倒孔家店》一文，大为激动。东宫村塾，一个孔家店也，决然离去。表兄授我《英语初阶》读之。红胸鸟曰若宾(Robin)，草场曰麦豆(meadow)，春天、泉水、蹦跃、青年曰斯勃瑞音(spring)，小车曰娃根(waggon)，小马曰胞奈(Pony)，金盏花曰白豆尔珂普(buttercup)，蝴蝶曰白豆尔伏赖衣(butterfly)，青鸟曰布留白尔特(bluebird)。此为初认域外文字之始。今秋忆之，在家牧一小马，依依不舍，随我里许始去。Robin亦名红襟鸲，四五月时来故乡，秋则避寒南去。

1971.5.24.华

(159)

常任侠

自选律诗四十一首

（原稿手迹）

作者一九三五年在日本

20613

旧作七律四十首　　常任侠 ①

皇寺四清時，病起有作（一九六六乙巳）

好鸟来歌拔树巅，凌晨慰我且心宽。
直肠已下三焦热，陋室还侵五月寒。
好梦何曾忘远志，张怀只合服黄连。
昨宵夜雨鹃声急，北望遥天无数山。

（注）居邢台皇寺一年，住贫狗妮家，日与村中男女青壮年耕山田为乐。风梅实，张杲女，张贵男，赵五妮辈，皆邻舍也。

丙午岁暮咏怀（一九六六年）

七尺昂藏硬肺肝，儿啼妻泣亦何堪。
清霜短鬓知寒重，夜雨长宵有梦还。
岁月匆匆如逝水，精诚耿耿欲移山。
平生无私故无畏，冷对畜鸣虎而冠。

（注）古谓人头而畜鸣者，虎而冠者，不意今世遇之。

行军早操（一九七〇年在磁县作）

冰封千里夜行军，虎虎风中百炼身。
善饭何须贮薏米，储才倘许继龙门。
气吞湖海压诗卷，力挽江河入酒樽。
报国十年犹未晚，不辞岁暮寄山村。

（注）此诗刊于美国华文报，侨美画家侯北人，曾取以为山水画题句张之。

2

腊八日吃枣粥（一九七一年一月四日）

孤鸿天末怅南云，短札逢々寄弟昆。
嵗暮更深思弱小，日知只合録寒温。
隻鷄斗酒欢今夕，银樽黄羊祝好春。
癸卯至今年六七，眼明腰健度生辰。
（註）黄羊係部隊所贈，猎自内蒙边境。

庚戌年臘月十五生日，六十六週岁，早操見月得
（1971年一月十一日）

皎々寒宵张月輪，不履冰為魄玉為神。
清辉照世常随我，对影孤吟幸有君。
沐鬓東臨滄海水，振衣西度雪山雲。
嫦娥何事偷灵药，自有金剛不坏身。

值更（1971年二月十六日）

明珠历々缀穹窿，荷戈西间一老兵。
欲挹酒漿傾北斗，已将金炬挂長庚。
天狼揚尾凝寒立，人馬挺身自在行。
宇宙茫々方暗转，于无声处郁洪声。

（註）人馬宫 Archer. 天狼星 Sirius.

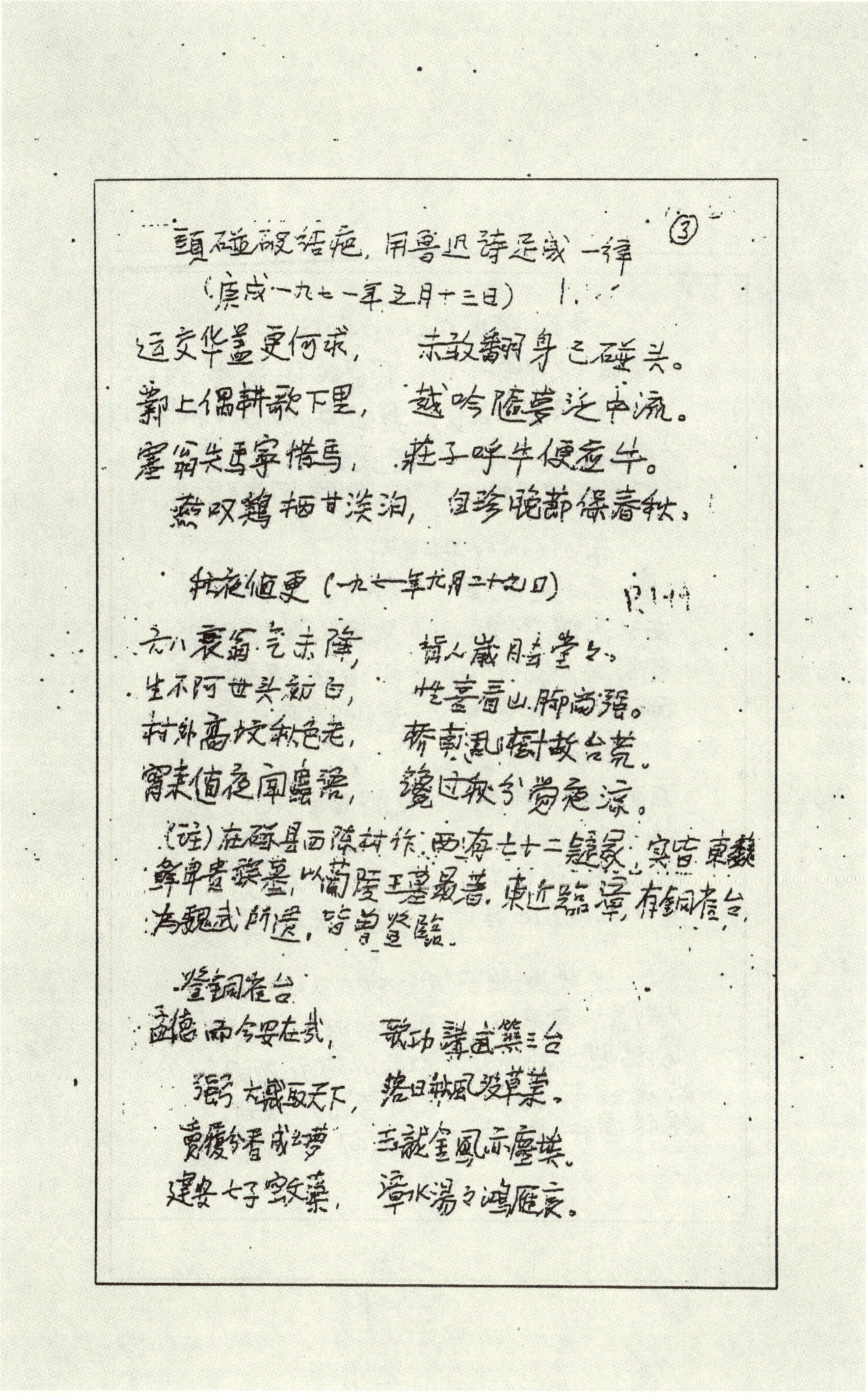

頭碰破结疤，用鲁迅诗足成一律 ③
（庚戌一九七一年五月十三日）

运交华盖更何求，未敢翻身已碰头。
壠上偶耕歌下里，越吟随梦泛中流。
塞翁失马宁惜马，庄子呼牛便应牛。
燕叹鸡栖甘淡泊，自珍晚节保春秋。

秋夜值更（一九七一年九月二十九日） P.149

六八衰翁气未降，故人岁月去堂堂。
生不阿世头新白，性喜看山脚尚强。
村外高坟秋色老，桥南乱树故台荒。
宵来值夜闻虫语，饶过秋分觉夜凉。
（注）在磁县西陈村外，西有七十二疑冢，实皆东魏北齐贵族墓，以兰陵王墓最著。东近临漳，有铜雀台，为魏武所造，皆曾登临。

登铜雀台

孟德而今安在哉，歌功讲武筑三台。
弯弓大战取天下，落日秋风没草莱。
卖履分香成幻梦，三城金凤亦尘埃。
建安七子空文藻，漳水汤汤鸿雁哀。

夜醒偶成（一九七一年十一月二十日） ④

履霜不久即堅冰，野叟猶存獻曝情。
捆屨織席以為食，長沮桀溺偶而耕。
維南有箕北有斗，天東啟明西長庚。
夙兴夜寐星光下，伏櫪時聞老驥鳴。

春日（一九三九年在重庆）

遲々春日照珠幃，靜々星河掩玉扉。
西北高樓空佇立，東南孔雀惜分飛。
金閨落月常相憶，碧海迴波願更違。
欲採香蘭遺遠者，蓬山煙雨總霏微。

附方令完与懿和作（一九七八年元月七日）

底事清輝入我幃，夜闌无計掩心扉。
韶光冉々隨春去，旧夢依々和絮飛。
空有樓台憑記忆，豈堪历劫与人違。
蓬山煙雨迷茫甚，汗漫江头賦翠微。

小别為凝芬作（一九四六在印度）

小别焉知再見难，夢中相晤淚偷彈。
驚鴻照水容如旧，灵鵲填河夜又闌。
尚有餘芬凝角枕，更无消息報琅玕。
陰晴圓缺渾无定，天上人间一例看。

壬子正月元日下午小雪写一律（一九七二年二月十五日）

冻雀寒枝相絮语，晚来雪意又濛濛。
山村元日难为醉，小室著文欲送穷。
自幸顽躯常矍铄，更期春色早葱茏。
明年不计在何处，且尽葡萄酒半盅。

佳晨（五月一日）

落蕊飘香满大千，临风往往悟空禅。
南园绿草飞黄蝶，夾徑杨花铺白氈。
楚泽路遥还伫立，巫山梦断更情牵。
前年别后青梅小，燕燕呢喃又一年。

（注）第二联系集句。

惊蛰後三日大雪作（三月六日）

芳春步履亦姗姗，绣縠初临尚殢寒。
瑞雪重飘惊蛰节，东风吹醒卧蚕眠。
莫云时令违天意，谁遣蹉跎误少年。
燕树苍茫头欲白，且将樽酒觅清欢。

（注）前两诗为寄居磁县西陲、平山后东冀村最后之作。
復返京市，而总布旧居，悉被遣走，珍贵藏品多被散亡。

6

一九七四年一月七日生辰作

今年生日為人日，生而為人意志剛。
呼馬呼牛皆放達，暴風暴雨任翱翔。
讀書午夜神愈健，奋筆千言力尚強。
七十白头老教授，躬逢盛世喜文章。

地震時曾作观雜技诗，致喜迅诗续成，即寄荒芜、海澄、柳倩（一九七六年三月一日）

能言鸚鵡毒于蛇，善跳猴兒齊作家。
反手敲来三棒鼓，转身捧出一盆花。
侏儒惯戴尖头帽，妖婦忽蒙黑面纱。
三十六拍春水蕩，钓鱼台下聚魚蝦。

贈馬克樂、馬安德诗一首（五月十五日）

白馬春風挹綺琴，远来滄海有知音。
六弦譜出相思調，一曲能传志士心。
淺醉低吟苏醾酒，嚶鳴互唱集芳林。
百花齊放同欢笑，始信天涯若比鄰。

（注）馬安德、馬克樂来自苏格兰，克樂善鼓琴，安德善歌，春宵相聚，初為予彈相聞之曲，继歌甲士慷慨之音，声动四座，酬歌相答，短诗紀勝，長毋相忘。

為过旭初題棋譜（八月二十日）

决战纵横在眼前，智珠在握著宏篇。
偷闲频识橘中趣，習静曾闻烂柯仙。
嗟嗟苍生望北斗，巍巍谢傅起东山。
指挥已定千秋業，惟赖高人一着间。

（注）此诗又曾為李一氓题明刊板画坐隐图長卷

与張安治、郁风、苗子遊香山，步韵和安治

張盖来遊願未移，钱田侧帽看花枝。
西山红樹添新爽，南国苍松忆旧诗。
七十登高不策杖，重阳望远共倾危。
京津谈画论千载，风雨狂歌又一時。（元十一四十）

丁巳生日詠怀（一九七八年一月三十一日）

芒丁七十四春秋，百鍊鋼成绕指柔。
万卷罗胸得至樂，一杯在手解千愁。
經霜始见松柏操，倚枕常為汗漫遊。
嚼雪飲冰吾已惯，经天涼月照心头。

归僑联欢会主席台即席作（二月五日）

归僑一万八千人，大厦联欢谊倍親。
竞奏勤歌闻白雪，嘉看妙舞散红雲。
遥遥四海皆兄弟，小小环球是比鄰。
海外孤儿今有母，願為祖國献青春。

马年岁首有作（戊午一九七九年二月二十四日）

精卫填海 鹊填河，锦样华年掷逝波。
梦里还看樱夹道，闲中欲种菊盈坡。
春风杨柳摇千树，秋水芙蓉盪一舸。
大地龙蛇犹蠢蠢，文章倚马待如何。

（注）昔居日本东京本乡菊坂町，常过广小路，樱花夹道，不能忘怀。今龙蛇虽去，风派流派犹存，待时蠢动惟马首是瞻，静以观变而已。

大连海滨（一九七八年四月二十四日）

金翅花开过大连，旧游如梦梦如烟。
重看渤海茫茫绿，却喜芳樱灼灼妍。
星浦潮生风乍起，虎头滩外月初圆。
一衣带水蓬瀛近，望断彩云落照边。

一九七八年十二月十七日夜雪骨折，入协和治疗。
一九七九年元旦为诗自娱

银汉无声夜正中，西楼卧病听残更。
金鸡报晓新光现，木鹤成灰旧迹空。
岂有至人好巫蛊，须知此世无神明。
回肠九转知何诉，欲向天阍作怒鸣。

9

題李根源百年祭冊子（一九七九，十二月三日）

先武先文百世传，讨袁護国濟時艰。
关中良相尊王猛，天下蒼生仰謝安。
规復神州揮健筆，折衝边郡上征鞍。
遊山種樹詩千首，曲石叢书耀滇南。

題潘絜茲臨写高橋诚一郎乙女图（一九八〇，三月廿九日）

高橋博士艺坛师，妙写東瀛绝世姿。
秋水画成双女伴，春風吹醒两花枝。 P.271
張萱再世自千载，周昉比踪又一時。
隔海孪生親姊妹，紅妝窈窕試燕支。

人民大会堂盛会即席作（一九八〇，四月四日）

五星高照上层台，千炬通明盛会开。 P.275
來鶴灰飛思浩劫，金仙露尽忘餘哀。
雲駢跨海求先进，電化千霄集俊才。
今日再生新气象，葱蘢百態与春来。

（注）十年浩劫之後，盛会重开，群情为之鼓舞。

10

有怀（一九八〇年四月四日）　P.275　⑩

秀色逗起已吐金，芳花满眼不胜春。
枕边尊侧来湘妃，云外遥遥望鬱林。
悯々东风情未老，匆々短梦记犹真。
传书幸有三青鸟，密意缠绵字々珍。

赴南苑金星农场途中

恼人十日九风雨，过了清明始出门。
淡々朝阳笼绿野，丝々细柳织芳春。
一溪碧水沿公路，百亩金花绕小村。
燕子不归缘底事，宵来处々卷黄尘。

生日抒怀（一九八一年一月十六日己未）　P.231

闻鸡起舞忘宵寒，牛女临河看夜阑。
年近八旬犹矍铄，身閑四季幸平安。
為寻旧梦資瀛海，曾共新知上翠峦。
手种桑桃当户牖，不令鬼魅入玄关。

（注）一九八〇年十一月二日之夜，在京都都贵馆，晤前鄂元子、甸籍、冈逗来电话，别已四十四年，旧梦重温有如昔日一堂，此情永不能忘。

11

明邵廷绘开平王常遇春画象礼赞　P.283

凛々威風鄂国公，桓々飞将入开平。
淮南戎馬三軍帅。冀北豺狼一扫空。
继志来能头已白，遗徽永照气犹雄。
吾王英武當為範，前進旌旗映日紅。

（注）田汉赠我一联云"一生常继开平志，千里争传任侠名"云为成继先向。

由蘭州赴烏魯木齊机中作（一九八一年十月二十五日）

曾闻古德别長安，沙磧茫々歷万难。　P.283
且喜鹏程追日月，欲將凤纸写河山。
東南王气沉幽壤，西北浮雲隐玉関。
此去高昌过瀚海，天池下望碧团团。

去喀什香妃墓　陳永玲、哈丽丹伴往　P.287

閶風吹我过西疆，双凤和鸣玉輦傍。
宝石揚輝紅燦爛，蒲桃熟透散芬芳。
光塔迎月珍珠寺，碧樹連雲翡翠墙。
灵地誕生伊帕汗，櫻花如火照陵岡。

（注）英国阿格汗组织中亚古建築艺術考查团，世界专家来者八十人，汪董宝光推余参加，得与其盛，今董宝光逝矣，于此志之。

12

鷄年生日述怀（一九八二年一月九日） P.290

鷄窗述作几星霜，老我书城鬢已蒼。
天上月华同淡泊，樽前花影共芬芳。
知交雖逝还入夢，佳句曾吟半已忘。
久不闻鷄难起舞，鷄鸣狗盗避同堂。

党中央国務院春節团拜即席作 P.291

华堂盛会五千人，歌管香茗祝好春。
精政减官提效率，除污懲罪按条文。
樂园共建决心大，宝島重集笑语親。
座上群贤多白首，相期百嵗庆芳晨。

壬戌八十生日自咏（一九八三年一月二十九日） P.

發憤忘食遣嵗华，知足常樂々无涯。
春明詞翰书千紙，秋水文章愧一家。
庾信老来诗律细，江淹夢里筆生花。
鬢眉不改腰躯健，報国十年兴未赊。

赠美洲作家聂华苓（一九七九年十月十八日）

文章風格异群流，喜读《台北一阁楼》。
故國河山縈筆底，古潭日月照心头。
春风绛帐沙坪坝，华厦聚英北美洲。
駕起長桥通宝島，天涯携手共遨遊。

（注）华苓文章隽异，筆挟風霜，读之使人忘倦。昔年同在重庆沙坪坝，未获接触，今来京寓，始得晤谈。华苓邀集吾国各地著名作者集会于美洲，廣座论文，为诗贺之。

寄台湾作家王拓并步韵和作（一九八〇年二月十六日）

龍飞八極逾昆侖，大地騰欢共一心。
廣座论文多創見，高山合唱有知音。
故园怀念抒文采，跨海来集鼓瑟琴。
祝願青春能永在，相看十載更金婚。

(14)

祝章行嚴先生九十一寿诞（辛亥一九七一年十一月四日）

九一高龄硕果存，经筵祭酒久为尊。 P.209
甲寅壮岁扬文藻，章绛宏才號季昆。
義助勤工之海外，敢援烈士走津门。
南溟北海常来往，欲钓六鳌巨手扪。

（註）余幼读书家塾，闻《甲寅》創刊，馳函求贈，竟獲不遗，在野寡增歎久；（二）留法勤工俭学诸人，曾得先生资助，（三）李大钊先生之难，行嚴先生曾赴津求救于段祺瑞，未能挽救。今先生谢世多年，以此纪其嘉言懿行，永远念之。

常家纯

维克多利

清明独步管子墓前见树木蔚秀黉舍纵横感而有作

常良伍

十年树木百年人，管子遗言记忆新。
此日美材名境长，他年大木巧工寻。
楚江久贡包茅赋，颍水长流锦绣春。yu 棫
黉舍纵横北郭外，菁莪棫朴看当今。

西江月·游包公祠

南郭风光绮丽，包河流水清长，王朝封建久消亡，孝肃祠堂气壮。正义千秋不泯，遗容万古轩昂，无私铁面凛秋霜，留供游人瞻仰。

为管鲍祠撰联

霸业著春秋九合诸侯一匡天下新政迄今光史册
双贤合祠宇攘敌功勋分金义重高风千古系人心

颍上中学校歌

颍水泱泱地钟灵，蔚起文明。管仲黄宪相辉映，名贤代生。奎楼高耸，黉舍纵横，吾校居其中。造就多士，培养国脉，抗建早完成。

20×20=400

常法蕴

挽四叔逝世对联

忆当年亲聆庭训、曾提耳面命、未获经典指导；

痛今朝遍忆容音，犹克受恩思，从此遗恨到终天。

1995.12.25.

北京市电车公司印刷厂出品　九八·十

(1458)　20×20＝400

東学对联一付

東有啟明、照亮九州四海。

学而不倦、要啟諸子百家。

谨用兰亭盛会陈词，祝阜阳县墨诗坛成立会开

群贤毕至、少长咸集，健健康康联佳句。

崇山峻岭，茂林修竹，枝枝叶叶添新词。

再题杨慧九先生遗画

学画远试柳苍苍、笔压周秦与汉唐。
慧光何学扬海外，遥祝遐龄寿而康。

1985.12.24。

北京市电车公司印刷厂出品　九八・十

（1458）　20×20＝400

黄、蓓颂

八四年六月十九于东学村 张鸿生

老夫妻作黄蓓饭、黄蓓再现已无多、回顾人生何太促、忽视太促常遭殃、麦子没了无力打、秋收豆地难犁耕、天公又作孽、真逢夜大雨、假湿地成泽国、麦子生水中、麦籽生蛾、苗麦糟烂腐、将劳动果实将抛尽、抱膝长叹两眼睁、人老骨硬不中用、两腿蹒跚着、今后呀、呼嗳呼、人生自古皆有死、我何[illegible]先行、皇天增我寿、亲友相辅成、后天得人惟继学、我亦振奋精神、跨年何长奔前程、直到老死然后、多为人类献文明

八四年六月十九日

铁剑行

有树名铁剑，剑何似？剑相似。叶起剑脊，叶梢伸剑锋。短者盈膝，利；长者直欲冲青青，纷纷把攒成青英丛。三年未着花，看花使人惊。亭亭三尺余，一茎之上忽然诞，四围伸小枝，银铃满蓬蓬，白网三百朵，寒光四周冲，其色若白雪，其大若满盅，其貌若蜂房，远之高无穷，若白鹤将翔，飘然凌清风，若素女静装，独立幽兰桂丛。我何以称之？女中之英雄。持剑在九天，正气在胸中，可歌可泣可，眉宇有威容，安问几年事，怒扫清宇空。

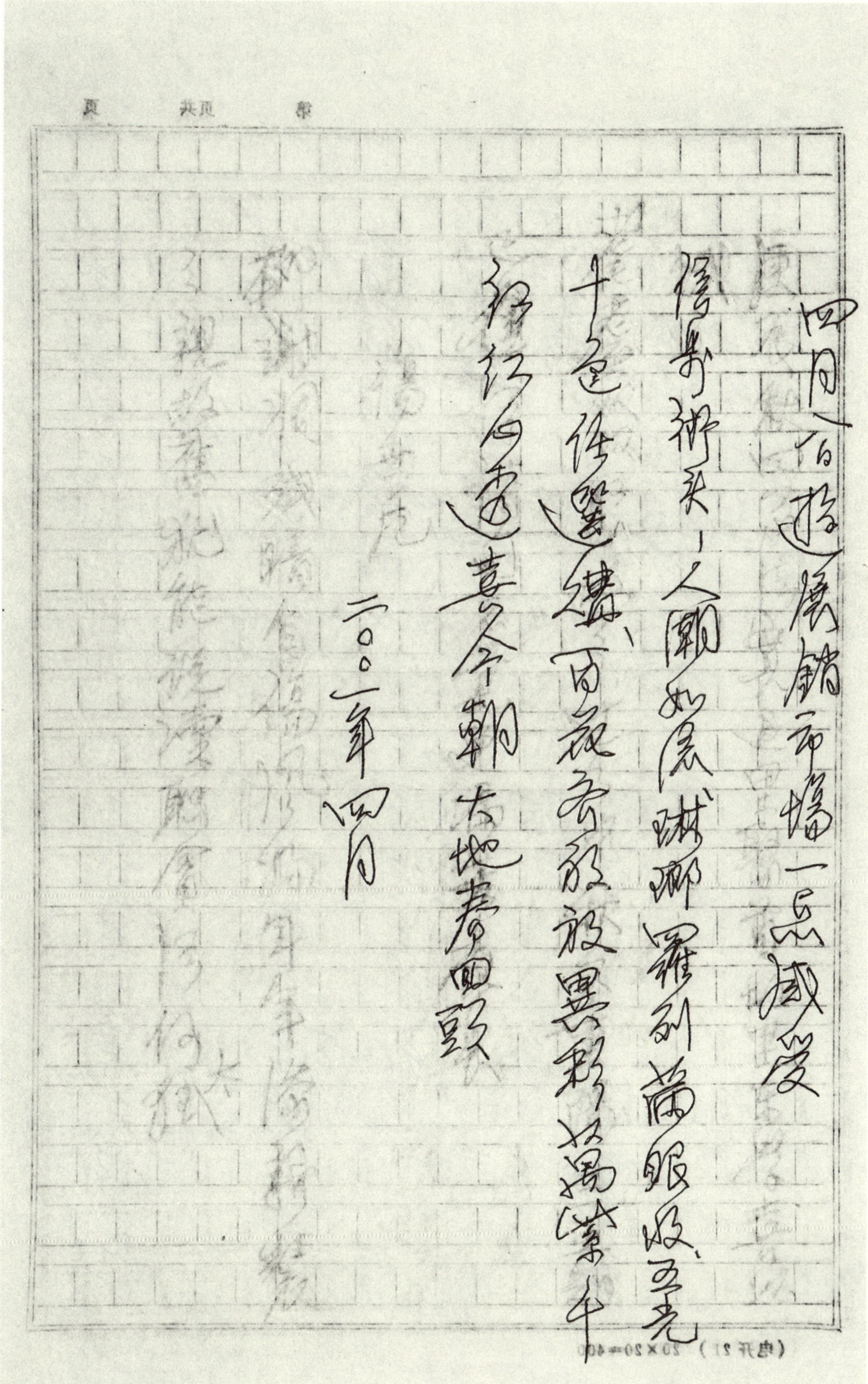

四月八日招遠展銷市場一點感受

信息技術天、人潮如辰琳瑯羅列滿眼收、五光十色紛呈遺構、百花齊放競異彩萬紫千紅、紅白雪遍喜今朝大地春回頭

二〇〇一年四月

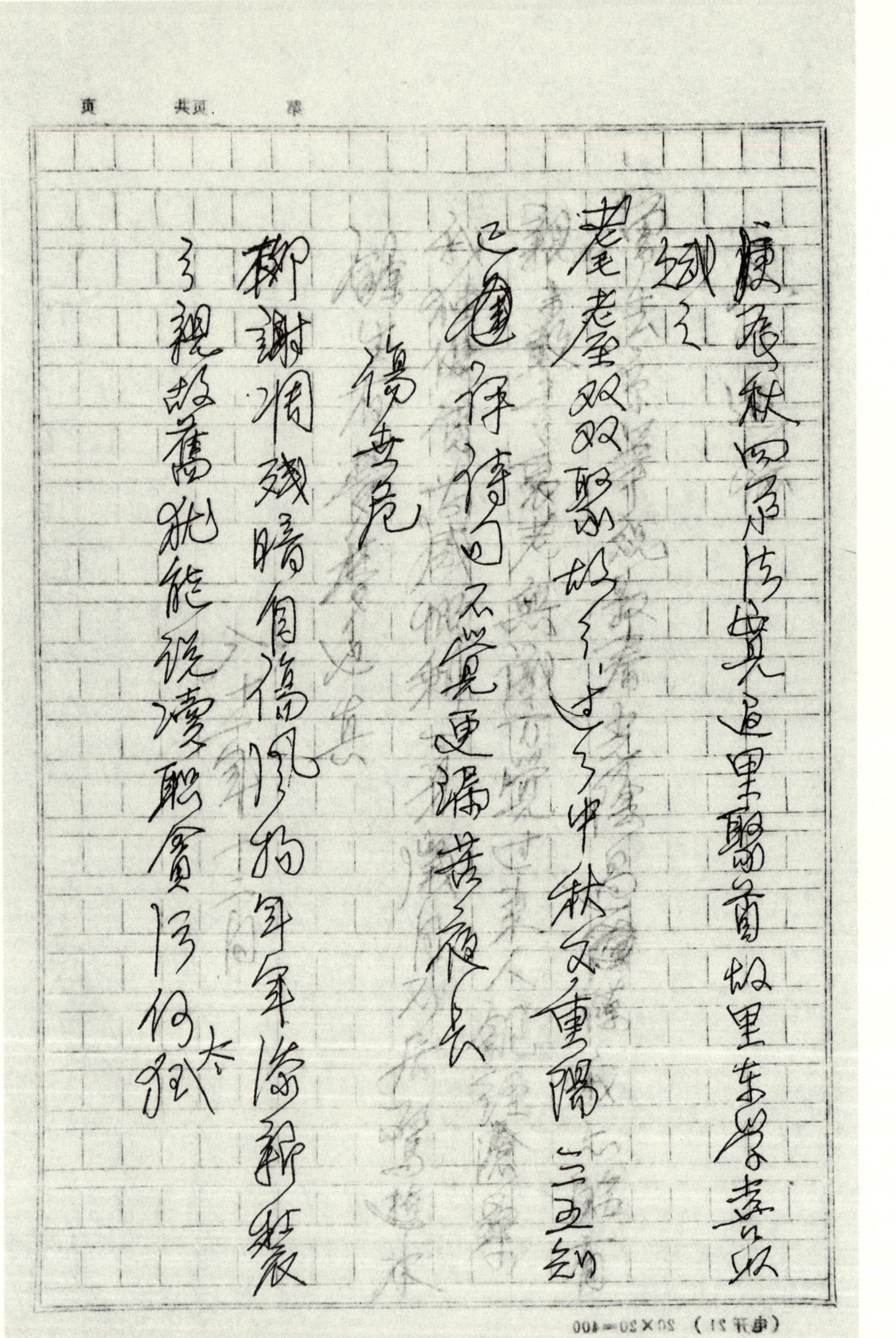
页 共页 第
庚辰秋四月沽安返里聚首故里朱学喜极
赋之
耄老耋双双聚故乡过了中秋又重阳 二五绝
已逢拜诗日不觉更漏苦夜长
伤无危
柳谢凋残暗自伤风烛余年惊新霜
乡亲故旧犹能说读聊会得何太狂
(电开21) 20×20=400

八十述怀

留去学笔砚最春光阴易[illegible]陈我亦临有

亲手敢言衰老无憾方觉过来人能经沧桑

我独健[illegible]古城既剩一身岁月又居[illegible]游水

余生有梦梦也真

八十二年十二月

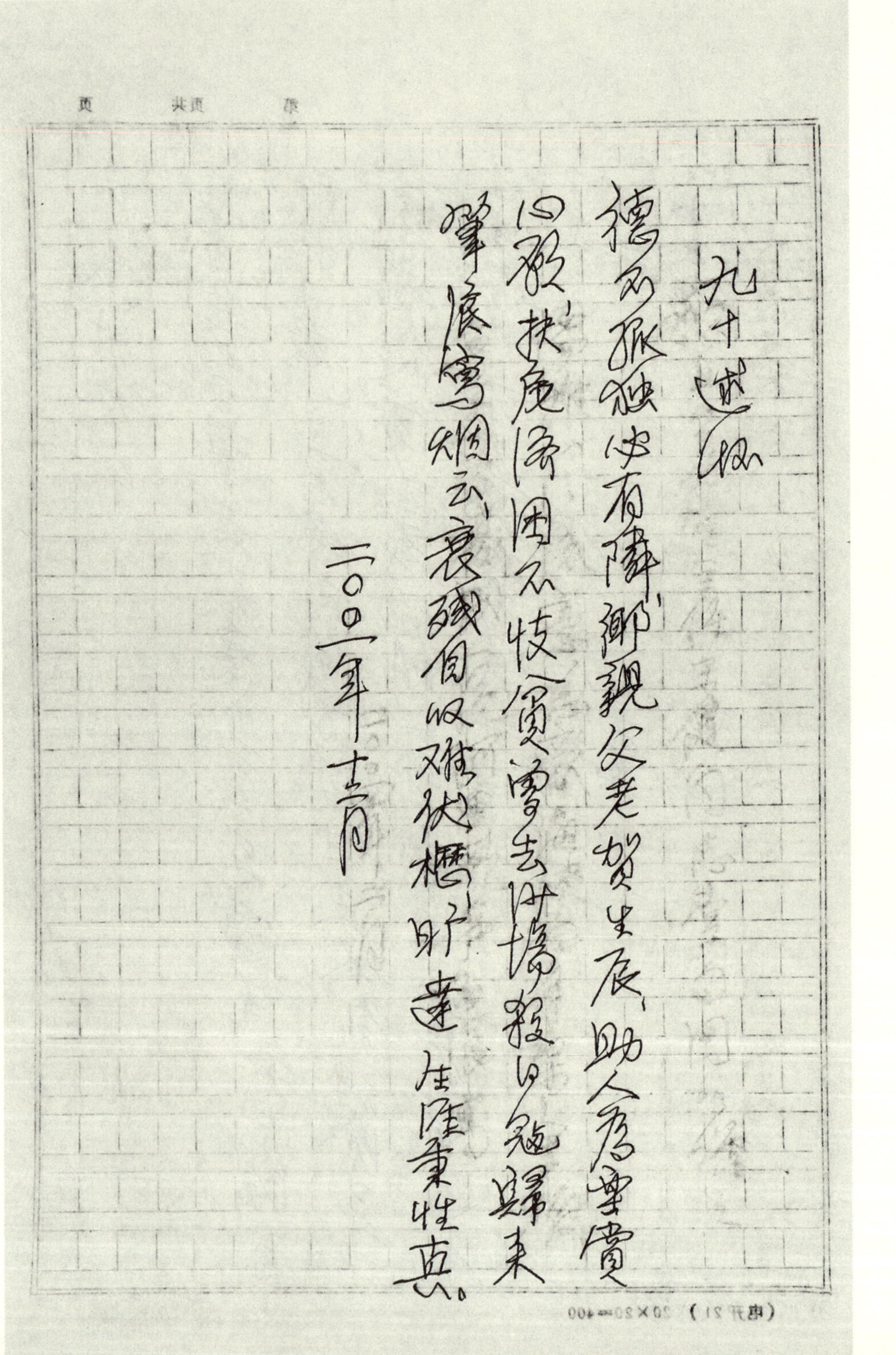

九十述怀

德不孤独必有邻，乡亲父老贺生辰，助人为乐赏心愿，扶危济困不忧贫。曾去沙场杀日寇，归来笔底写烟云，衰残自叹难伏枥，旷达生涯秉性真。

二〇〇二年十二月

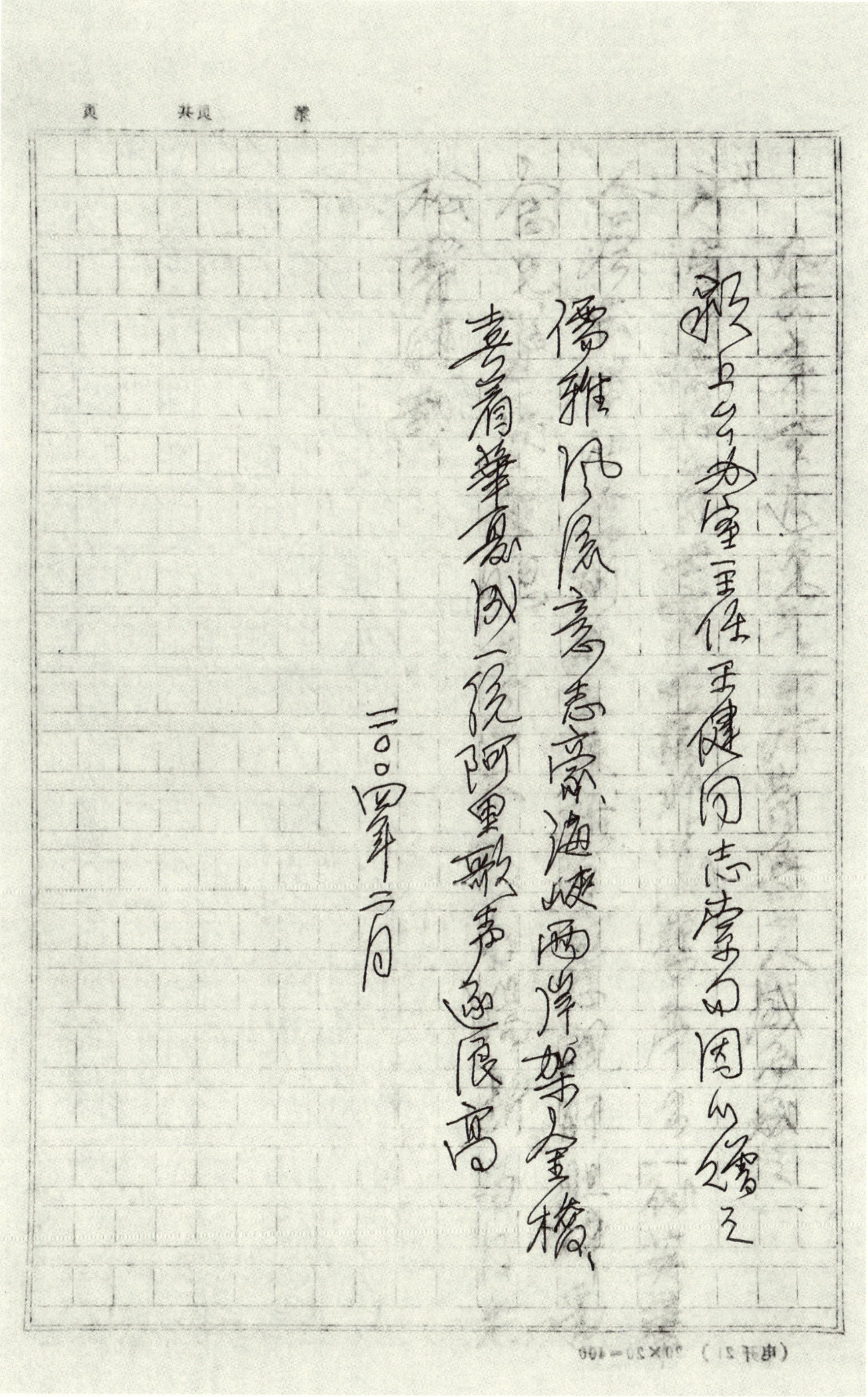

敬上六首呈王任王健同志学而周以赠之

儒雅风展意志豪，海峡两岸架金桥。

喜看华夏成一统，阿里歌声遍良宵。

二〇〇四年二月

九十年来重返桑梓故居岂无人识否感之

斗室如荒原身无衰，故园非复旧斋序今一代英华

人居去半生涯刚我又来，难见慈亲肝胆碎遥

念兄弟人展露腮偏以太苦易肠断尚何老

松暂时栽

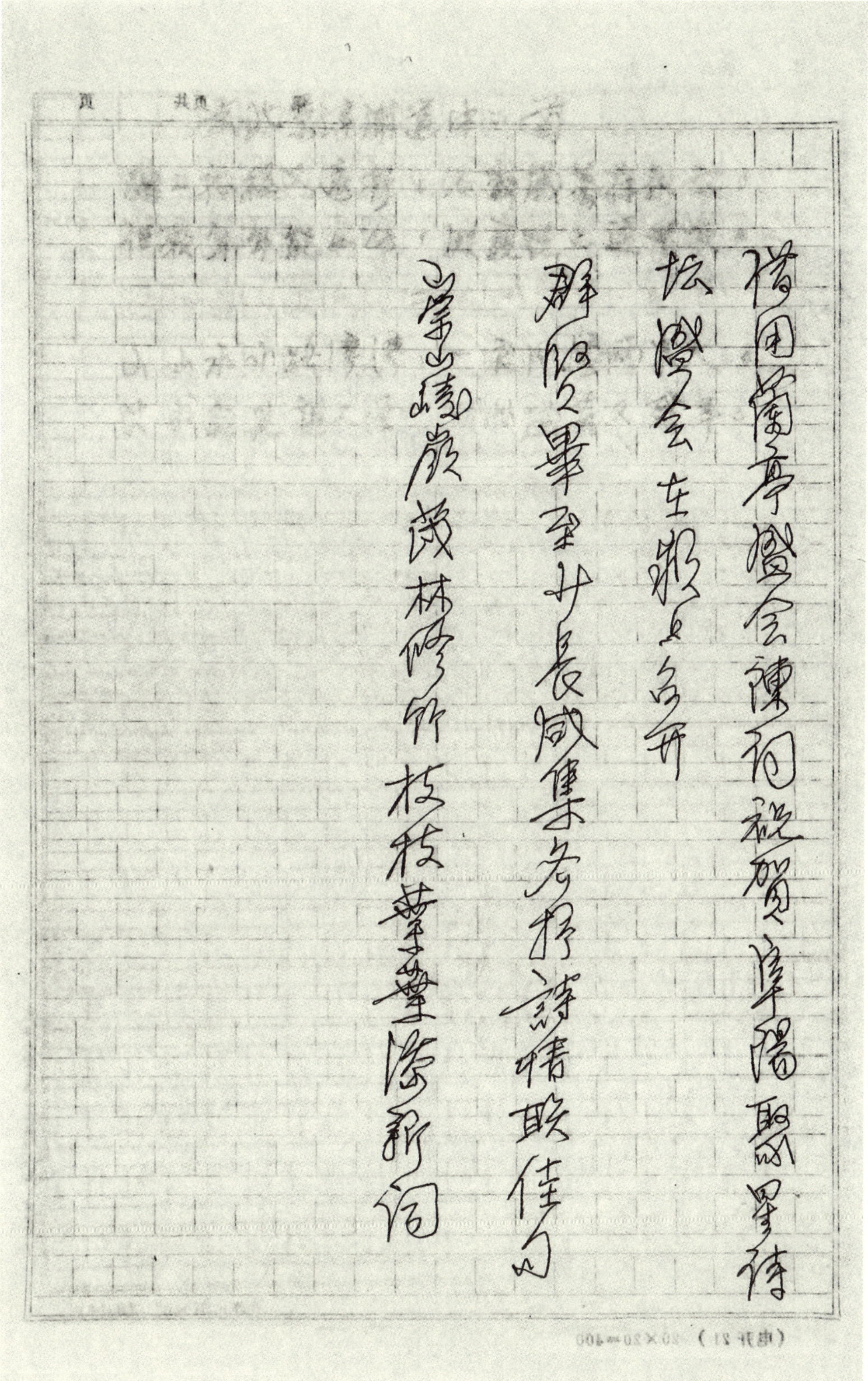

謹向蘭亭盛会陳詞祝賀阜陽聚墨詩
壇盛会 左張与合并
群賢畢至少長咸集各抒詩情聯佳句
崇山峻嶺茂林修竹 枝枝葉葉添新詞

去北京津浦道中二首

路上征程又遠行，不辭歲暮探叔公。
但願年年能如此，娛親悅己更情濃。

二

山山水水路灣灣，一夜风塵两半天。
只求能見親人面，那怕歲暮又殘年。
天宫

北京市电车公司印刷厂出品　九八·十

(1458)　20×20＝400

第　　页共　　页

（其）

处决贪官王怀忠

爆竹烟花照夜空，喧天锣鼓镇般风。
可知今日庆何事，处决贪官王怀忠。

2004，2.24，

北京市电车公司印刷厂出品　九八·十

（1458）　20×20＝400

怀念刘宏西老人

入馆书坛享盛誉、传经说道沐春风。

而今朋士犹怀念，一代儒高德益隆。

北京市电车公司印刷厂出品　九八·十

(1458)　20×20=400

第　页共　页

赠白梅女士

春城寒尽小梅开，梅花灿烂白花白。
白白红梅相映美，但叫春风且慢来。

82，10，20

北京市电车公司印刷厂出品　九八·十

（1458）　20×20＝400

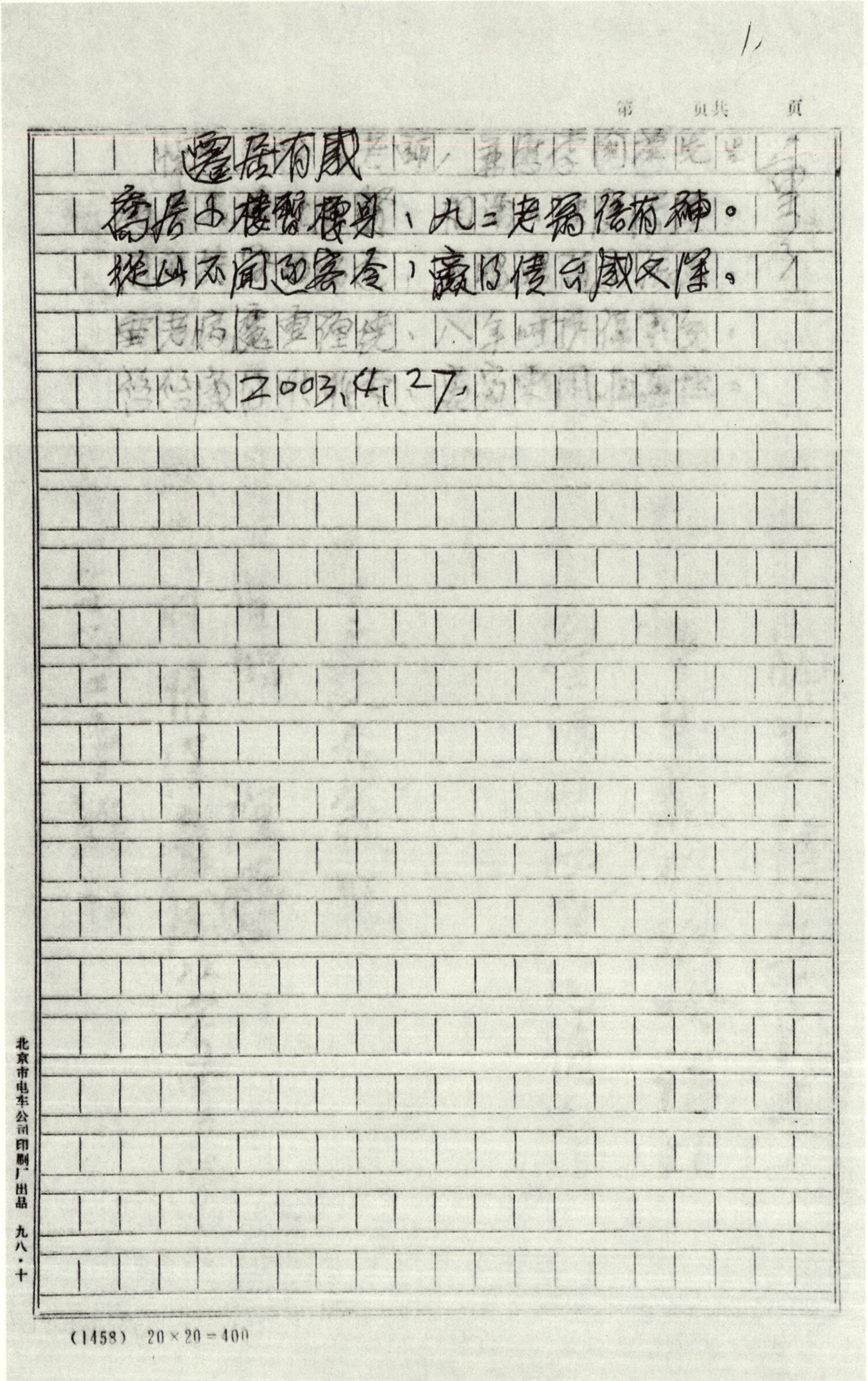

第　　页共　　页

迁居有感

高居十楼暂栖身，九二老翁怡精神。

從此不闻迎客声，赢得清宁感天深。

2003.4.27.

北京市电车公司印刷厂出品　九八·十

（1458）　20×20＝400

第　　頁共　　頁

悼念馬師云老師，兼慰李國榮先生

纯孝高格性淑賢，相濡以沫度清寒。
同舟共濟協師道，夫唱婦隨永結緣。
垂老病魔重缠绕，八年呵护保平安。
悠悠歲月吐桃李，袅袅東风拂墓栏。

[illegible]

北京市电车公司印刷厂出品　九八·十

（1458）　20×20=400

《中国商场大全》编委会

赞法宽绿窗吟草诗集问世

绿窗人静笔生花
作织吟诗娱晚霞
连篇警语惊四座
同侪争赞老专家

九十三叟介翁题

昂玉心沂贤甥

贤甥八十我九翁，情深谊重从容学记
灯下敲诗句，一字不工争脸红

地址：北京西直门饭店　　电话：832.7755转311.313　　电挂：4379　　邮政编号：100044

第　页共　页

赞法宽绿意吟草问世

绿意人静笔生花，作细吟诗娱晚怀。
連篇警语驚四座，同儕争颂老专家。

2004年6月

答谢有敏季應同和韵5

诗来漫读可涵泳，遥念叔陈一老兵。
隆情盛意关怀细，良宵不寐度三更。

喜见法宽全家福照以诗贺之

只身飘泊走京津，繁衍亲了两代人。
喜看后裔皆新秀，笑煞寿星暖透心。

北京市电车公司印刷厂出品　九八·十

(1458)　20×20＝400

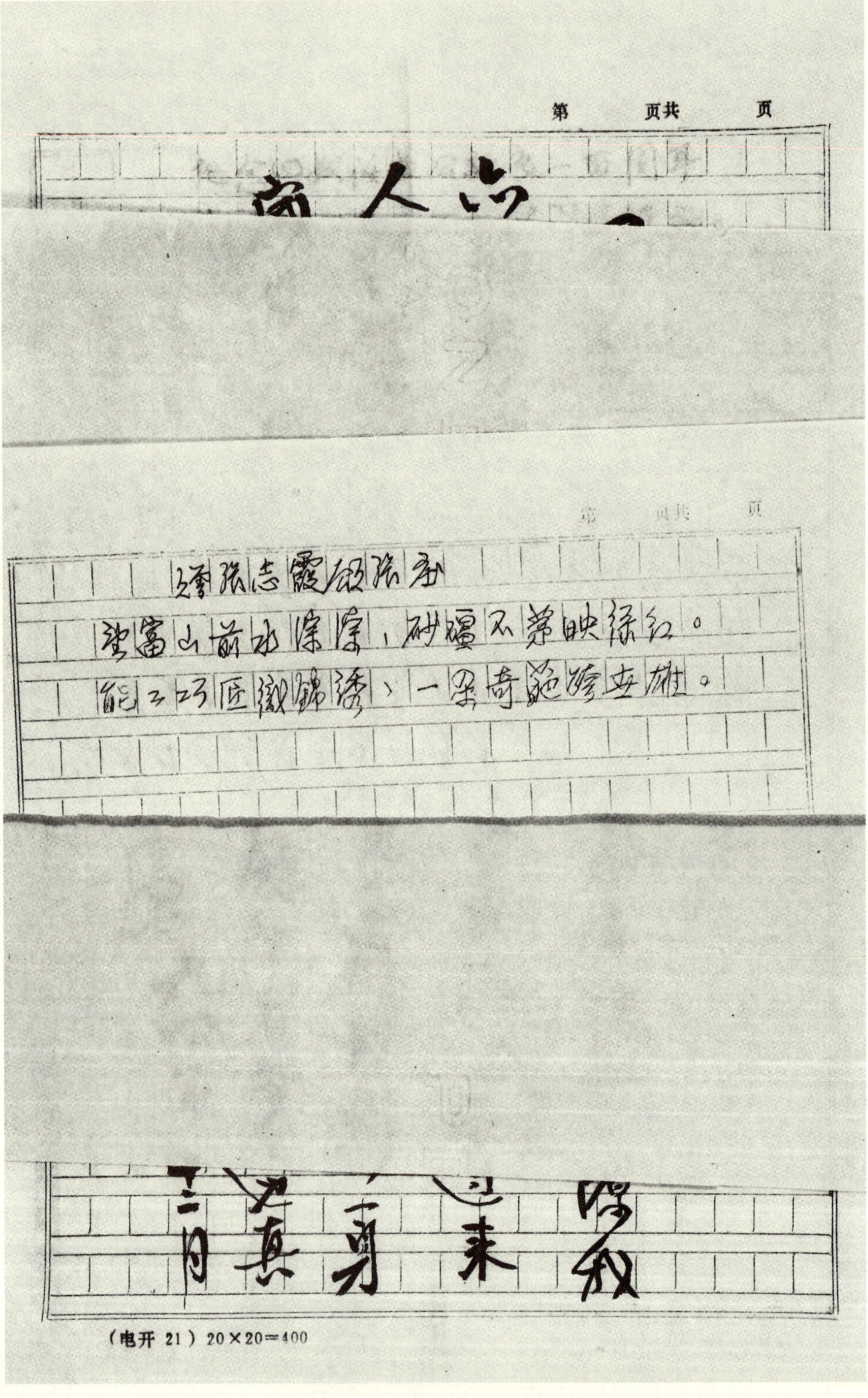
第 页共 页
第 页共 页
（电开 21） 20×20=400

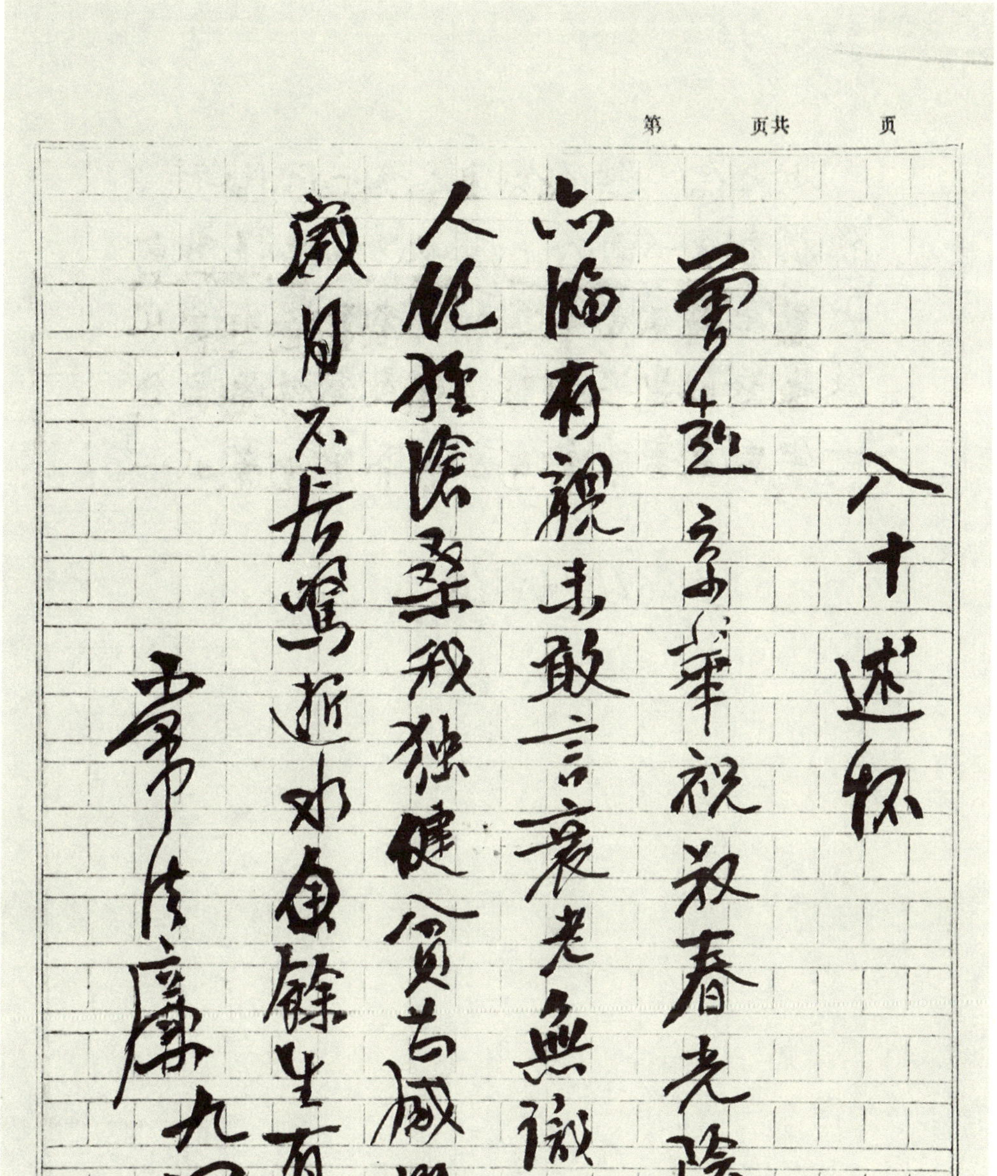

第　　页共　　页

八十述怀

蹉跎年華祝叔春光陰過渡我
六旬有親未敢言衰老無識方白覺過来
人能狂陰發我獨健貪苦感慨剩一身
歲月不居驚逝水自餘生有夢夢也真

常任侠　九四年十二月

（电开 21）20×20=400

纪念四叔任侠公诞辰一百周年

弹指光阴一百春，尚怀遗训昌德神。
少年壮志疆场上，曾率军民抗日侵。
及长漫游遍五岳，丝绸之路行经纶。
一生著述垂千古，道德文章举世遵。写

2004、11、12。

（1458）　20×20＝400

北京市电车公司印刷厂出品　九八·十

忆别余老出长安，亦寄耄耋年老矣，
入院古园享幽居，诗经说道沐风春。
而今银生就怀念，一代宗师世垂隆。

2003.12.24。

北京市电车公司印刷厂出品　九八·十

(1458)　20×20=400

咏菊

百卉凋零独傲霜，东篱生色吐芬芳。
当年有幸友陶令，雅韵传颂千古扬。

2001，12，24

北京市电车公司印刷厂出品　九八·十

(1458)　20×20=400

绿窗吟稿五种

常法宽著

开平诗草

秋水词

馀味斋散曲

赋

汉俳

开平诗草

论诗词绝句十首

一

中华古韵远流长，独领风骚继汉唐。
两宋金元翻异样，今人创作浩泱泱。

二

千年古树放新枝，一代风流运巧思。
正气乾坤抒大志，钟灵毓秀出雄姿。

三

诗庄词媚令人痴，时代声音铸伟词。
镂采雕文成死句，自鸣天籁咀神滋。

四

上超往古下趋今，新事新奇意趣深。
点点滴滴流绝调，风风雨雨寄诗心。

五

陈言务去假言休，典僻语生人见愁。
写出自身喜闻俦，雅俗共赏近同俦。

六

莫言出语即惊人，句句推敲费苦辛。
一点灵光飞笔下，奇花异草透芳芬。

七

拾人牙慧太寒酸，套话官腔也可怜。
碧海鲸鱼惊体大，池塘青草爱留连。

注：王国维曰："境界不以大小为优劣也。"

八、

千家动手斩蒿莱，万朵红花映碧台。

沉郁多怜情圣苦，清新每赞谪仙才。

注：梁启超称杜甫为"情圣"；杜甫赞李白诗云："清新庾开府，俊逸鲍参军。"

九、

聚如风雨散如烟，气韵浑茫势畅酣。

夕露朝阳寻美句，千锤百炼写佳篇。

注：第一句借用清人张问陶《论诗词绝句十二首》

十、

前贤诗话论纷纷，多写多读悟妙神。

长歌短调浓淡笔，感怀直取性情真。

注：末五字为杜甫句。作诗非真难美，故真善美乃诗之要道。

中国共产党成立八十周年

南湖滄滄起航船，风雨潇潇八十年。

烈士捐躯垂青史，文章笔健写斑斓。

錦绣江山得不易，国强民富路更难。

几代人杰兴大业，朝乾夕惕多自怜

八哀诗并序

小序：十年动乱，冤案累累，悲惨往事，不能忘怀。每草一章，置诸箧中，从不示人。今检出修订，选八首，合为联唱，以招忠魂，亦记己之哀事也。

一、

每忆哀声哭丙辰，世间悼念最情真。
光明磊落威名重，旰食宵衣万众钦。
日理万机勤国事，夜思救助困中人。
鞠躬尽瘁嶙峋貌，何处秋风扫墓门。

注：总理临终前几天，又惦起章乃器，说：人死了也要平反。

二、

弓剑精研理论深，为民为国建功勋。
白区斗敌多谋智，主政清廉忘自身。
锐眼观察断世界，众心仍盼旧章循。
忽然炮打贴墙报，天大奇冤日月昏。

注：《论共产党修养》一书，对党建起了好作用。主张实行新民主主义，符合历史发展规律。

三、

叱咤沙场盖世勋，威风凛凛大将军。

直言万句成何罪！雾隐庐山不辨真。

曾赞功高人好好，又听游斗乱纷纷。

广场流血眼亲见，犬吠狺狺日已曛。

注：某日，北航批彭总被打流血，余心愤而离去，犹闻暴徒吼声。

四、

文武全才最善谋，惊涛骇浪历春秋。

南征北战扫残寇，磊落光明爱朋俦。

曾记诗家集雅会，犹闻笑语数风流。

含冤含恨悄然去，长剑横磨向仇雠。

注：60年代初，《诗刊》集会于人民大会堂，朱德、陈毅、郭沫若、冰心、常任侠等莅会。陈帅《梅岭三章》有"此去泉台集旧部，旌旗十万斩阎罗"句。

五、

一曲清歌水浪洪，江河滚滚跃游龙。

南昌起义开天地，治国治军立大功。

动乱十年如柳絮，沉浮身世似枯蓬。

堂堂正正千秋范，浪打洪湖永念公。

六、

夜话燕山妙语佳，风流才士笔生花。
文华横溢抒情挚，博古通今杂百家。
脱俗篇章惊世道，精思巧构众人夸。
三村罹祸百村苦，胡斗胡批乱似麻。

注：批"三家村"乃"文革"序幕，从此，则千家受难，万家遭殃矣。

七、

抗日长沙识廖公，家翁摄影记形容。
京城主持宣传部，办报长留好作风。
难好文章三挚友，风格独创众推崇。
一朝灾祸从天降，两死惟留一老枫。

注：1938年在长沙《抗战日报》社前常任侠曾摄影一张，今存。在"三家村"中，惟廖沫沙寿命最长，而邓拓、吴晗均早死矣。

八、

明史学家学识渊，人杰巨匠誉文坛。
先生有幸长京兆，阆苑听歌震碧山。

15×20=300　　第 5 页

戏作《罢官》遭暗忌，文网暗布痛奇冤。

秦城牢友曾相见，以手指胸口不言。

注：廖沫沙一次对李任侠云："与吴同狱，食皆粗粝，与之言，不能声，指其胸，指其首，正气凛然，受摧残可想而知。"又闻陆宗达云："公非死于海瑞，乃《朱元璋传》也。"见李任侠诗集《红百合集》《悼吴晗》诗注。

旧梦录（四首）

一、看"黑画"展

奉命行军看画栏，淋漓泼墨叹奇观。

枭鹰两眼睁一闭，败叶残荷肃亦寒。

智慧聪明黄永玉，刚强老练李苦禅。

谁知黑色因何见，梦醒忽然腿犯酸。

注：看"黑画"是"清理阶级队伍"的序幕。

二、美院"黑帮"亮相

木雕泥塑貌昂扬，自画容颜放异光。

任侠休夸常廿万，苦禅空唱李三郎。

落荒气降人前矮，鬼蜮横行夜后忙。

正大光明心不愧，糊涂时刻总凄凉。

注：任侠为明开平王常遇春十七世裔孙。李苦禅自称为李唐后裔，《长生殿·剑阁闻铃》三郎唱注。

中華詩詞　社稿纸

三、陪家叔佳俟公邀好友艾青及夫人高英小酌于柳泉居

新疆念载静中游，鸠占鹊巢租小楼。
《诗论》精深多妙理，昆仑山下无诗留。
柳泉鲈脍锅头酒，"恒大"香烟用劲抽。
"追"罢"姑娘"听小道，好天良夜月如钩。

注：艾公自宅已被强占，租锦什坊街斗室一间，甚乐自如。我向他请教新疆习俗"姑娘追"故实；他听我讲小道消息。时在1977年，艾公耳目亦闲暑也。早年赠我自著《诗论》一册，今仍存。

四、赠程海果（林希翎）

悠悠岁月度华年，领到文凭梦未圆。
巾帼精英成右派，呼风唤雨迈前贤。
补天填海终遗恨，辟地织工苦无怜。
故国花开时日好，巴黎景色忆婵娟。

注：海果本应于1957年人民大学本科毕业，因鸣放而名累全世。1978年初在西总布胡同寓得晤面相聚，她苦笑时告诉："我刚领到文凭，留级二十年。"时隔遥遥想她做纺织工人，年华逝水，很知苦学，后定居巴黎，年已七十矣。近闻病逝。　2014年3日补记

15×20＝300　　第7页

读巴金《随想录》随感

巴金随想忆辛酸，百岁文星亦可怜。
假假真真留本句，吞吞吐吐奈何言。
悲歌壮曲人争唱，妄语连篇世少传。
歧路坎坷得宝鉴，和谐社会五音弹。

读满妹著《回忆父亲胡耀邦》

笔底哀伤忆父亲，文辞细腻吐情真。
加油添醋争真理，平反冤狱忘自身。
积案如山殃一亿，复查落实苦三春。
千家万户承甘露，饮水思源念伟人。

注：1989年4月8日12时，胡耀邦在中南海会议室心脏病突发逝世，年74岁。是累死的，气死的。自然是国之不幸，人民永远怀念他。

甲申岁末感怀

平生冷静看人寰，亦乐亦忧亦自闲。
留有文章供漫语，思期流韵动乡关。
袅袅烟销猴岁晚，声声浅唱鸡鸣天。
莫提旧调俗人眼，欲把清歌赠艺坛。

戊子岁首感怀

子夜闻钟细细听，铿锵悦耳富深情。
天风滚滚吹寒岁，地籁喈喈静有声。
欲携琼浆倾北斗，又成俚句献长庚。
光明磊落无愁虑，绿水青山快乐行。

《国际反腐公约》签字有感

反腐公开国际联，共同携手肃贪官。
贪官上下多如虮，暗室分赃臭似蠊。
鬻爵卖官标市价，楼台灯火庆弹冠。
娇妻美妾先飞鸟，别墅异乡可保安？

注：蠊，俗称蟑螂，体有恶臭。
据武汉大学法学院教授孙国祥引用以前报告，不完全统计，外逃贪官超过4000名（均为虎者）卷走至少50亿美元；仅2004年，外逃者500名涉款700亿人民币。其中著名大贪赖昌星中引渡回国，随中共日前数字告诉人，已超过这个数字。

纪梦

烟雨迷蒙北雁飞，天风飘荡口吟诗。
醒来犹记奔腾路，花影稀疏月落时。

中華詩詞 社稿纸

题叔父常任侠教授百年诞辰影集

一、

铁骨冰心傲岁华，名扬四海赞奇葩。

光辉形象留长久，图茂文新递万家。

二、

因缘际会看写真，名家相聚应时新。

音容笑貌精神好，百代流传最宝珍。

三、

一闪荧光记士林，千张合照最难寻。

文星风采传长久，自数家珍继后昆。

四、

仔细翻图识众贤，人杰荟萃振文坛。

百年奋斗兴夏华，一本精编励志坚。

五、

颍水滔滔动远思，燕山郁郁久栖迟。

巍巍管仲先前世，岁岁常公吐细丝。

注：常公好摄影，七十多年积存很多，此册收200张，含355名流合影。《史记·管晏列传》云"管仲夷吾者颍上人也"；相桓公，霸诸侯，一匡天下，声名巍巍，千古流传。常公亦颍上人，为世界文化名人，晚年有诗句云："意身做蚕永抽丝"。

15×20=300　　第 10 页

悼启功教授

电讯惊传陨巨星，世人洒泪记英名。

十年浩劫遭讟诟（dú诽谤），一本精编起正声。

寻友谑谈西总布，探幽求静五龙亭。

风流儒雅飘然去，道德文章百代铭。

注：元白先生与家叔任侠公相交友谊深厚，均任国务院古籍整理出版组顾问、国家文物鉴定委员会委员。1975年"文革"尚未结束，8月1日侠公拜访楚图南先生。楚老拿出一本日文版《中国艺术考古论集》，全书仅收启老二公中国人论文数篇。但两位作者均不知情。楚老亦不多言，只说："看来你们是不会被打倒的。"元白先生几乎天天到西总布胡同与家叔侠公聊天，他们喜听彼讲小道消息。启公幽默风趣，妙语连珠。有时邀约二老在北京可看琉璃厂[illegible]字画、古董，甚至味，游北海，休憩于五龙亭，林荫漫步，[illegible]，小酌仿膳，亦甚乐也。今[illegible]，能不悲乎。2005年补记

谢浙江新安郎天水寄"千岛湖银针"名茶

千岛银针采摘新，燕山煮水度芳春。

皖江梦断寻幽境，浙水心连比近邻。

杯底静观峰百仞，茶醇细品沁精神。

新安碧浪轻舟荡，酌酒西湖报故人。

注：余皖人，别乡已六十余年矣。新安江源自安徽，至浙江上游。每思一往，而未如愿也。

15×20=300　　第 11 页

中華詩詞 社稿纸

读报有感（二首）

一、

斯文求救众心惊，八老联呼最动情。
四库藏书沉瀚海，五音平仄断弦筝。
大师贤哲多辛死，小辈传人缺锔生。
古典文章华夏宝，亡羊补圈费经营。

注：1995年4月13日《华商日报》报导："八老呼吁：救救中国文化！"八老者，乃赵朴初、谢冰心、启功、夏衍、叶至善、陈荒煤、吴冷西、张志公共八位，均可称之为大师也。他们认为，目前中国古典文化，研究"文史哲"人员出现断层后继无人，主张抢救危机。今八老均已先后辞世多载，效果如何，人未得知。求救无应，不亦悲乎。"辛"同"辞"与后文"锔"相对。

二、

传薪无继实堪悲，志士仁人论是非。
古典飘香传久远，奇思哲理入精微。
契文刻字人称妙，汉语精华举世稀。
训诂详分扬国粹，书声琅琅织珠玑。

2005年7月13日

15×20=300　　第 12 页

咏太白山

太白雄秦岭，嵯峨傲九州。
冰川知万古，独叶傲千秋。
白雪飞三夏，江河泻二流。
天人开胜景，众趣(cù)风翔游。

又成七言贺太白诗社成立

秦岭高峰太白山，冰川遗迹万斯年。
羚羊娃鱼金毛秀，独叶存活物种鲜。
千里流泉淮上水，八旬身健应思源。
天开美景加今智，地辟诗坛胜古贤。

注：太白山为秦岭主峰，海拔三千米，为中国南北分界线，南边汉江流入长江，北边渭水流入黄河。冰川太古，三夏飞雪，物种丰富，神话传说很多。亦淮河之一源。余应聘为太白诗社名誉社长，陕西曲学会顾问。 2008年秋

题上海刘乐一画师刘乐一赠
《柳宗元江雪诗意图》

茫茫一片白如银，寂寞千山绝世尘。
独钓寒江抒壮志，孤舟短棹显精神。

故乡颍上南湖赏游

风轻云散雨初晴，返照湖光暗复明。
乱点翠红花正发，平铺嫩绿荷已生。
春流野水香茗煮，秋钓肥鱼美味烹。
谁道颍滨缺好景？年年总欲故乡行。

注：南湖，旧名八里河，宽八里，长约三十里，水质多[illegible]。水产甚丰。鱼虾、螃蟹、鳝鱼、鲫鱼、鲇鱼、银鱼、鲤等品（种）繁多；湖岸苇蒲甚茂，岛上多别具风格之建筑。

一九九七年十二月二十日凌晨，观澳门回归盛典，重读闻一多先生《七子之歌》，听童声"macau"一曲，不禁泪下

早岁曾吟七子歌，新诗句句恸山河。
志士仁人伤国恨，同仇共愤驱恶魔。
游子别家时太久，母亲心里话语多。
午夜欢欣观盛典，童声曲竟泪滂沱。

和黄遵宪赠梁启超

一寸山河一寸金，分割宝岛万民瞋。
百年痛洒悲伤泪，两岸同根华夏人。

清明节有感

春满城郊雨满城，清明节后不清明。
高楼雾隐形皆幻，大地云疑草似兵。
一夜狂风吹细柳，千家垂泪泣残红。
是非真假谁能辨？白发常思度太平。

游颍上管鲍祠，寄论文。

刊于山东淄博《管子学刊》

稗官史乘记传闻，当代群公细探寻。
鲁地争谈桓霸事，颍滨共论管雄文。
强兵富国安天下，教育有方创革新。
台上分金交谊重，祠前依柳最销魂。

偶题

静卧翻书能自乐，闲中万事未关心。
是是非非天有道，和和善善事皆新。
滚滚春潮翻壮景，潇潇暮雨涤烦嚣。
胸怀止水浑茫境，治乱穷通不袖手。

季羡林著《牛棚杂忆》读后

曾闻诫语忘当年，血渍殷红泪怎干。
黑白不分囫乱咽，高悬明镜暗欺天。
冤沉海底冤难辩，无史空谈史无前。
贤哲胸中藏宝鉴，一编"杂忆"世间传。

再读《牛棚杂忆》戏呈季老

明公自跳更风流，壮丽长街任斗游。
斯文扫地加高帽，沐猴而冠带冕旒。
千般折腾千般怨，万喊高音万户愁。
空前大难缘何故，回忆牛棚总怅惆。

注：在《牛棚杂忆》中先生自注云："文革挨整"，是"自己跳出来的"。其实以先生的声望，自跳挨整，不跳亦不会幸免。不过自跳，更显风流！挥泪写此，不是戏言。

无题

谷雨清明气象奇，忽然降落雨丝丝。
春婆何故姗姗迟，阴晴难以早先知

集林则徐诗句纪念香港回归

三十馀年瘴海留《拜杨文宪像》

欲倾珠海洗边愁《戏为塞外绝句》

蛮烟一扫海如镜《同关天培饮沙角炮台》

裨海环城大九洲《谢武林诸君》

集林则徐、邓廷桢唱和句

蛮洋烟雨暗伶仃（林）四围山响虎门风（邓）

灵旗一展招摇焰（林）戈船横跨海门东（邓）

消残海气空尘瘴（林）炮声回惊饮涧虹（邓）

谁与苍溟争坐诀（邓）敢辞辛苦为苍生（林）

题全家福照片

一梦京华五十春，良宵九九乐天伦。

根连颍水家声远，永忆箕山故地乘。

注：余为明开平王常遇春十八世裔孙，平原为常氏郡望。《高士传》：相传尧时许由隐于“颍水之阳，箕山之下”。2004年重修家谱，余作诗并凡二百韵列入，盖忆先世创业发迹史也。

国际"乐龄"年

"老龄"翻译作"乐龄"，一字推敲更好听。
年华已逝情何憾，快乐人生记忆清。

注：1999年是"国际老人年"，英文是：
International Year of Older persons.
新加坡译为"乐龄年"，同是华文一字之易，
使老年人生充满快乐，倍感舒心，妙甚，妙甚。

"文革"后不久，看杨秋霞演《杨门女将》

冷落十年草又生，秋伶上演穆桂英。
大开耳目胸襟畅，细品雄歌韵味浓。
"我不挂帅谁挂帅，我不领兵谁领兵"；
作诗已忘合辙韵，报国忠心志气宏。

注：时人认为上演《杨门女将》为拨乱反正发出了信号。
"挂"为仄声，应平声；第三联为原句唱词，均不能改。

读范仲淹《渔家傲·麟州秋词》

麟州高处看红楼，塞下秋来景色幽。
去国怀乡饮浊酒，岳阳寄远叙民忧。

注：范词连教科书都不标"麟州秋词"字样，只有明代《神木县志》记载如此。
范公作《岳阳楼记》是受友之托，他本人没去过岳阳。

庚寅清明去香山，过梅兰芳墓

因忆四十余年前梅先生在北京五道口剧院演出《穆桂英挂帅》，乃自编自演。之后不久病逝。堪称绝唱，感而成律。

青山未老忆梅郎，挂帅亲征振锦堂。
自演自编巾帼戏，独家独唱韵悠扬。
屏息安静心中赞，豪气冲天满座狂。
谢幕掌声如海浪，大师一去卧松冈。

悼香山诗社社长张述吾诗翁

怅望停云忆唱酬，忧伤日下泣清秋。
春风座暖笑情细，骤雨新晴尽兴游。
透彻胸怀明肺腑，高超慧眼识风流。
惊寒雁阵人悄去，月白霜天闷小楼。

注：陶渊明《停云》诗自序："思亲友也"。白居易《和春梦游诗》："月流春夜短，日下秋天遥"句。古人又常把"日下"指京都。

法廉长兄于乙丑三月病逝颍上故寿九十七，为诗悼之

寒食清明过颍州，招魂作赋祭冥幽。
同胞兄弟多亡故，孤飞塞雁楚天愁。
往事何堪思远梦，新诗难唱哽咽喉。
异乡空洒悲伤泪，带子携孙拜故丘。

二、

去年白寿印诗存，聚会来明把酒樽。
孰料电传惊噩耗，空发函信寄亲人。
读书练字归乡老，来向由衷报国恩。
一统兴华为远志，心牵宝岛绕忠魂。

注：兄著《白寿诗存》一卷，余为审定，长子大鹏编排，常兄孙出资刊印。本想为纪念百年诞辰而发，孰料一日不慎跌跤骨折，仅一周逝世，寿97岁。

三、

清明拜故村，不见老翁存。
难诉悲伤语，馨香奠墓门。

碑铭

热血男子，爱国爱乡。游击抗日，鄂皖名扬。枚侬柯城，正直堂堂。老年馆员，诗词文章。两岸亲朋，沟通桥梁。后继有人，永怀继光。

墓及碑铭刻，建于安徽颍上黄桥镇薛桥村东近六十米处。从东至西：朱氏曾祖母墓（为嘉武宗盗掘过）祖父常凝章墓、叔祖父常梓臺墓、又吾母江氏部分骨灰，堂弟常法寅骨灰。以葬四代。多年前曾立“归宿祖坟”碑，以防有人再次盗掘也。

惊闻二兄病逝台北

荣总医院，用平水韵上平声十五首悼之

一、东

哀音传自海澎东，五内悲伤痛老翁。

岁月悠悠留旧梦，可怜未见九州同。

二、冬

秋风秋雨又残冬，一别今生永不逢。

独坐胸中翻巨浪，天寒岁暮怕闻钟。

三、江

忆昔颍水共同窗，写句挥毫赋大江。

立志献身求报国，才华满腹颂家邦。

四、支

身躯硕美显雄姿，烽火连天去国时。

西北东南寻四海，茫茫生死总难知。

五、微

云天渺渺望鸿飞，碧水清波照落晖。

相聚京华馀坦荡，门前雨雪正霏霏。

六、鱼

万里归来共叹嘘，举樽痛饮啖鲈鱼。

千言难尽多馀兴，妙笔兰亭赏秀书。

注：兄善书法，临兰亭序，酷似羲之，余永存之。

七虞

终身独守老而孤，联句敲诗伴酒壶。

善恶是非明界限，篇什尽为中华呼。

八齐

松菊旧径赋归兮，结伴同游濒水堤。

烟气迷濛寻故景，忽听林外啼黄鹂。

九佳

舒心漫漫望长淮，溪畔荒村觅旧斋。

碧瓦红墙非故貌，深幽曲巷见高槐。

十灰

往来两岸感衷怀，归不归乎费细裁。

两制终将成一统，冰销解冻待春雷。

十一真

爱国爱乡见情真，仗义疏财乐助人。

面对"台独"斥大谬，声威日重唤群伦。

十二文

一生耽介好奇文，荣辱升迁淡似云。

尘世扰攘纷杂乱，青莲出水透芳芬。[illegible]

十三元

未伸壮志气长存，两袖清风冷墨门。

不愧祖宗留教训，皖山皖水寄诗魂。

十四寒

男儿有泪不轻弹，惨死凭棺受阻拦。

顿足捶胸难咽食，幽思眷念感凄寒。

十五删

潮流滚滚路弯弯，一统中华世泾世。

有望今生归宝岛，睡狮猛醒看宇寰。

纪念三兄法勇牺牲63周年

青年怀大志，抗日请长缨。赤心见肝胆，为国敢牺牲。

秘密参加党，为民苦斗争。忽然遭大难，特务施暴行。

凛然吐豪气，敌怒亦心惊。赣江水流碧，忠骨葬庐陵。

事刊《新蜀报》，诗文记英名。手足树模范，同胞痛深情。

父母几欲死，祖慈泣难生。六廿三年后，遥遥亡兄。

注：三兄法勇于抗日战争爆发后随长兄法藩入大别山游击队，后转入江西参加地下党。遭特务许太宝害死，年仅二十岁。1940年，叔父家伦写诗并撰长文刊于陈布雷主办的《新蜀报》端。诗云："梦里空思二郎，笔含清泪九回肠。未将油尽灯干道，却使捐身饲虎狼。"又："闻中玉笛作龙鸣，怀志冲霄志未腾。重过吉安难见汝，忍将文字记形容。"三兄极高音乐才能，善鼓琴，亦精书法，怀二兄悟，极似。三兄长余六龄，余不满十三岁，父母怕余太小，不让送行，况已走了三个儿子。因而余未得以早。教书弄文一生，今年九十岁，垂垂老矣，思之腹痛。

原作2003年，2012年3月补记，2014年3月重抄。

中華詩詞 社稿纸

寄陕西原省委书记
张勃兴诗友

长安古道遇明贤，《莅萌诗集》述志丹。
主政三秦开广宇，激活西部走千山。
旧城修旧留原貌，新市全新保古颜。
渭水春风人正健，百花开放叶枝繁。

注：勃兴离休后，退而不休，以全部精力投入诗词曲赋创作发展事业，成绩巨大，名震全国。有诗集《莅萌集》五卷出版。曾三次邀余赴西安、榆林等地讲学、参观，交谊深厚，为生平最朴厚友人之一。

八十初度

手持古镜照须眉，硕健身健自觉奇。
鬼魅喊喊蒙旧梦，羲和煦煦写新词。
沉沉落日思遥路，阵阵春潮卷碧池。
云鹤闲飞情未了，小园香径数芳枝。

赠传真和尚

芳草天涯路欲迷，密林惊叹鹧鸪啼。
春红正待游金海，碧柳先招过玉溪。
三月钟山回旧梦，六朝烟雨入新题。
千秋古刹佛宫静，留住诗心伴菩提。

15×20=300 第24页

中華詩詞 社稿纸

留住南京小九华山玄奘寺

绿水湾湾过小桥，江南风物尽堪描。
新修一座玄奘庙，点缀天光上碧霄。

注：玄奘寺为传真化资修建。传真俗名李义祥，高考被权贵子弟挤掉落榜。走投无路，曾想自杀。余托请赵朴初介绍入南京栖霞寺佛学院，他刻苦攻读佛藏，又去南京大学进修文史，因成佛门优秀传承人。

2008年初秋，应邀赴陕西西安讲学，游秦岭登太白山过陈仓参观法门寺，幸入地宫参观佛舍利

三秦揽胜忙，峻岭绕陈仓。
地宫法门寺，天雨落凤翔。
佛祖灵光妙，舍利聿珍藏。
重见真文献，东西融八方。

壬辰龙年贺岁（与中科院诗社联欢）

龙吟百句贺新年，四海五洲万众喧。
结友芳邻肝胆照，互通情愫论文鲜。
春江鸭鸟先知暖，玉树红梅总傲寒。
绣口锦心敲雅韵，漫翻凤纸作诗笺。

注：自然科学家能诗者甚众。叶永烈曾编辑《科学家诗词选》传世。

第 25 页

悼念诗友范希礼

昆仑山下客，燕蓟岭中梅。
西塞歌豪韵，香山显壮才。
诗成千载颂，曲竟百年哀。
好句长留吟，悲歌献墓台。

九天经因写小说，认为反动，被开除公职，在合肥拉板车十年，相聚难以用语言相叙

十年冷梦驻心窝，迟暮天涯想念多。
得会亲朋皆健好，推杯洒泪放长歌。

过访南唐二主墓

两代豪华词气豪，荒坡二主墓薜萝。
伤心满是斑苔碧，菡萏香消岂自嘲？

注：南唐二主（李煜、李璟）墓在南京牛首山附近。墓室无物，满壁苍苔，颇为凄凉。李璟有词云："菡萏香消翠叶残"，岂自嘲耶？一笑。

纪念辛亥革命一百周年（八首选四）

武昌三烈

鄂军八镇出英雄，举义全凭靠士兵。
豪气冲霄辟丑虏，惊天动地鬼神惊。
出身微贱人高大，革命情坚志向宏。
沧海百年名寂寂，长歌唱罢看银屏。

注：武昌起义，鄂军第八镇士兵彭楚藩、刘复基、杨洪胜三人，皆英雄也。据汝丘仲《近代名人传》称："无三烈，鄂军不得起义"，可见其功甚伟。惜史书太简，故为诗张之。

孙中山

革命先行者，孙公第一人。拼搏四十载，为国献终身。
志大胸襟广，心藏民族魂。推翻皇帝制，共和创革新。

二、

起义遭失败，浩然正气存。流亡奔四海，团结同盟军。
百炼增机智，名扬万众钦。精研手料，建国定方针。

三

天下为公辞，家家户户尊。联俄又联共，临危嘱同人。
钟山修陵墓，云树护高岑。滚滚长江水，纷纷步后尘。

赠中国科学研究生院余德浩教授

圆明园内会诗人，谈笑风生一片真。
贡献卓卓结硕果，发明累累范高文。
声名早已传天下，妙界何追忘自身。
结社香山寻绿草，中关魂梦有知音。

注：余君是自然科学家，却酷爱诗词。余藏叶永烈编《科学家诗词选》一册。苏步青先生主张"文理相通"，颇有道理。

谢李珉诗友书《百龙吟》长卷

小序：数年前余创作《百龙吟》长诗五言一百句每句均有“龙”字，用赠李君，他为长卷十轴，字体劲健俊逸，余甚实为赞谢之。

云荡蛇惊继二王，银钩铁画放灵光。
精研众帖求神妙，熟练挥毫写锦章。
独具风格藏个性，兼收并蓄聚群芳。
吟龙百句翻瀚海，日照蓬窗满壁香。

赠李珉四首

一、

诗心超物外，感慨动襟怀。
把笔舒微细，精思妙千裁。

二、

字迹秀娟娟，诗清江万泉。
春明光似锦，秋静奏管弦。

三、

四季纵情游，长河望水流。
君今思正健，步步上层楼。

四、

华章丽句成，赠我慰生平。
杂树飞莺乱，长空听鹤鸣。

警告日本当局勿再玩火

皇军又见众人惊迷彩戎装坦克兵。
妄毁开罗清正义遥思旧鬼祭魂灵。
兴波购岛诚添乱备战增军霸海空。
搬起石头砸自己远东审判再开庭。

2013年7月

悼郭绍英

冥冥苍天胡不仁，病魔毒狠害斯人。
每读遗作惊残梦，常盼君来幻亦真。
秋风簌簌吹何处，春日朗朗墓难寻。
十载相交情恬淡，清明时节雨纷纷。

附赠和诗三首选一

五律长城自古闻，七言百代重唐音。
敲诗对对成双美，妙句清新寄兴真。

注：唐人称刘长卿为五言长城。绍英的诗多为七律，双双对对，工整凝炼，妙妙多多，信手拈来，而情真意切。

九十初度感怀

九秩犹思倡革新，行文涉笔欲传神。
耳聋不怕惊雷震，眼亮当知辨假真。
漫览闲书为解闷，敲诗缀句度生辰。
年来饱食常贪睡，久住燕山寄此身。

春日赠友

故人身体好，诗兴近如何？
雾霾出门少，书桌集卷多。
月仍循旧道，花自绕新村。
逝水流光远，昂首上陡坡。

住香山老干部休养所与

张还吾等共编《锦绣中华诗集》
余选安徽、云南、西藏、台湾等地名人名胜诗

山间居数日，地下百花妍。
茂林生翠谷，举目望幽燕。

咏雁

人字成形相北飞，楚歌嘹亮正南归。
天涯万里碧云聚，辽阔千山红叶稀。
西望峡江幽壑美，东来甘露野花肥。
真情一片传书去，雾冷风寒湿羽衣。

叠前韵

缥渺云山入翠微，长河落叶雁行稀。
小园黄菊流香远，旷野清寒雨湿衣。
欲采繁花时尚早，梦中蝴蝶逐人飞。
衡阳断影留思念，老树参天对夕晖。

老树咏

老树根深叶茂繁，久经风雨性格坚。
龙松垂柳美而丽，古柏青檀色更鲜。
莽莽苍苍增氧气，森森蔚蔚映青天。
山长水碧心头乐，环保人生好梦圆。

诗痕

幼小常听母诵诗，黄河入海寄人思。
仰观宇宙无穷大，俯阅尘寰万象姿。
鹳鹊楼高新句好，铁牛雄健旧时奇。
复兴文化千秋业，美丽名城天下知。

注：游山西永济（旧蒲州），登鹳鹊楼，因忆祖母、母都常诵"白日依山尽，黄河入海流。欲穷千里目，更上一层楼。"后悟人生立志，应步步登楼，日日进步。

家藏古卷数千，皆为宋、元、明时刻本，毁于动乱，深为痛惜

有眼无珠不辨真，精雕古卷胜黄金。
政策荒唐人不晓，悠悠天地与谁陈。

颍州西湖游

骑驴报考去颍州，课后西湖漫游游。
微雨濛濛飞燕子，清波缓缓动莲舟。
阑干垂柳心情好，狼藉杯盘夜梦愁。
读烂欧公词美句，桑桑摘叶上枝头。

注：十七岁、七十岁修改定稿。

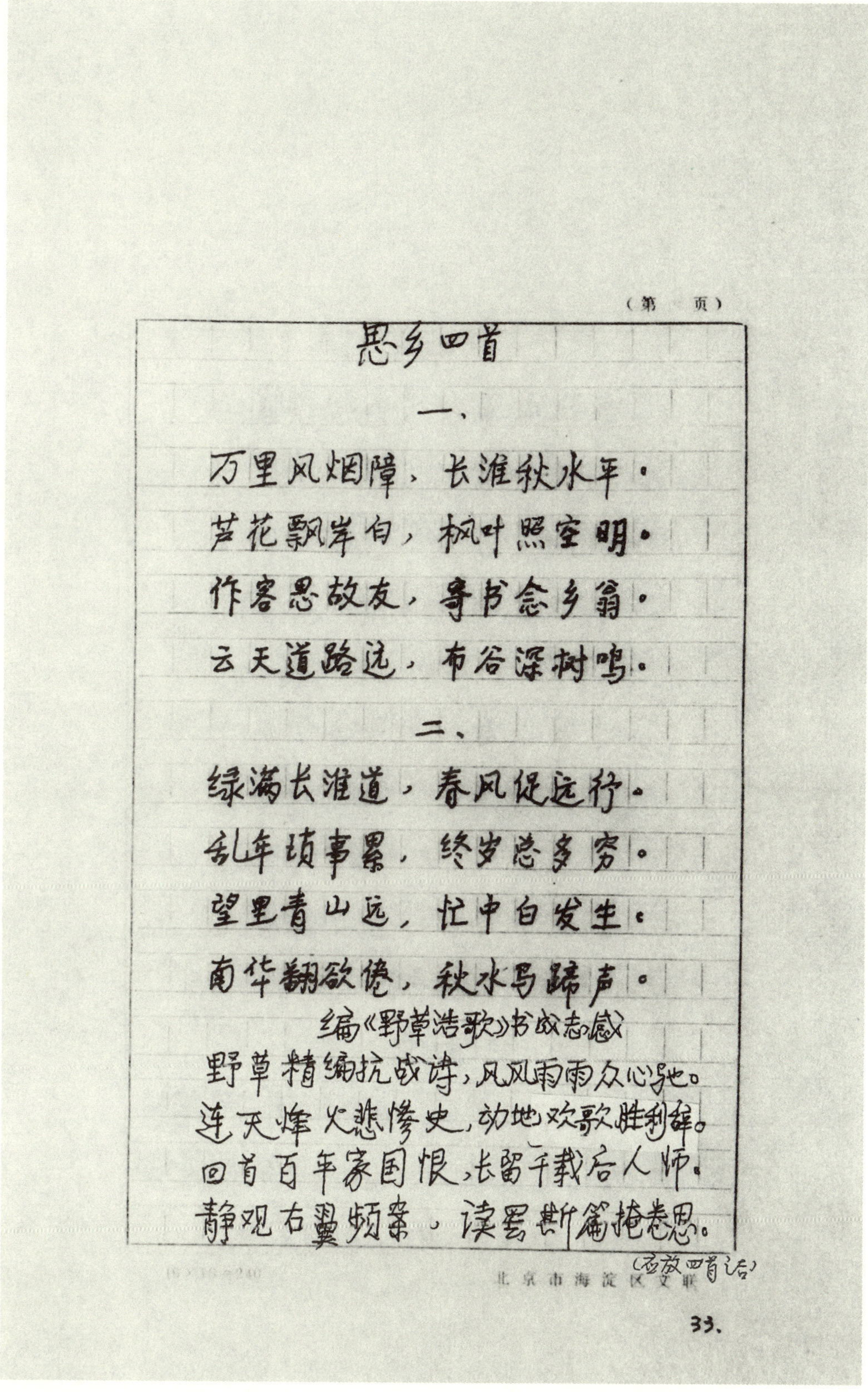

（第　　页）

思乡四首

一、

万里风烟障，长淮秋水平。
芦花飘岸白，枫叶照空明。
作客思故友，寄书念乡翁。
云天道路远，布谷深树鸣。

二、

绿满长淮道，春风促远行。
乱年琐事累，终岁总多穷。
望里青山远，忙中白发生。
南华翻欲倦，秋水马蹄声。

编《野草浩歌》书成志感

野草精编抗战诗，风风雨雨众心驰。
连天烽火悲惨史，动地欢歌胜利辞。
回首百年家国恨，长留千载后人师。
静观右翼频案，读罢斯篇掩卷思。

（应放四首后）

北京市海淀区文联

33.

三、

携酒生征巴，绿原照彩霞。
急风沉落雁，迅雷坠林鸦。
孜孜研书卷，笔笔走龙蛇。
通宵魂入梦，犹自恋京华。

四、

君问我为谁，江淮老布衣。
读书争分秒，作客鬓毛稀。
有意呼牛马，无心辨是非。
植根连地气，野草自芳菲。

时年九十，于北京金榜园

题全家照

一梦京华五十春，良宵九九乐天伦。
根连颍水家声远，永忆箕山故地亲。

1999年于北京知春里

（第　页）

八十四岁抒怀　常法宽

宝刹闻钟一岁分，平平淡淡度生辰。
流光有信方知老，天地无私草木春。
贺寿多斟醇古井，观梅细问傲霜人。
东君体物关寒暖，漫写清词趣味新。

八十自咏

艰险人生靠自强，年逾八十气堂堂。
惊风乱点清柔水，傲骨嶙峋护肝肠。
笔底千张舒倦眼，奇文万卷启浑茫。
一灯寒暑读青史，独坐南窗研汉唐。
光阴夺取争分秒，膝下秋高岁月长。
报国十年犹未晚，九旬再会论辉煌。

注：学院老干处为余祝寿，即诵此诗以谢。今九十矣。编写出版了两千万字作品；达到辉煌，尚须努力。

2014年2月补记于金栖园

15×15=240　　北京市海淀区文联

35.

（第　　页）

偶题　　常法宽

年来琐事总烦心，说不认真还认真。
身老难言长日别，山空正可任游巡。
春婆送暖吹红雨，月姊高寒赐白巾。
性喜青山观四海，清江如常映朝暾。

甲午上元夜作

人语万家灯，楼高起大风。
闲云飞似雁，老树乱枝横。
室满书千卷，常饮酒半钟。
上元明月夜，万里落征鸿。

游颐和园看大黄鸭

昆明湖上大黄鸭，域外漂流走亲[qing]家。
此物寻常难看见，人间少有太张夸。
日招游客情迷恋，共览奇观兴致佳。
九月凉秋天气好，时新美景望天涯。

16×15＝240　　北京市海淀区文联

36.

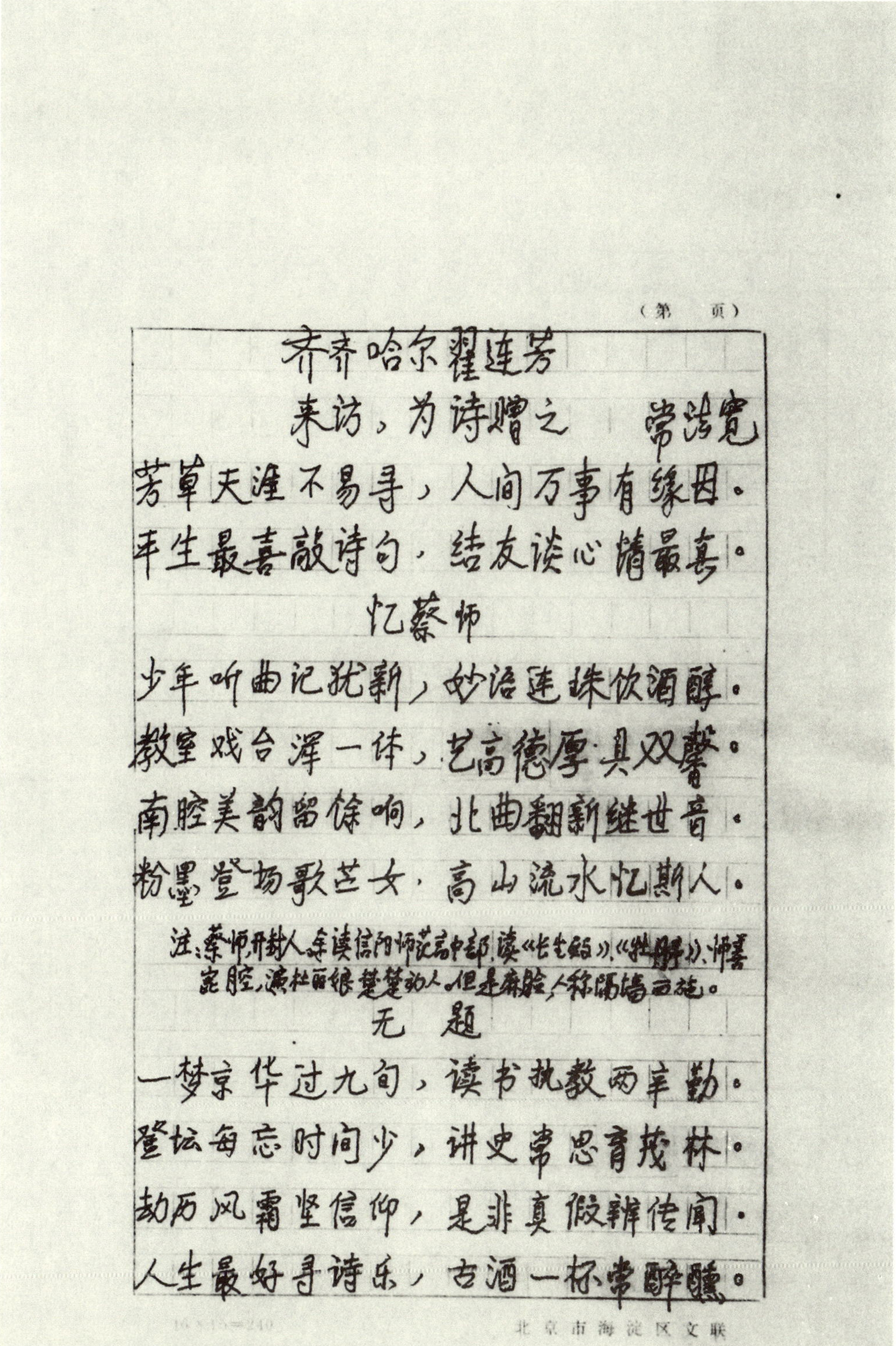
（第　页）

齐齐哈尔翟连芳
来访，为诗赠之　常浩宽

芳草天涯不易寻，人间万事有缘因。
平生最喜敲诗句，结友谈心情最真。

忆蔡师

少年听曲记犹新，妙语连珠饮酒醇。
教室戏台浑一体，艺高德厚具双馨。
南腔美韵留余响，北曲翻新继世音。
粉墨登场歌芷女，高山流水忆斯人。

注：蔡师，开封人。余读信阳师范高中部，读《长生殿》、《牡丹亭》，师善昆腔，演杜丽娘楚楚动人，但是麻脸，人称隔墙西施。

无　题

一梦京华过九旬，读书执教两辛勤。
登坛每忘时间少，讲史常思育茂林。
劫历风霜坚信仰，是非真假辨传闻。
人生最好寻诗乐，古酒一杯常醉醺。

16×15=240　北京市海淀区文联

37.

看嫦娥三号落月电视直播实况，喜成五言绝句一首 常法觉

三姐出嫁日，千家送贺辞。
蟾宫奔玉兔，探月创新思。

远望

探访奇峰入翠微，吴山楚水正依稀。
魂拘潇湘游南浦，神驰丝路对西晖。
云开巫峡江东去，雾隐长淮雁北飞。
漫步燕郊徘徊久，天涯芳草欲思归。

赠故乡颍上牛鼎关琦丰画师

牛耕绿颍千张画，鼎铸长淮一代师。
关河灵秀展书卷，琦瑰飞扬翰墨池。

登黄崖关长城吊古战场（檃括纳兰性德词）

塞草生风满地秋，荒城一片使人愁。
曾是当年龙战地，金戈铁马换白头。

给日本安倍首相画像　　常法宽

皇军又见令人惊，迷彩戎装坦克兵。
妄毁开罗消正义，遥思旧鬼拜魂灵。
兴波购岛诚添乱，修宪增军重海空。
搬起石头砸自己，远东审判再开庭。

九十随想　　常法宽

九十年光逐逝波，眼花缭乱竟消磨。
繁花流水随春去，黄叶留情恋旧柯。
微雨微风沙粒少，大灾大难鬼胎多。
绿窗灯火明书卷，雅韵轻敲再放歌。

悼北京教育学中文系同仁

廿年纷谢九枝花，支教乡村忘自家。
种树成林传百代，老来举目望天涯。

注：北京教育学院到北京郊区县培训教师十年，对北京中小学教育事业发展意义重大。二三十年来，中文系至今已逝去九位同仁，有牛文清、王泽青、赵怀、鲁振益、刘正基、孙孝恩、韩少华、庞月光、葛留青等均有专长。逝者如斯夫，倾为怀念。

2014年10月22日补记

为陕西张勤兴《诗词曲赋选集》作序言，得七律

振兴诗赋数三秦，园圃花开耳目新。
卷卷清词传海内，篇篇美赋赞当今。
诗乡诗县同心建，名山名水写妙神。
一本精编明肺腑，功成端赖掌门人。

注：勤兴同志从省委领导岗退下来后，一心扑在振兴发展诗词事业上来，贡献巨大，人们称他为陕西的掌门人。

2014年10月

应陕西省委原书记张勤兴同志之邀讲学、参观游览，留影一册题句

一集珍影百年存，榴火长安感象温。
漫话千般留好梦，碑林雁塔半坡村。

张元韵
2006.6.6.

梦中得句，醒后记之

桃花又吐去年枝，游子天涯动远思。
旧友常来多论道，新居独坐得新词。
九霄有路凌风去，长路无眠看月迟。
岁老望乡心最切，秋风鲈脍梦中诗。

寄意

嫣红姹紫满山芳，独步郊原野气凉。
十里苍林追鸟影，一川芦荡见鱼藏。
薰风驰道归来急，圆月催诗兴欲狂。
好事歌成声在口，漫斟雅句送残阳。

八十五岁作九十一岁修改

20×20=

维克多利

41

百龙吟

新纪龙来早，龙腾人欢欣。
悠久龙文化，龙马倍情亲。
黄炎龙世系，皆云龙子孙。
谈龙追远祖，舞龙庆当今。
古籍释龙象，四龙形俱神。
应龙长翅膀，蛟龙身有鳞。
有角称虬龙，螭龙角不存。
龙鳞皆九九，八十一龙鳞。
龙有五色种，黄龙最灵尊。
龙飞在天汉，龙潜入海深。
龙腾江山丽，龙跃震乾坤。
龙骧括四海，龙兴太平春。
龙视亮如日，龙瞑夜色昏。
蟠龙镇山岳，烛龙千里身。
秋分龙入水，龙出在春分。
龙翻能搅海，龙嘘气成云。
孔子赞龙性，龙游食清真。
巨龙图帛画，龙画代代新。
画龙不点睛，点睛龙飞奔。

龙飞凤舞字，一笔挥龙神。
黄河似黄龙，九曲过龙门。
龙马负图出，龙虎斗晨昏。
长江有龙种，龙即洞庭居。
书传龙女泪，龙女爱世人。
江流龙涎水，龙涎似乳醇。
长城如卧龙，宇航见龙身。
龙头饮苍海，龙尾绕昆仑。
玉龙三百万，龙体大无垠。
珠峰玉龙头，飞花飘龙鳞。
人有攀龙志，屋脊听龙音。
神州龙无算，处处留龙痕。
北国黑龙江，龙蟠秣陵春。
铁车排长龙，直向九龙奔。
故宫是龙宫，京城龙易寻。
金龙蟠大柱，石龙守宫门。
北海九龙壁，九龙戏珠珍。
城东龙潭湖，雕龙精绝伦。
西山龙泉寺，夜听水龙吟。
塞外龙庆峡，冰龙映山林。

冬日龙不蛰，龙舟往来频。
环城桥如龙，横空有龙神。
长街车如龙，游龙天马奔。
古柏如虬龙，巨干显龙筋。
城为苍龙翠，苍龙镇黄尘。
龙在苍昊外，龙在人民心。
改革龙抬头，龙力敌万钧。
开放龙入海，海深龙随心。
龙行虎步走，龙光照世林。
千古龙文化，龙为民族魂。
百龙吟好梦，万代龙传人。

注①古籍《广雅》曰："有鳞曰蛟龙，有角曰虬龙，无角曰螭龙。"

②龙有五色：《埤广雅要》曰："龙八十一鳞，九九之数，九，阳也。"

③黄龙：《河图》曰："黄金千岁生黄龙，青金千岁生青龙，白龙，黑金千岁生黑龙。"

④龙飞，见《易·乾》。⑤龙骧：见《后汉书》《吴汉传》"吴公强鸷，吴方龙骧"；又《三国志》《诸葛亮传》"亮之素志进欲龙骧虎视，苞括四海。"⑥龙兴：见孔安国《尚书序》"汉室龙兴，开设学校"。⑦龙视二句见《山海经》"钟山之神，名曰烛龙，视为昼，瞑为夜，身长千里。"⑧秋分句，见《说文》："龙鳞虫之长，春分而登天，秋分而入渊，顺也。"

⑨"孔子赞"二句，见《吕览》："孔子曰：龙食清而游乎清。"⑩龙马，见《礼记·礼运》"河出马图"，孔颖达疏引《尚书中候·握河纪》："伏羲氏有天下，龙马负图出于河。"⑪龙虎斗，见李白《登金陵台西北谢安墩》诗："沙生何茫茫，龙虎斗晨昏。"

宝岛台湾歌

台海连华夏，地脉通神州。
文化传千古，沧桑岁月稠。
考古新发现，流源自贵州。
台湾潮音洞，史前地质留。
两岸同根源，闽台万古幽。

注：据新华社2001年9月8日报导，考古学家林公务的研究证实台湾史前文化源于贵州。这对有人说是自菲律宾传入的观点不攻自破。

中国居东亚，古代划九州。
典籍留《禹贡》，四海繁衍稠。
公元二三零，吴主志正遒。
卫温诸葛直，万人动貔貅。
台澎皆吾土，版图大海陬。
隋代称宝岛，台湾名夷州。
唐代施肩吾，率族居澎湖。
文化交流广，史册记千秋。

注：三国吴黄龙二年（公元二三〇年），吴主孙权派卫温、诸葛直率甲士万人至台，开辟领土。唐代施肩吾字希圣，睦州分水（今浙江桐庐）人。元和（宪宗年号）进士，曾率族人移居澎湖，并有诗作《题澎湖屿》传世。

明清郑成功，复台有智谋。

20×20=400　　　　维克多利 45

十载浴血战，终驱红毛酋。
留诗述苦志，足为台人证。
台湾设行省，台北建府楼。
抚台张景祁，治理多运筹。
挥写《齐天乐》，喜赋新瀛洲。

注：郑成功（1621—1662）明清之际，苦战十年，于康熙元年（1660）击败荷兰入侵者，夺回我国领土台湾。清代在台湾设行省，台北辟为首府，抚台张景祁（1827—1895），原名左钺，浙江钱塘（今杭州）人，同治十三年（1874）进士，曾任台湾巡抚。有词咏台湾《齐天乐》一阕，称台湾为新瀛洲。台湾包括澎湖列岛、兰屿、绿岛、彭佳屿、钓鱼岛、赤尾屿等岛屿，面积3.88万平方公里。

回忆近代史，悲壮振江山。
东邻日逞强，野心欲吞天。
甲午大海战，人亡沉舰船。
马关签条约，割地赔银钱。
一八九五年，日寇占台湾。
诗人丘逢甲，痛写《春愁》篇。
清廷骨气软，人民泪潸潸，
四亿人同哭，何忍弃河山。

附录：丘逢甲（1864—1912）台湾苗栗县人，光绪进士。日占台湾，组军抵抗。1896年写《春愁》诗：

春愁难遣强看山，往事惊心泪欲潸。
四百万人齐痛哭，去年今日割台湾。

据《岭云海日楼诗钞》原注：“四百万人指台湾人口合闽粤籍约四百万也。”　446

国家蒙奇耻，民众岂心甘。
不当亡国奴，岛人齐抗战。
共举刘永福，黑旗军威严。
日军炮火猛，台北遭沦陷。
台南势空虚，守土责当先。
英勇刘永福，年老战敌顽。
日军欲登陆，开炮击日舰。
声声振山谷，火光照满天。
平安炮台固，成良随父战；
大小袭击战，惨烈奋八年。
后继数十载，星星火未完。
台湾抗日史，光辉豪气篇。
一九四五年，日寇终败降。
波茨坦公告，台澎回故邦。
形势大改变，中国复盛昌。
只因内战起，兄弟阋于墙。
噩梦三十载，两岸隔茫茫。
分离时太久，人民痛心肠。
爱国举大旗，和平一统忙。
九二达共识，两岸皆炎黄。

东海翻情波，唐山话旧家。
亲戚居两岸，根叶共一乔。
航班定时开，海峡架金桥。
随时回故里，祭祖寻根苗。
手足连一体，岂能乱分割。
开放游人火，人潮似水潮。
北港马祖庙，古建壮巍峨。
美哉日月潭，盛游舞婆娑。
台南赤尖城，郑公藏兵戈。
宝岛江山丽，玉山似碧雕。
仰看秀姑峦，冰川永不消。
阿里山色美，神木红桧多。
大屯火山群，温泉起漩涡。
北部溪水好，漫漫淡水河。
汇通基隆水，远航浮海槎。
大甲溪水陡，水力发电多。
台湾种水稻，一年三季禾。
甘蔗茶树广，龙眼甜菠萝。
台湾似明珠，东海耀星河。
海峡两岸人，同唱一统歌。

杂诗十七首

光荣篇

红烛照人亮，不惜化灰尘。
笔耕六十载，授徒数千人。
育才出秀士，树木皆成林。
年华未虚度，光荣感自心。

快乐篇

解疑敬业乐生涯，桃李争春尽萃华。
哪管世人新语妙，岂因施教惠千家。

童心篇

看戏只凭脸黑白，堂正谬讹不去猜。
与人为善成真性，童叟无欺遵道德。

自警篇

顺时逆境寻常，立身不卑不亢。
颜子安贫乐道，淡泊宁静心旷。

望远篇

生不逢辰战乱年，流亡异地有饥寒。
逝水流光难再返，争分有意放飞船。
胸怀远大补天漏，谨慎小心探海渊。
远望征程行莫止，自强自励看峰巅。

20×20=400

49 维克多利

失落篇

仿佛有失落，又不争名利。

书成多自语，不知作者谁。

感事篇

忧国忧民非小事，糊里糊涂莫消沉。

诸葛一生唯谨慎，阮籍白眼看世人。

醒悟篇（集句）

爱人者人恒爱之，敬人者人恒敬之

士为知己者死，哀莫大于心死。

水能载舟，亦能覆舟。

逍遥篇

在讲台站了一辈子，有了儿子又有孙子。

还能骑着自行车子。每月领到九十张票子。

可以年年过好日子。只求不戴什么帽子。

逍遥篇（续篇）

无事找事忙，教书写文章。

闻鸡早起舞，看钟夜方长。

勤思健脑力，劳作身体强。

赢得青春在，不去见阎王。

环保篇

大霾蔽青天，原因非自然。
老年不出户，少壮须上班。
减少车轮转，应多治本源。
谋求环境好，确保千岁安。

环保篇（续篇）

花间观狗溺，树上无鸟喧。
门破人乱出，白墙处处斑。
路边开闹市，草坪变菜园。
邮寄走十里，看医绕几环？
门卫成泥塑，一问三不言。
物业光收费，修理另花钱。
都云社区好，我意多调研。
中央定长策，岂容逞贪婪。

感世篇

落马高官何事由？多因贪腐暗钩赇。
春风满面谈廉政，胆颤心惊怕除瘤。
百姓难知根底妙，青天有眼清网绸。
苍蝇老虎一齐打，即是高官亦系囚。

希望篇

晚霞不消失，馀热尚能存。
石砚翻墨浪，巧思革革新。
人当不服老，奋力夺分阴。
地籁随处响，风吹出岫云。

《佛经文学故事》白话文译后戏题

每日三千家，庄严译佛经。
不希求正果，只愿众人听。

听《百家讲坛》有感

坛上百家各有辞，是非真假有谁知。
阿娇一论得千贯，孔子周游讨饭时。
红透明星须热炒，欲睹圣教看毛皮。
文章荒诞离人远，世事如斯亦可悲。

鼠年相鼠

《诗经·鄘风·相鼠》："相鼠有有齿，人而不止；人而不止，不死何俟。"黄苗子译为"瞧那耗子有齿，有人丧尽廉耻，不死何俟。"

我改为格律诗

瞧那耗子有牙齿，吃了高粱吃谷子。
为官不正丧廉耻，祸国殃民早该死。

去万安公墓祭扫祖母、母亲、叔婶墓　常法宽

六十年间苦事多，悲伤大故奈若何？
痛怀往事潸潸泪，逝者如斯闪闪梭。
好字题碑存旧迹，书香一脉育群柯。
回车胸次难平复，启后承前贵缜磨。于清明

清明雨后游西山

扑面西山暖气融，翩翩野鸟舞东风。
岸边杨柳因谁绿，坡下桃花竟自红。
熄火停车丛林外，游人嬉戏画图中。
果真好雨知时节，树茂枝繁望岁丰。

花　朝

一冬愁无雪，春半见芳菲。
露冷花开晚，浮云蔽日晖。
只因寒乍暖，不可乱脱衣。
绿染西山草，香播佐酒归。

古代农历二月十二日为百花生日，称花朝节。

春日赠友

故人身体好，诗兴近如何？
雾霾出门少，书桌积卷多。
月仍循旧道，花自绽新柯。
逝水年光远，昂首上陡坡。

登山海关远眺　常法宽

关山渺渺望如何？弹洞深深旧恨多。
日暮老枝栖野鸟，月明星稀唱悲歌。
忆昔火炮惊辽海，黑水白山血染河。
观景登楼思壮举，同心向上迈高坡。

梦乡

酣睡竹床梦约游，高天明月映淮流。
匆匆夜渡归乡路，静静晴湖泛小舟。
讌谈往事多情趣，齐唱昆腔调难收。
思乡岁岁常如是，九十生涯一叶浮。

黄海大东沟海战120周年祭

朵朵鲜花撒碧波，双逢甲午祭英豪。
悲歌传唱人三代，血火撞击起浪涛。
管带水兵沉铁舰，冰心母女痛挥毫。
奇羞奇耻谁能忘？镌刻殇碑永记牢。

注：谢冰心之父谢宝璋时任"来远"舰枪炮二副，对大东沟战役述之甚详。冰心又向其女吴青讲述。吴青年已77岁，仍参加了纪念大东沟战役活动。

42

第　页共　页

常法宽

游颐和园过耶律楚材祠墓

石甕山边耶律坟，知春亭畔柳丝匀。
眼光敏锐称贤相，进步农耕万落村。
社会发展循律理，江山永固耀乾坤。
千秋祠庙功臣像，老树深荫遂斜曛。

注：耶律楚材（1190—1244年），蒙古成吉思汗、窝阔台汗时重臣。字晋卿。原为契丹族辽皇家后裔。成吉思汗（1162—1227年）即元太祖，十年（1215）取燕京后，耶律很受信用。窝阔台汗（1186—1241年）继位，帮助制定国策，反对以汉地为牧场之说，采用"汉法"。在朝任事三十年，官至中书令，奠定元代封建社会，其功甚伟。著作留有《湛然居士集》。北京颐和园知春亭附近有耶律楚材祠庙及坟茔、塑像。

悼故乡颍上陈光远诗友

飘落亲朋更有谁，电传逝世不胜悲。
曾操流水家乡调，又写东村五柳奇。
恰恨天涯失挚友，热情诗论忆昔时。
颍滨翘首音容貌，燕蓟空闻老骥嘶。

43

（电开21）　20×20＝400

秋水词（手迹选）

常法宽著

秋水词　　　　　　1

〔南楼令〕·新千年开篇

一、

新纪运周期，人生老未痴。每令人，独忆往时。惊叹青春飞去了，有酒饮，构思奇。

花落挽花枝，无声烂作泥。趁春日，快赏晨曦。青草池塘山似眉，心坦荡，唱新辞。

二、

晨兴喜闻鸡，枝头鸟争啼。看今朝，万马腾飞。华夏中兴逢奇遇，扬科技，众心齐。

芳草正萋萋，园圃赖耕犁。应及时治理污溪。无限江山天地巍，有作为，创新题。

三、

别让后人讥，千秋奠根基。振中华，尽擂鼓鼙。好汉高擎求奉献，生此世，做人梯。

黄金不能吃，算盘有是非。应认清，价值高低。万卷青史刀笔挥，集万载，留芳徽！

注：2001年，人类进入了21世纪，千载周期，时机难得；当时期盼政治清明，执法公平，形成风气。三首词乃警世之言。今已十四年了，贪官纷纷落马，究何故耶？不禁惆怅。　　2014年4月补记

2

〔满庭芳〕听政府工作报告

会聚英豪，动人报告，架通新长桥。逆风前进，平稳经扶摇。解读生动数字，流音韵，胜似闻韶。东风劲，青山绿水，华夏更妖娆。

多情挥彩笔，深层报导，细腻描摹。任风云激荡，滚滚新潮。万事与时俱进，通四海，永保指标。山河变，民康国富，繁盛路非遥。

注：韶乐，古代虞舜时乐曲名称。(见《书·益稷》："箫韶九成，凤皇来仪"。)故很早就称为最美的音乐。

〔太常引〕·读满妹著《纪念父亲胡耀邦》

思亲一卷起涟波，感动众心窝。拨乱费张罗，关国运，千坡万坡。 光明磊落，刚肠嫉恶。红叶挂霜柯，正气壮山河。人盼望，青天更多。

〔浣溪沙〕·壬午清明喜雨

一夜丝丝雨水匀，千滴万滴似珠珍。丁香美丽喜迎门。 久旱三冬医渴病，连宵风淡减沙尘。心情爽快景撩人。

3

〔八声甘州〕·纪念叔父常任侠
逝世四周年

忆集诗《百合》慰高龄，痛别转千愁。正秋风飒飒，寒宵守护，泪洒东楼。艺苑常思泰斗，有问向谁求？往事随流水，四载悠悠。　畴昔同游故里，望箕山颍水，情趣难收。历风霜辛苦，报国返神州。献生平，声名卓著。淡泊情，正大人刚柔。香山路，万安陵墓，长梦冥幽。

注：余曾协助叔父编辑出版《红百合诗集》收诗、词、曲作品1200余首，跨度80年，评家认为可以党史、中国革命史视之。分《钟山集》、《樱花集》、《战云集》、《云帆集》、《断中集》、《感旧集》、《燕市集》。插图一百余幅，多与学界名流合影，弥足珍贵。叔父于1996年10月25日病逝北京协和医院，寿93岁，葬万安公墓洲区。

〔江城梅花引〕·张公还吾墓前

诗人墓在玉泉西，碧云齐，万安兮！红叶青山，山色翠微迷。春欲阑珊人已去，情无限，步松荫，听鸟啼。　鸟啼，鸟啼，草萋萋。祭诗翁，挽辞题。长也，长也，长不尽闲话心扉。共忆天涯芳草化春泥。手捧繁花花未语，伤别后，柳依依，雨雪霏。

注：张还吾河北曲阳人，原海淀区委书记、区长；离休后，组建香山诗社，任社长，余为副社长。著有《闲已斋集》、《九九诗集》等。1999年10月24日病逝，寿85岁，葬于万安公墓。2000年，于墓前草此。

4

西部大开发组曲

〔浣溪沙〕·南水北调（东线）

引水长江济海津，泾流鲁冀万家春。人间美梦竟成真。　众志成城兴大业，坚苦奋斗惠人民。千秋史册记功臣。

〔浣溪沙〕·南水北调（中线）

南水进京费运筹，丹江钥锁向北流。波涛滚滚入蓟州。　古殿新城飞白鹤，长河北海泛龙舟。科园树茂可寻幽。

〔浣溪沙〕·南水北调（西线）

雪域高原聚水多，通天泻下万崖磨。翻山越岭入黄河。　自古分明泾与渭，如今难以辨漩涡。江河一路唱新歌。

〔锦缠道〕·青藏铁路

西藏长途，自古荒茫难走。欲开通力排险陡。陇头西路修枢纽，巨笔添竖，绘画斑斓秀。

向南山跨进，苦斗持久。车辚辚，电机领首。问客来自何处赢财富？京津广沪，五洲皆朋友。

〔解佩令〕·西气东输

宏图璀璨，十年钻探，看荒原物祥真繁瀚。管道通达，摆千里，中原江畔。使东南，西陲炫焕。　黄沙碛海，山崖峻陡，创精尖，世人惊叹。兴旺华夏，让陇上火红惊变。一盘棋，互相支援。

〔减字木兰花〕·西电东送

东需西电，两处一家同计算。无尽能源，筑坝截江灌良田。　河清少患，万里城乡皆巨变。天地宏观，营造山川不等闲。

〔浣溪沙〕·咏燕京八景（合咏）

雪霁西山雾气浮，垂虹灿烂玉泉流，迷茫烟树蓟门秋。　太液金台光返照，居庸叠翠望卢沟，春荫琼岛眼中收。

注：燕京八景，自辽金以来相习传说为：蓟门烟树、金台夕照、太液晴波（亦称太液秋风，今北海公园内水榭有碑记载。）西山晴雪、居庸叠翠、玉泉垂虹、琼岛春荫、卢沟晓月八景。
前人咏胜之作，多为诗题，偶见散曲之作，词体未见。今集为合咏分咏，皆寄调为浣溪沙九首，墨戏作耳。

淡宽记于乙丑白露节

〔浣溪沙〕·咏燕京八景（分咏）

一、蓟门烟树

旅住京都六十年，荒烟蔓草土城边。繁花杂树落飞鸢(yuān)。文化古都须保管，因时因地建公园。清明煮酒论诗篇。

注：昔日蓟门桥一带，有元大都遗址，杂树丛生，多藏狐鼠，故鸢(老鹰)下落捕食。今建成元大都公园，小月河流注于此。有茶楼酒肆，常与三五诗友，相聚于此。

二、太液清波

莲叶田田荡小舟，晴光潋滟绕芳洲。楼台掩映影沉浮。太液荷香飘四海，巍峨白塔月一钩。阑珊灯火有人游。

注：四海：指北海、中海、南海和什刹海。

三、金台夕照

此处高台贮万金，台空人去草木深。不须思古动诗魂。孤雁飞来经旷野，寒鸦倦息落平林。开安商业慰民心。

注：黄金台，古代燕昭王筑，置黄金以招天下士，历史悠久，今已多碎商肆矣。

四、玉泉垂虹

五彩垂虹引玉泉，清流出洞水潺潺。飞鸥闪闪映蓝天。汩汩涓涓映大野，滔滔滚滚汇千川。而今难见起波澜。

五、卢沟晓月

漫漫桑干水已枯，晓天夜尽月轮孤。十里长街建通途。　　永忆烽烟刀对火，长歌烈士爱和仇。桥边狮子守卢沟。

六、西山晴雪

雪霁西山春放晴，寒风阵阵日更明。枝头小鸟难飞鸣。　　万壑银光冲晓雾，千林玉屑奏金声。登楼西望爽心胸。

七、居庸叠翠

南口入山路不平，群峰叠翠草木荣。险关天下数居庸。　　隧道穿山通十里，灯光照地耀繁星。北门不锁畅京城。

注：明·顾祖禹著《读史方舆纪要》云：“天下险关有二，居庸其一”。昔称居庸关为“北门锁钥”，今则隧道通沈东、火车京北则畅通无阻矣。

八、琼岛春荫

琼岛春荫水绕山，晴光淡淡柳生烟。京城古苑乐休闲。　　地脉连接养心殿，天风吹到午门端。长街百里任留连。

〔浣溪沙〕·论词二首

陈旧"香奁"似牢囚，今人不再上鱼钩。新词应作盛时讴。　欲夺天工留浩气，勇攀峻岭壮如牛。刚肠似铁吟风流。

二、

磨炼金钢绕指柔，天机妙语自追求。桃花流水泛轻舟。　灵性生来须训诱，痴情有待奋骅骝。长空漫远任飞游。

〔浣溪沙〕·读李煜词有感（三首）

一、

李煜填词蘸血书，乱头粗服不绮疏。伤怀句句泪如珠。　流水落花亡国梦，人间天上恨穷途。雄奇幽怨向南呼。

注：清人谭献称后主词"雄奇幽怨，妙兼二难。"王延寿《鲁灵光殿赋》"尔乃悬栋阿，天窗绮疏。"

二、

博学风流一代骄，家亡国破困囚牢。辞章悲苦近《离骚》。　佛祖灵光施大爱，明僧讲道忘兵刀。词王有幸自讽嘲。

注：史载：宋兵围城之时，后主仍在听明霞沙门讲《楞严经》。

三、

赤子之心最率真，江山故国痛有因。尊身辞庙作俘臣。　　释氏承担天下罪，耶稣救世善为人。词风一变感情真。

注：前人评后主云：“于《花间》外，别是一格。”

〔浣溪沙〕·题陕北神木（古麟州）杨家城

一座高城绕野溪，杨家兵马阵容齐。旌旗闪闪照红霓。　　三代人杰光史册，一门忠烈献民黎。名流笔下有诗题。

〔浣溪沙〕·再题杨家城兼及红楼

高筑红楼凿石修。规模宏大善筹谋。岳阳黄鹤堪比俦。　　俯视黄河观大野，坐观文范有诗留。提升文化占排头。

注：文，指文彦博（1006－1094年）字宽夫，北宋名臣、文学家，留有《忆红楼》诗。范，指范仲淹（980－1052年）字希文，北宋名臣，文学家，留有诗《题留麟州》和著名词作〔渔家傲〕题称“麟州秋词”，是这教科书也忽略了，而明代神木县志却有明确地记载。

〔浣溪沙〕无题

紧锁楼门避繁酬，小斋独坐览庄周。鲲鹏博大放沉钩。　　好雨知时滋物茂，和风送暖似平秋。人生飘荡一沙鸥。

10

〔苏幕遮〕·旅行曲之一

趁时机，争远旅，依旧归来，依旧归来去。
朵朵红花开处处，绿遍天涯，绿遍天涯树。
大桥高，丛楼聚。暮色苍茫，暮色苍茫雨。
小令翻新多有趣，句句惊人，句句惊人句。

注：杜甫有"语不惊人死不休"句，余久受其鼓舞而已，实难作也。

〔点绛唇〕·旅行曲之二

北雁南飞，飘飘荡荡随云去。一车酣睡，
睁眼观秋雨。　千里平原，灯火通明处。
长亭伫，撑天芳树，共吐胸中语。

〔生查子〕·旅行曲之三

闲时美句多，闹里胸襟小。有朋聚聊天，
思绪清新巧。　登山寻古寺，临水当垂钓。
碧绿一壶茶，品味添文藻

附注："年方八十三，仍想做长游。江南塞北去，天地一沙鸥。"戊子夏末至深秋，尝作长游，历时两月。

〔浪淘沙〕·伴吾妻秀蓉及长兄浩泰游南京清凉山

三老逛山游，此地清幽。峰回路转慢悠悠，
十里风光眼底收，旧梦堪酬。　茂树满山陬，
扫叶危楼。龙蟠虎踞览千秋，难得今生情趣足，
用力歌讴。

注：甲申六月，秀蓉七十，吾八十，长兄已九十二矣。扫叶楼，为前贤雅会之所。上世二十年代叔任侠常与东南诸多名流聚会于此。扫叶楼、临春楼诗会均留存稿。山下有龙蟠里、虎踞关，盖金陵夙称为"龙蟠虎踞之都"也

〔眼儿媚〕·回乡曲之一

茫茫烟雨小楼西，云重雁声低。数行绿柳，一抹残照，又听村鸡。　　秋原杂树枝枝密，人在步长堤，好景欢媞，同伴黄鹂。

〔眼儿媚〕·回乡曲之二

迢迢千里雁南飞，携伴赋归兮。大桥高耸，路桥通架，电动乘梯。　　又开新景平湖美，文化考书籍。千古管相，今更巍葳。

注：《史记·管晏列传》："管仲夷吾者，颍上人也。"孔子云："管仲相桓公，霸诸侯，一匡天下，民到于今受其赐。微管仲，吾其被发左衽矣。"今人更自胜前人。

〔眼儿媚〕·回乡曲之三

家传六世海天飞，东国有诗题。天竺曾住，北京长寓，故乡依稀。　　寻根到老情真切，儿子又生孙，文风后继，人映清溪。　2006.10.

咏贾岛词二首

一、乌夜啼

秋风渭水长安，最情牵。寂寞知音离散雨中寒。诗心苦，玑珠吐，瘦堪怜。独创风格孤峭，世间传。

二、浣溪沙

贾岛生平苦唱酬，推敲炼字细追求。僧伴月鸟侣风流。　　《二妙》《长江》留美句，坦真平淡意幽遒。秋风飒飒墓门幽。

注：贾岛有《长江集》；南宋永嘉四灵之一的赵师秀选姚合诗与《二妙集》。
贾岛墓在今北京房山区。

12

〔鹧鸪天〕·晤启功教授

元白先生写锦绸，金丝铁划带银钩。风平浪静多闲适，撰鹧鸪词语亮浏。　情缱绻，语幽悠，一言一笑也风流。人生难得此良夜，忘却辛酸举酒筹。

注：1981年10月28日，西苑饭店开会，余看望叔父豪经侯，再晤元白先生，赏其新作（鹧鸪天）词。叔赠一诗云："八股新词唱鹧鸪，清才丽句世间无。风流准拟唐元白，西苑香深酒一壶。"1996年叔父去世，寿93岁。今启公亦逝世，寿93岁。回忆往昔，特别是十年"文革"中的两三年，几乎天天见面，无话不谈。今皆作古，不胜悲痛。

〔满江红〕·游南京佳万科花园侄女家
庭中奇树奇花品种花甚意堪称花园

丛桂全开，阶前路，飞扬黄雪。天正好、凉秋未雨，畅怀情热。把酒欲思长夜饮，题诗又遇中秋节。落幕帘、免得月窥人，人窥月。

霜未降，看绿叶；香四溢，花间蝶。曾忆旧游似梦，梦中难说。逝去烟云人事改。身康体健舒心结。到今天以翰墨浓文，书千叠。

〔行香子〕·旅途抒怀

霜叶如花，古树栖鸦；正西风，吹动窗纱。长怀秋思，走遍天涯。尽几宵酒，几分月，几人家。　坐了快巴，饮罢香茶。一年年到处繁华。暮烟朝雨，浅醉嗟呀。旧梦浮沉，情未了，看奇葩。

〔河传〕·春日偶成

春绚，红艳，步庭前，蜂闹花间。昼闲，无语暗思非去年。　阑珊，熏香催我酣睡眠。

倚楼看，思往事，浑不至，挥笔写狂字。忆儿时，小园池，芳枝，赏花千样姿。

〔蝶恋花〕·咏菊

情自盘桓山下路，耀眼金英，最是留人处。冷落西风吹不去，馀香犹觉沾衣袖。　仰望云天时欲暮，晚雨潇潇，霜叶飘千树。浊酒一杯情万缕，素笺惯写胸中语。

注：辽·耶律洪基（1055—1101年在位）作《黄菊赋》诗云："昨日得卿《黄菊赋》，碎剪金英填作句。袖中犹觉有馀香，冷落西风吹不去。"（见陆游《老学庵笔记》）。意在象外，故仿效之。

〔调笑令〕·听昆曲家蔡瑶铣唱《牡丹亭》

长短，长短，婉转歌喉笛管。满座神思入幻，生生死死叹赞。赞叹，赞叹，一曲清歌肠断。

〔青玉案〕·壬午除夕全家团圆，去红螺寺住钟磐山庄，夜燃放爆竹

除夕总是家中住，离城市，别俗务；打破常规寻去处。远郊别趣，同声拥护。午夜山庄度。　爆竹燃放心花怒，火炮隆隆惊魂怖，一挂长鞭如雨注。绿飞空野，袅袅烟雾，日出霜混路。

14

〔浣溪沙〕·盼雪

久旱三冬少雨云，流行感冒亦惊人。天空又在降黄尘。　半水声声难劝卷，寒梅欲放待甘霖。冰花急盼落燕岑。

〔摸鱼儿〕·听祝梁琴曲

奏人间至情音韵，直教生死同阵。芸窗三载双飞进，心底暗通灵信。梁才俊，身谨训，英台有意频提问；送别含浑，叹美满婚，则差一寸，后悔怨千恨。　明真象，苦雨凄风噩讯。山伯魂葬幽榇。马家逼嫁困，爱情止能身殉。天滚滚，人共忿，墓门大开花成烬。翩翩蝶影，竟自古传今，琴声嬝嬝，哀怨泪湿润。

〔千秋岁〕·中共建党九十周年

南湖航路，九十年年度。惊险阻，曲折处，艰难苦奋斗，夺得江山固。跨大步，中华开起花千树。　回首经过路，国贫民不富。怎么走？民生须关注。论经验，人民自己心有数。

〔调笑令〕·赠太和巩思良

思往，思往，绿野平川莽莽。文章雅韵情长，故国酒美友良。良友，良友，颍水嵩山永久。

15

〔点绛唇〕·留别南京九华山玄奘寺传真法师

折柳消魂，世间聚散因果。九华啼鸟，殿外低飞绕。水远山长，别后春将老。寻瑶草，梵音云表，无奈归程早。

〔满庭芳〕·游南京夫子庙，过媚香楼

绿水秦淮过短桥，小坐听箫，古韵今谣。东林复社集文豪，狠斗奸妖，奔走呼号。桃花扇里碧血描，才女人娇，语似锋刀。媚香楼外静心瞧，举世滔滔，谁个崇高？

〔浪淘沙〕·贺陕西《秦风》创刊二十年

秦岭居秦中，云淡风轻。仰观太白傲苍穹。古都诗坛迎远客，漫吟《秦风》。　传递古文明，异曲同工。百家英趣总相通。旧题新能歌盛世，引凤雕龙。

〔踏莎行〕·为云南董嘉樾诗集题辞

北国流寒，昆明正好。梅花邀寄春来早。书斋人静审诗稿，纱窗紧闭，溢香绕。　远望云天，思飞鹤鸟。一章好句情多少？千歌万曲颂今朝，天涯处处留芳草。

注：戊子冬月，昆明董嘉樾寄《三角梅》诗，答此。兼贺诗集出版。

16

〔浣溪沙〕·贺冯又松大校乔迁志喜

得识冯君鄂皖来，总参谋士显良材。能诗善赋壮襟怀。　又是一株松叶茂，更喜两燕筑金台。青山绿水乐悠哉！

〔浣溪沙〕·为颍上樊勇《云龙诗集》题句

颍水钟灵毓秀人，风流儒雅有樊君。清词一卷应长存。　年老归乡歌大好，青春每忆旧时痕。天涯海角念乡亲。

〔临江仙〕·壬午冬雪

白霰轻轻敲碎韵，晨昏细细闻声。小楼户外濛濛，树枝凇挂处，遥见不分明。　百年以来无是景，天公何故多情？丰衣足食助繁荣。碧空清朗朗，花草更欢迎。

〔浣溪沙〕·乙亥新春呈香山诗社诸诗友

香山诗社春来早，白首放歌人未老。年年岁岁积诗稿。　论世评时吐真言，观山叹海咏劲草。读书只嫌时间少。

17

〔如梦令〕·九九年澳门回归，宴旅台亲友

昨夜澳门归复，万户彩灯如昼。设宴待客人，两盏三杯同寿。同寿，同寿，盼望国强民富。

〔鹧鸪天〕·随感

如梦如烟有故思，听风听雨念花枝。[redacted]昏灯消尽沉沉夜，红杏春风唱吟时。　心默默，意迟迟，新年新事有新词。韶光四季皆明翠，走笔挥毫浪漫姿。

〔摊破浣溪沙〕·治本（三首

一、

乱砍胡伐数十年，原生树木尽摧残。濯濯牛山无阴天，不堪言。　破坏平衡天变脸，痛心疾首子孙冤。勒马悬崖回头看，动心弦。

二、

北国寒冰闹大灾，西南无雨旱情催。雪后洪涛祸连台，太悲哀。　亿亩苗焦饮水难，千家奋力战天傀(kuǐ)。水利兴修争主动，莫徘徊。

三、

18

事到如今警示宣，认清科学治根源。绿水青山种林木，少依天。　大志尤须加慧眼，小康计划更周全。做好三农兴本业，盼明贤。

2010年3月底

〔画堂春〕·访冠城南苑江金惠兄

春寒时久坐书房，心烦懒看文章。天晴日暖树苍苍，忽忆江郎。　妙笔生花老练，谈天说地情长。冠城苑内自徜徉，丘壑深藏。

〔渔家傲〕·为国防大学老将军诗词研究班作兼呈林谦、李圭将军

红山口下风景丽，长河绿柳远山碧。秋风秋雨爽秋意。深院里，人似松柏品如玉。乘兴驱车高朋会，漫谈乐章结友谊。豪情壮志塞天地。将军白发诗心醉。

〔渔家傲〕·步范仲淹《麟州秋词》原韵

神木四时风景异，天高云淡无寒意。不见黄沙漫卷起，边城一座繁华地。　平日居怀远睇，常思塞外江山丽。笔下风神情何寄？经此际，长河落日增豪气。

注：余应邀至陕西讲学，游神木（古麟州），得知范词〔渔家傲〕原本有题为《麟州秋词》字样，早见于明代《神木县志》，连教科书均阙，可谓新的发现。

19

〔东风第一枝〕·谢国防大学赠诗集，
兼祝林谦、李圭诸将军寿

雪映红梅，黄花满地，芙蓉绿叶轻摇。锦章绣葱蒨，恰如池塘春草。诗人兴浓，难眠夜，推敲格调。看金戈铁马生涯，老岁又添文藻。

诗言志，古今一道。写至情，从来难少。惠来雅集玑珠，志情俱臻高妙。山河美景眼底收，胸怀豪浩。感心挥翰作云笺，祝老将年年好！

附：《红山诗集》读后（盖欲以诗注问，再表心意也）

《红山诗草》集千首，笔底奔腾龙蛇走。
金戈铁马惊烽烟，流血牺牲怀战友。
历尽艰辛奏凯歌，打下江山建业久。
百年树人成栋材，国门端赖名将守。
当代兵家重科技，中华一统情抖擞。
喜望南山松不老，东风浩荡伴诗酒。

原注：常治宽教授来我校讲授诗词课，亲切生动，深受欢迎。特刊登其诗词，并致谢意。

20

[江城子]·海地大地震救援感怀(二首)

一

苍天何故发凶狂，震山冈，毁楼房。动荡穷荒，雪上加霜。为救伤员齐动手，临万险，不惊惶。人间大难太难防，喊亲邻，叫爹娘。处处惨象，万户尽罹殃。多少人家失故土，苦熬煎，泪汪汪。

二

疾如星火整戎装，赴前方，救援忙。大爱无疆，生命黑白黄，死亡面前同一样。流血汗，抢时光。天灾人祸咋担当，扛泰冈，顶天梁。咬紧牙床，患难须相帮。莫道良知遭泯灭，吁浩气，正声张。

[醉花阴]·悼范希礼诗友

曾在昆仑山下住，玉树滋甘露。眼界朗胸襟，世事沧桑，阅尽人间趣。昨夜西风凋碧树，细读公诗赋。喜怒寄毫端，妙语庄谐，俱是真情铸。

[齐天乐]·建国六十周年感赋

京城六十年来住，曾经历风云路。日夜折腾，阴阳迷雾，有幸得难关渡。人心有数，伟人定航标，甩开脚步。地覆天翻，复兴民族国强固。雕梁会遭蚁蠹，要励精图治，健全肌肉。满面温馨，和谐互助，创造文明襟怀。悠悠岁月，迈进小康正，育繁花树。老境休闲，写诗词曲赋。

21

〔东风第一枝〕·为香港九龙碑林作

再望香港，新装换样。苍苍泰岳石鼓·颜筋柳骨刚健，碑林矗立记祖。煌煌万古，惊残梦，百年艰苦。一朝回归众情畅，豪气满腔吞吐。　海湛湛，浪涛可怒；云杳杳，怕听风雨。港人治港心宽，繁荣科学民主。哲人志远，惜疆土，颂歌共谱。大一统，锦绣江山，喜看龙飞凤舞。

〔浣溪沙〕·题赠三沙市（二首）

建市三沙卫主权，五星旗帜耀南天。千礁万岛保安全。　小丑跳梁玩闹剧，群魔乱舞香狂颠。巡疆雄舰退贼船。

二、

南海开发箭上弦，千钧重担落双肩。汪洋无际见奇观。　碧水深深藏瑰宝，浪涛滚滚探资源。和平发展建家园。

〔浣溪沙〕·题曲春皓《诗书摄影集萃》

曲曲春江皓月明，才思横溢吐心胸。笔端喜见走蛇龙。　大野荒原织锦绣，龟虫石鼓仿青铜。勤耕自有好收成。

22

〔浣溪沙〕·读名家《谈恩师》(11首)

一、序曲

闲坐翻书习众贤，文情兼美尽堪传。尊师自古最庄严。　授业解惑开智慧，循循善诱启心田。名家硕望振宇寰。

注：《谈恩师》上下两卷，钟敬文、张岱年任名誉主编。

二、蒋梦麟《谈蔡元培校长》

并蓄兼收似海洋，北京大学最辉煌。名家荟萃斗群芳。　流派自由奔骏马，民主科学放飞航。百年校庆赋新章。

三、钱三强《谈恩师约里奥·居里夫人》

塞纳河边忆大师，深邃睿智富才思。谦和严谨似亲慈。　居里夫人人两代，放射实验创双奇。钱公晚年写心辞。

注：居里夫人于1934年用粒子轰击铝、硼，产生了放射性物质，并研究裂变现象。1948年钱等建成了法国第一个原子核反应堆。1937年开始做钱三强的博士导师。

四、顾学颉《谈陈垣先生》

《四库全书》尽读完，蜚声国际万家传。等身著作迈前贤。　七九高龄加入党，九旬寿考写长篇。宗师一代望峰巅。

注：陈垣自己说："有人说我是读完四库全书的人。其实'读完'殊未必，翻读则确实。"

23

五、黄苗子《谈启功先生》

"痼疾多年除不掉，灵丹妙药全无效"。真的有病莫须治。　聚宴畅饮相对酒，座间趣语惊绝妙。女工难禁高声笑。

注：开头两引启功的词（渔家傲）。

六、吴晗《谈西谛（郑振铎）先生》

西谛先生个性豪，文章才气领风骚。是非善恶辨分毫。　家有珍藏值万贯，捐公奉献为民劳。墓门落叶雨萧潇。

七、梁启超悼夏穗卿

车站迎来绝艺翁，泪挥且送夏先生。一迎一送两情浓。　为别墨家称"别士"，绰号"不佞"戏"任公"。先驱革命似飘蓬。

注：① 梁先生赞慨曰："呜呼！思想界先驱夏穗卿先生，一生穷困，身似飘蓬，人们几乎忘掉了他。"今日看来，言之果真。

② 当时艺术大师泰戈尔来华访问。

③ 墨子兼爱，常说："兼以易别"，梁非墨家，故称"任公"。《论语》："任而不佞"。

八、刘清发《中国"布鲁诺"悲剧》

人口多多到处夸，燕园马老战群鸦。铮铮铁骨伴胡笳。　悲剧重演布鲁诺，单枪匹马困平沙。"误增四亿"乱中华。

注：英国经济学家马尔萨斯著《人口论》。布鲁诺为十六世纪西方哲人，因宣传"日心说"被罗马宗教法庭判处火刑。马寅初著《新人口论》主张中国人口不要超过六亿。不料竟遭批判、围攻。人们叹曰："批判一个，误增四亿。"使中国人口盲目膨胀，留下治国麻烦。马寅初是伟大学者，于国忠心耿耿，于民大爱无疆。批判也是一场悲剧。

九、汪曾祺《西南联中文系闻一多》

文士风流数一多，抽烟上课漫吟哦。痛饮熟酒唱楚歌。　曾去雕章摆摊点，犹闻悼李斥凶魔。英雄碧血染山坡。

注：追悼李公朴会上闻一多演讲当面斥责特务，遂被暗杀于归途中。人称其这次讲话为《最后的一次演讲》选入中学语文教科书中。

十、萧复兴《校长之死》

颠倒乾坤闹哄哄，疯狂学子打先生。男中女校尽血腥。　人性泯灭尸伴舞，胡桃堵嘴背玄经。悲惨恐怖震京城。

注：1966年8月北京汇文中学高万春校长、13中梁校长先后被学生打死。白纸黑字，确信不疑。某校又要举办"百尸宴"，除本校被打死的教师外，又从校外拾来被他们打死的人凑足一百具尸体，举行大宴狂欢舞蹈，以表庆祝。杀人取乐，嗜血成性，手段残忍，不能细写。著名的[illegible]也是被人打死的。93中校长郭清仁，数学教师李美莲，都是被逼自杀的，不胜枚举。

十一、王梓坤《师生情惠清江水》

喜看春鹰出茂林，百年大计树深荫。涓涓碧水润芳心。　鲁迅临终思太炎，史公冒死探师亲。崇高师道众人钦。

注：王梓坤文写于鲁迅逝世前二日（1936年10月17日），涉及鲁迅思念恩师章太炎事；明代史可法探恩师左光斗事。

〔浣溪沙〕·赠陕西诗友（七首）

一、赠陕西原省委书记张勃兴同志

渭水滔滔逝海陬，灞桥风物眼中收。绿阳伴我尽情游。　纵目三秦惊巨变，细闻里巷口碑留。明公应是最风流。

二、赠西北大学雷树田教授

胆大包天敢作诗，胡批乱斗正当时。弯腰我在演奇姿。　义正辞严凭骨气，是非真假见卓思。天青雨过赏花枝。

注：1968年8月26日，雷先生刚大学毕业，作诗驳"出身论"。当年会正弯腰90度，即因出身而受辱。读君诗甚感佩其为人，乃铮铮汉子，仗义直言，当时於难能可贵。因草俚句以寄。

三、赠西安吴玉凡诗友

闲伴春风去渭滨，相逢正遇故乡人。状元四世继传薪。　题句清新抒雅韵。热肠古道见情真。秦中吟友老风尘。

注：吴先生河南固始人，与吾乡毗相邻，故为渭同乡。其曾祖父为清代状元，家学渊源，现为陕西老年诗词学会副会长。吴先生即席赠吾诗云"颍上清风动渭滨，书香五世继传薪。汗弟子扬中外，振锋唐城韵律春。"

四、赠西安诗友张金立

笔健诗清即兴篇，快人快语见心丹。《秦风》卷卷展云天。　席上高吟声嫋嫋，座间品味水潺潺。归来几夜不成眠。　张公时任《秦风》主编。

26

五、赠西安太白诗社翟增铎

年老耕耘乐岁华，精心培育出奇葩。轻弹律吕动千家。古典熏陶真善美，金声玉振走龙蛇。关中老树放新芽。

六、赠西安于世福（鱼水）

一韵成诗证古音，循章择律易推寻。宫商按谱调均匀。结构精心六十首，平声长啸响流云，奇思妙想惠群伦。

注：于先生依平水韵（阳平、阴平各15韵）精心结构七绝三十首，七律三十首，分序联章；平声韵脚共使210字，为初学者提供了操作的实例。很宝贵。

七、赠西安音乐学院李雄飞教授

几代园丁育栋梁，百年校史铸辉煌。金陵聚会话沧桑。迁校长沙多履险，师生携手渡鄱阳。今朝好梦续华章。

注：前三句为李先生纪念母校中央大学实验中学百年校庆诗句。李教授青少年为实中校友。家叔常任侠于1931年中大毕业任实中高中部主任，后留学日本东京帝国大学学士院，仍兼理实中校务。至1937年率实中学生撤离南京经屯溪过鄱阳至长沙。后云实中之迁，当是以后的事。余与雄飞相会于西安，如老友重聚，情感亲切。蒙赠大作《弦歌集》，快何如之。

〔蝶恋花〕·西安源径诗集题辞

往岁别乡居岛山，北雁南飞，绿水环城绕。喜看文辞诗韵好，带家诗苑添芳草。墙内开花墙外俏，举目诗坛杰作知多少？兼收并蓄创新藻，书香门第文风好。

27

〔东风第一枝〕为长兄浩康《白寿诗存》题辞代序

老树苍苔，经风历雨，千山万壑霜月。尽观物换星移，坎坷道路险恶。艰苦岁远，人生味，伤悲欢乐。敲诗集句记生平，留下一株红萼。　云散荡，静心淡泊。思漫逸，笔耕不辍。小楼伴酒樽，凭栏观五岳。身康体健，百年寿，皖山松鹤。恁时节，南来北往，闲住古都新宅。

〔更漏子〕·为其相侄《听梧集》题辞代序

语凄凉，情悽细，苦吟心声传递。惊海燕，啼飞鸟，满山鸣鹧鸪。　诗意博，费斟酌，何苦肠断折磨。君太累，梦如痴，儿孙善扶持。

注：其相侄亦余之同学也。国大代表常浩毅之长子，无锡国专毕业。48年底，甘心不随其父去台，因政府不让他教书育人，发挥所长，遂为农民，饥饱劳累，种地、烧砖、当兽医、民办校代理教师，均穷困至极。后其父资助建楼一幢，又开台商店也赔钱；晚年为安徽文史馆员，写了不少诗文，但已精疲力尽矣。逝世前，其子文华为印《梧叶集》，格调悲凉，余甚思念入梦。他是中国知识分子另一种典型。我与他童相伴，至老更为相互惜怜。抄此不禁泪下矣！　2014年4月补记

28

〔东风第一枝〕·《杨家将咏赞》一书开篇辞代序

一代英豪，诗书画赞，麟州旧事激荡。满门老少人杰，抗辽立功悲壮。开疆拓土，战必胜，无敌名将。顶天立地大旗扬，感动世间争唱。　翻历史，信书无妄；编小说，妙哉想像。演成戏剧铺张。传承后生向上，改天换地神木旺，胸襟开放。五洲四海向八方，谱写颂歌浏亮。

注：2012—2013年，陕北神木（古麟州、杨业故乡）"杨家将文化研究会"聘余主编《杨家将咏赞》一书，收古今诗词、绘画、剪纸、雕塑及古迹图片。评家云：是一部围诗词书法及工艺美术为内容的独特作品，具有欣赏、收藏价值。

〔浣溪沙〕·吊屈原（二首

一、

近晓天风到梦残，九歌天问对苍天。汉江汨水几人寒？　芳草天涯增碧色，忠言逆耳疏君前。走投无路太悲惨。

二、

一卷《离骚》瑰丽篇，浩然正气振坤乾。寄托情滤写心酸。　血泪文章惊世语，通灵神怪作奇言。巨星闪闪世人瞻。

29

〔一剪梅〕·咏神木杨家城

塞上麟州一古城，山也青青，水也清清。
因岩建堡好屯兵，战鼓咚咚，人马喧腾。
紫锦东西各一城，西进西城，东进东城。
金汤永固保安生，顶住狂风，大展雄风。

〔水龙吟〕·重游西山凤凰岭

昔年砍柴登攀，苍苔脚印留岩际。不堪回首，哪还顾得观山戏水。故地重游，老松依旧，叶枝如翠。像久别挚友，张开双臂，声细细，通人意。 正觉心胸缥渺，看西边青峰如洗。农家酾酒，伴溪流饮，欢欣晚岁。岂能蹉跎，把流光计。返车酣睡，梦醒情永记，活生生一幕悲欢戏。

〔望江南〕·送彭督离港

西方好，莫恋旧督门。一点灵光随落日，霸权收场化烟云。时变换乾坤。 香江好，别离最消魂。一枕黄粱惊残梦，凝目西望夜深沉，东海见朝暾。

注：彭定康爵士为大英帝国驻港最后一任总督。此人以后回英，参与不少中英友好活动。作此词时，乃对其讽嘲也。

30

〔点绛唇〕·香港回归后三日接秀峰哥来信

大雨连朝，洗刷遗恨知多少。紫荆帅简，万众欢心表。黯淡彭督，泪洒香江岛。归去矣，应知昏晓，日落西风小。

注：信云：香港回归日，此间大雨连朝。交接仪式后，英皇储及原港督彭定康登上不列颠号，黯然离去。此时彭定康泪流满面。香港报纸标题——不列颠尼亚号满载眼泪离去。

〔鹧鸪天〕·香港回归感赋

午夜云天响巨钟，百年血渍尚殷红。征程漫漫侵霜月，沧海扬帆历雨风。　兴两制，构思工，港人治港建奇功。良宵易醉心勿醉，一统江山大业成。

〔一剪梅〕·为故友陈老远诗集题辞

满座诗家志气豪，举目山河，共放新歌。北雁南飞乐事多，畅叙幽情，暖了心窝。

冬去春来岁上交，诗作如潮，步步高坡。慎邑春光美又娇，岁岁思乡，颍水滔滔。

夜读佳篇慰寂寥，五柳村庄，感君记牢。一卷清词才气高，水远山遥，再会明朝。

（第31页）

锁窗寒·勿忘国耻

盗在东邻，兴风作浪，守牢门户。滔滔碧海，警惕无端风雨。卫主权，寸土必争，中华民族同心语。岛上留祖迹，和平构建，海疆铜铸。　朝暮，奇耻路。要收复河山，义无反顾。百年痛史，子子孙孙记住。望神州，鸟飞茂树，共谋两岸长久戍。到那时民富国强，万道金光照。

2013年1月

画堂春·迎春辞

东风送暖日初长，雪融草绿横塘。枝头渐孕嫩苞藏，且待梳妆。　岁岁添景祥，平冈秀色馨香。欣逢盛世创辉煌，把酒飞觞。

2003年1月10日

32、

〔一剪梅〕庚寅重九老人节（三首）

人老何时最有神，儿女关心，好友谈心。
闲来何事解烦纷，走访东邻，走访西邻。
流逝时光不饶人，早起三分，晚睡三分。
文章作好靠一勤，晨也读文，晚也读文。

（二）

闲中找趣乐天真，体气常新，脑力常新。
和谐社会更温馨，一语千金，一诺千金。
老有所为自足珍，奉献终身，服务终身。
总结经验忘酸辛，润物甘霖，韵调弦琴。

（三）

自构空巢念儿孙，理解情深，理解胸襟。
观山叹海记迷津，迎来春辰，送走秋辰。
大是大非辨假真，耳受冀闻，眼亮不昏。
重视养老报佳音，早看朝暾，晚赏夕曛。

33

〔望海潮〕·保卫钓鱼岛

常涛宽

远观苍海，岛礁分布，钓鱼古属中华。碧水滔滔，风烟滚滚，群峰守望天涯。犄角总不相差。马关痛割土，血染平沙。共论开罗，退赃还主，睦友邻家。　　一衣带水根芽，孕东方文化，改错人夸。尽逆潮流，阴谋购岛，真真瘪枣歪瓜。暗暗露毒牙。错算如意卦，撕破羞纱。竞浸千帆保岛，任意捕鱼虾。

附注：岛屿古来主权，不许侵我家园。公然否定二战，血债齐清算。认错可以友好，中日永结同缘。

2013年1月

〔浣溪沙〕·为北京海淀老龄大学诗词班题句

自有因缘结俊才，赋诗联乐心怀。嘶风老骥亦壮哉

白首何堪临晓镜，青春却喜上琴台。文章跨世自心裁。

1999年12月

〔浣溪沙〕·壬辰重阳寄兴（三首）

一、登高

结伴登高气壮豪，青山绿水映红潮。一年一变更妖娆。

几代雄杰勤描画，千秋大业众心雕。聪明才智领风骚。

二、酌酒

九九重阳举酒杯，明年今日再同来。景清树茂上金台。

旧友知交多慰勉，新朋礼貌尽关怀。晴光篱畔久徘徊。

三、联诗

饮酒敲诗任剪裁，心灵感动起风雷。情真落笔有神来。

一人一句集众智，多篇多首聚书台。雅人深致显文才。

〔浣溪沙〕·浙江仙居方雨照被批准入会致贺

浙水仙居雅韵裁，老夫笑傲乐心怀。辛苦自画出高才。

逝水年光追旧影，春来玉树映新苗。山南海北看老梅。

[满庭芳]贺中共十八大胜利闭幕

美丽中国，小康生活，建成全面非遥。走科学路，致富辛劳。读解重要数字，流音韵，好似闻韶。千秋业，公平正义，除毅决心高。　多情挥彩笔，深会报导，百姓心潮。任风云激荡，信念坚牢。万事与时俱进，齐奋斗，永保旗标。山河变，繁花似锦，实践出英豪。

[摸鱼儿]·致狂人安倍

昧良心，动发狂语。扩张疆域龃龉，百年不断燃烽火，霸权化成网罟。还领土，要无赖，图谋翻案人怒。狡黠狐鼠，看法理难举。恶人告状，自暴自家煮。

强权梦，算尽机关有误。害人害己难悟。和平友好阳关路，竟不愿真心许。常乱舞。观世界，知过必改成朋侣。战争人苦。永不忘凄楚。碧海蓝天，应是睦邻处。　癸巳六月

[临江仙]·纪梦

连夜梦中非幻景，醒来事事真真。长街短巷乱纷纷。流光经久远，何处起烟尘。　八十余年如一瞬，人间冷冷熏熏。江河湖海浪涛频。凭栏观世界，放眼看阴晴。

PERSONAL EFFICIENCY NOTEBOOK　Date　No: 36

〔锁窗寒〕·勿忘国耻（1895年4月17日为《马关条约》签订日）

盗在东邻，兴风作浪，打开门户。滔滔碧海，警惕无端风雨。卫主权，寸土必争，中华民众同心语。岛上留祖迹，和平构建，海疆牢固。　朝暮，寻耻路。要收复河山，义无返顾。百年痛史，子子孙孙记住。望神州，鸟飞茂树。共谋两岸长久成。到那时，万道金光照。　2013年4月17日马关丧权日

〔千秋岁〕·游山西永济市感怀

飞车永济，一派风光丽。观景物，钟灵慧；情深随落霞，梦与黄河汇。携诗酒，长歌短句话天地。

曾览《西厢记》，欢喜《拷红》趣。自舜帝，修城邑，辉煌文化继。鹳雀登楼眺。瞻前路，繁花似锦多兰蕙。

〔一剪梅〕·癸巳倒春寒

乍暖还寒手欲僵，脱了毛衣，又整羽装。天公时序乱无章，寒日清明，暖日端阳。　小小围栏短短墙，一径通幽，几片池塘。春游何处费商量，晴后蜂狂，雨后鱼藏。

2013年清明节后

〔一剪梅〕·多雨多灾叹

豪雨连朝水连天，房墓田园，驾起航船。灾情太猛心倒悬，昨夜难眠，今夜难眠。山体滑坡路断联，吃也艰难，住也艰难。陆空部队齐支援，情也无边，爱也无边。

2013年6—7月

〔鹧鸪天〕·自题止水斋

止水襟怀对晚秋，江山世事眼中收。心宽志广无愁倦，笔底文章尽自由。情切切，意悠悠，三言两语亦风流。不知岁月有多少，迈步挺胸上五楼。 时年八十。

〔兰陵王〕·致安徽金寨笔架山诗社陈效敏诗友

早春日，暗里情牵故园，风烟炽。飘风落无家，留在山城梦如织。青春获价值。根植，终身良式。人生路，破浪涛，坦荡胸怀去雕饰。

闲中漫回忆，皖岳笔天立，古寨横直。采来野菜共煮食，给童趣一幅。可怜灾难，敌机狂炸恨残贼，又离散南北。

今识百花色，赞雅士风流，笔架词客。清吟酬唱真情极。数度赐篇什，友谊铭刻。明年归去，再迈步，陟曲仄。

注：抗战初期，余十岁龄，流离大别山中，至1941年冬，日寇夜袭山城，校毁始去。忽逾70年矣。今陈效敏系籍金寨，为当地名师，组织诗社，心向往之。但词盖怀旧也。

〔东风第一枝〕·为湖北石大安著《水浒英雄赞》题辞

百律奇文，英雄赞论，推敲炼句多妙。逼迫走上梁山，打起替天行道。风云一时，演书卷，舞台长啸。感君十年费苦心，留下一枝红萼。　逢盛世，创新古教。兴大业，品牌耀耀。看天下祥和，多彩正须唱和。中华文化，诗书画，为人珍惜。老夫有幸遇英才，漫写此为君贺。

注：庚寅春，湖北石大安君参加中华诗词培训班，正巧我是他的导师，他曾一次寄来109首七律，都是赞颂梁山好汉的，写得活泼生动，大都写出了人物性格，是很不容易的，余甚喜爱，曾为之仔细审阅，略做修改，调整了平仄不协问题。基本上保存了原貌。今他将以诗书画的形式出版发行。这是个创举，故题此词以贺。

〔浪淘沙〕·戊子金秋百望山诗会

红叶映青松，云淡晴空。遥观百望势飞雄，一带长河绕树海，杂绿青红。　电话聚诗朋，共诉衷情。淙淙流水水流东。闲赋新歌歌雅趣，刻意雕龙。

注：《史记》裴骃集解引刘向《别录》"驺奭修衍之文，饰若雕镂龙文故曰雕龙"。

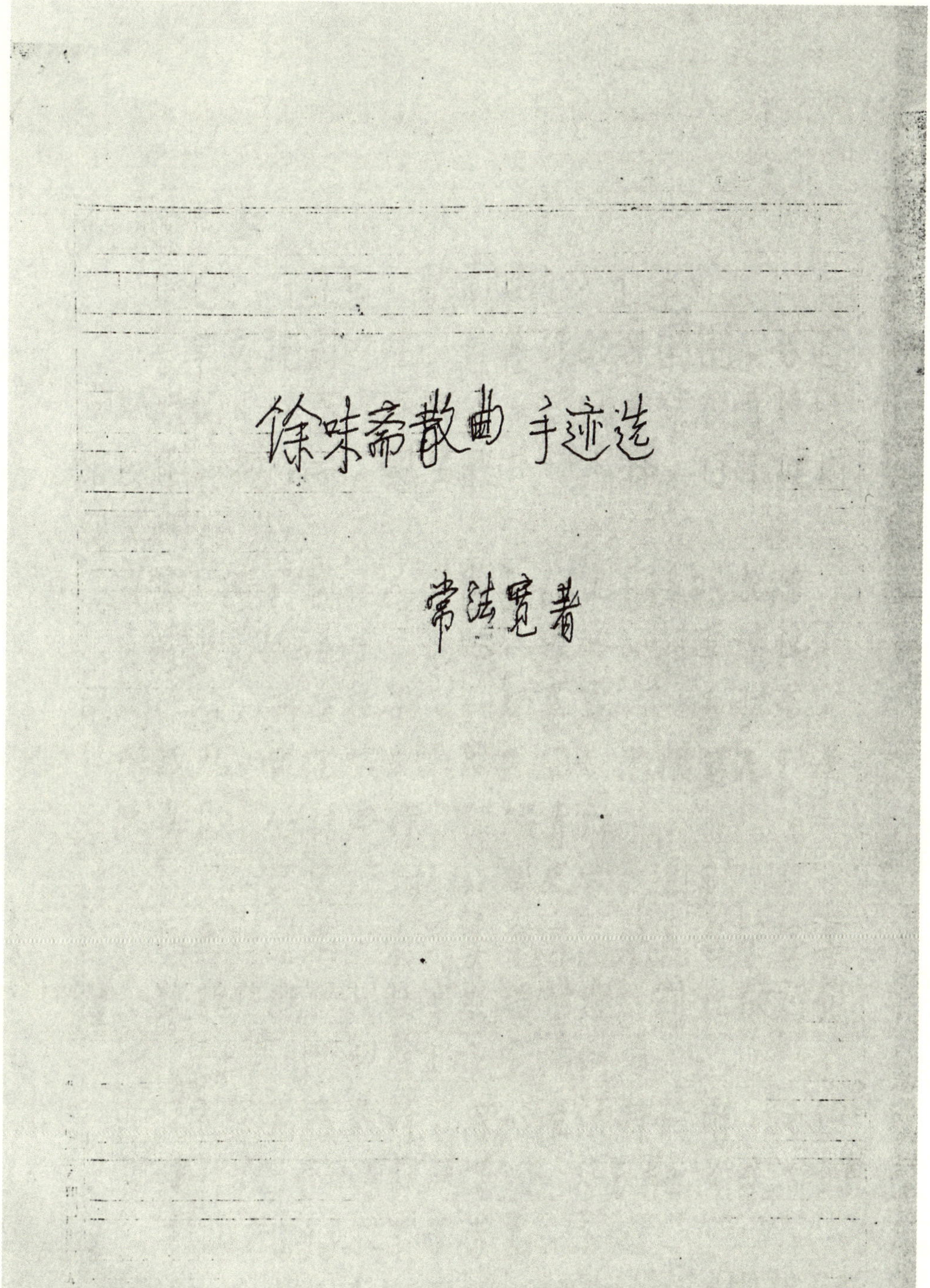

徐味斋散曲手迹选

常法宽著

馀味斋散曲

小令　〔正宫·鹦鹉曲〕·自述

长年京辅周边住，恳恳碌碌种园圃。苦追曲赋诗词，沐春风春雨。（幺篇）为中华教育兴邦，继国学，扬今古。慰生平甘作人梯，保体健闲观碧树。

散〔黄钟宫·人月圆〕·乙丑九月拾日京城早雪

凌晨飘飞鹅毛片，猛地入寒冬。花草惊慌，平湖冻冷，柳垂挂淞。一场暴雪，一番梦景，一阵西风。乱尘吹去，（抬头望），无限蓝天干净，（低头见），丛林四野，银缀青红。

〔仙吕宫·醉扶归〕国庆六十周年

国庆佳节近，豪兴举金樽。华夏昌荣宇宇真，捷报传新讯。往事长留梦痕，蓟北敲诗韵。

〔正宫·叨叨令〕·下雪谣（二首

一、飞花六角窗前碎，开心举酒拼格醉。无边大地铺锦被，青苗得救流青泪。你有得也么哥，你有得也么哥，减轻了千家抗旱苦劳累。

二、（三天里）麦田盖上三床被，（我就把）馒馍当做枕头睡。（熬煎煎）百天大旱谁无惧？更那堪枯苗亿亩真难济。你美的也么哥，你美的也么哥，天公补发人民币。

2

〔正宫·塞鸿秋〕·初访榆林

(美娇娇)山川胜景留人驻，(壮巍巍)镇台古堡烽烟戍。驱车北去神湖度，金盘燦燦晃人目。(扑楞楞)水上飞孤鹜。(急忙忙)准备回京路，(摇晃晃)又登成吉思汗墓。

〔正宫·塞鸿秋〕

参加中国散曲暨民歌研讨会

(一阵阵)专家齐上延安路，(兴冲冲)高飞塞外榆林住。民歌散曲精评述，悠扬古调开心愉。(喜盈盈)会新朋旧友，(絮叨叨)见热情相诉。(太匆匆)不知天色暮。

〔正宫·塞鸿秋〕

赠陕西省老省委书记张勃兴同志暨西安诸诗友

(雄纠纠)你们都是擎天柱，(一心心)诗词开新路。三秦佳作花千树，秋风渭水钟灵铸。(笑哈哈)吐气扬眉叙。(情牵牵)长忆新城聚。

注：陕北盛产羊、煤、(稀)土、(煤)气，可谐音为“扬眉吐气”。

3

〔越调·天净沙〕·去门头沟参观马致远故居

青山绿水红霞，来樱专挑枝斜。老巷荒村探"马"，精雕铜像，《秋思》一曲嗟呀。

又

皇家害了昭君，现留青冢长存。翘首空悲恨恩。情深人恨，〔梅花酒〕唱非真。

注：马致远创作《汉宫秋》第三折〔梅花酒〕一曲连用八个"顶针"格表现人物心理，极为细腻。然考诸史实，汉元帝刘奭对昭君不会如此真情，盖戏剧手法也。

〔中吕宫·朝天子〕·秋日回乡寄

月光，荷香，树动风飘荡。渔歌唱起一天凉，顿感胸襟畅。聚散情怀，鸿飞影亮。抵家乡，又思他乡。井深，水长，欢快（何必）悲惆怅。

〔双调·庆东原〕·回乡

（故园）情深重，（飞车）跨远程。秋风吹动田园兴。江边浪涌，林中鸟惊，池畔蛙声。酒醉夜方静，作曲调难定。

〔双调·拨不断〕·友情

最情深，故人心。一壶浊酒杯杯饮，饮到三更面色醺。话中不谈平生恨，醉与醒莫论。

6

〔仙吕·解三酲〕·夏日咏荷

出污泥茎直摸样，比洛神浴罢新妆。莲鞭入土春初酿，迎夏日池荷香。廿四田田红自放，野水烟波忆故乡。人无恙，要二锅头酒，再浇诗肠。

注：古时江南以阴历六月二十四日为“荷花生日”。顾禄《清嘉录·荷花荡》：“沈朝初《忆江南》词云：“苏州好，廿四赏荷花”句。古乐府《江南曲》有“莲叶何田田”句。

〔越调·凭栏人〕·背水谣（三首

一、

（忙劫劫）老少荒山寻剩泉，（气吁吁）唇裂口干苦泪涟。人怜天不怜，熬尽心上源。

（孪憨憨）八岁哥哥挽妹娃，（情依依）背水辞别姥妈妈。沿山山路爬，月光遮暮霞。

（真没撤儿）昔日清泉尽旱涸。（忽然间）古树根深出水涡。滴滴滴满筲，喜心忘折磨。

注：筲（shāo），盛水器具。

6

〔正宫·鹦鹉曲〕东海渔歌

长期漂海捉鱼乐，顶住恶浪掌航舵。明清祖辈歌长啸，五百年平安过。（幺篇）马关签约降天魔，我岛被卖交情恶，气的内心如火烙。

〔仙吕宫·鹊踏枝〕·致日本政要

（忆旧情）祭灵牌，（想复辟）费人猜，（要花招）买卖钓鱼台。（否二战，天皇降书）毁掉重来。你甘走东方赖客。

〔仙吕宫·太常引〕·致日本政要

你须先正视中华，不可以欺诈。结友好邻家，这才是人间正话。（幺篇换头）真诚相见，不搞虚假。出路有多岔，向右走和平践踏！

〔正宫·叨叨令〕·改革开放三十年

国门开放多得计，牵龙引凤江山丽。高瞻远瞩心中细，东方旭日光无限。你唱的也么哥，你乐的也么哥，建功立业千秋递。

7

〔中吕宫·十二月带尧民歌〕

去平谷看桃花（二首）

一

清明太寒，谷雨反弹。（一路上）令人气喘。（柳荫下）心绪稍安。（嗡嗡叫）如闻管弦。〔带尧民歌〕（人说道）那边也有武陵源。（不过是）添醋加油弄虚玄。（先管它）只要蜜桃香味甜。心欢，秋来采摘玩，圆了生平愿。

二

如临雾天，（几）万亩桃园。（一排排）溪边绿柳，（一处处）红瓦庭院；（静悄悄）门都锁关，（却原来）修剪劳繁。〔带尧民歌〕果农个个技术娴，择杈留枝讲科研。施肥浇水计周全，创业发家不偷闲。留连，桃林映碧峦。

〔南吕宫·骂玉郎带感皇恩（带采茶歌）〕·给石原画像

挤眉弄眼心怀诈，钓鱼岛耍奸猾。跳梁小丑人人骂。制海权，早属咱，（可以）查书画。〔带感皇恩〕搅乱风云，武士精神。一狂人，神社里，拜亡魂。原形毕露，昔日皇军。〔带采茶歌〕太孤身，寻梦困，怨娘亲。叹生辰，过八旬。临了捞得草半根，运气欠佳伤暮景，投票时刻怕黄昏。

壬辰十月

散套 8

［仙吕宫·大圣乐］·打虎谣

我攥紧拳头学武松，见猛虎心力盛，今生绝不做空司令。钢刀下叫先生，单只你不许跟我硬。因此上国法可依让你痛。一场春梦，叫众人议论是非品评。

［解三酲］收拾你风流行径，收拾你诡计聪明，收拾你海滨携美妖魔影；收拾你贼脸盗行；收拾你通身奇巧油滑性，收拾你胆大妄为无耻情。荒坟茔，只怕你子孙嫌臭，谁奠清明？

［尾声］向丘陌浇杯茗，给你下台阶正果成。告诉你地狱轮回，别依旧装楞。

［南吕宫·一江风］·不许小泉翻案

费人猜，小泉总说瞎话，历史真变假。看这人，绝顶聪，绝世呆傻。厚颜无耻啊！人都看着他，笔尖对着他，谁也忍不下，拍案高声骂。

［前腔］占朝鲜，(再想)一口吞我中华，真是野心大。(其实是)算错卦，全民抗战碧血横洒。不怕你凶煞，一寸不让他，一粒粮不给他，樵夫老者拼刀打入车马。

［前腔］太贪婪，攻入了东南亚，(连带)美国一锅炸。(实在是)算错卦，空中地面自顾不暇，(好像是)热锅蚂蚁爬。只凭胆儿大，只凭心毒辣，连连吃败仗，丧家困天涯。

［尾声］大皇军，(都)杀人乱如麻，(到头来)核弹开了花。(六十载)计年华，(应该是)彻底认罪，友好礼加。(还妄想)死灰复燃，(再去)安常参坐衙，谁人不害怕？(叫小泉记着)守信莫欺诈！

注：小泉已成过去，今日安倍尤为恶劣。2014年6月补记

〔南吕·一枝花〕·久困　　9

忽传"非典"来，洒向人间成巨灾。飞来形不明，飞去影徘徊。四海吃惊，(乱)想心澎湃。颓然眉耷拉。折磨得白日无光，(眼看那)碎石与路长青苔。

〔梁州第七〕长街上行人渐少，酒馆中尽是空杯。掌柜的低头发呆。萧条商业，无术发财，万家寂寞，日子难挨。闹唯屋顶避祸灾。闲人怀，散步阳台，(把一个)活蹦蹦童孩圈(juān)书斋，(将一个)老笔汉藏墨海，(剩一个)老婆婆下楼买菜。哀哉，哀哉！京城贫富愁无奈。猛惊猜，令人快。晓宇弄防战祸胎，万众出奇才。

〔尾〕济同舟风雨关情爱，东西方春风滚地来。(即便是)万丈坚冰(也)化开。扫乌云，净九垓，(现)青山碧水，(更)盼望医疗出新才。

2003年6月1日

〔南吕·一枝花〕·中秋玩月忽又至重九登高

楼高月影斜，满院秋痕泻。滴滴垂玉露，闪闪耀银色。家聚娘爷，共庆中秋节，漫语一万叠。望玉兔动静分明，听蛩吟花间切切。

〔梁州第七〕声飒飒风吹不歇，满山红碧野清绝。梧桐庭院飘残叶，看长天绿水，多少咨嗟。来来去去，南北飞车。闹嘈嘈金马港台，乱纷纷研弹唓嗻。看太空探宇谁俦，问风神枫葩谁折？唱耶，和耶？百心情很难从头说。月亮有圆缺，风霜肃杀，落叶如蝶，梦幻秋色。

〔尾声〕闲吟散曲转铁拙，夜坐无眠更似呆，四望丛楼灯明灭。乘兴归(脱帽)脱鞋，又盼冰轮上来也。

注：唓嗻(chē zhē)元代俗语，很，厉害。《西厢记》第四本第四折："愁得来陡峻，瘦得来唓嗻。"

2000年作

赋赋

常法宽

赋之为体，恣肆汪洋，传之千古，浩浩泱泱。古人之论赋兮，首推《周礼》，赞誉屈宋兮，司马子长。班固编史而志艺文，代代踵承，亦尽周详。陆机《文赋》，以赋论文，荦荦大端，"赋体物而浏亮"；乐天《赋赋》，"润色鸿业"，美前贤而观止汉唐。

我赋今赋，意在提倡实事求是，绝不夸张；文章千古事，得失动心肠。盛世有文，吟咏歌唱，呐喊助威，美赞斯邦。民族复兴兮，匹夫有责，曲冷赋荒兮，重振辉煌。

《光明日报》开专栏，百城激荡；行家里手挥巨笔，大块文章。千万读者，眼前一亮，争奇斗艳，古式新妆，电传美文，骏马脱缰。文艺复兴美联百业复兴，文明和谐建起文明城乡。

三秦慧眼重曲赋，上下齐心驾飞航；忽如一夜春风起，长篇短制传四方。长安添异彩，渭水耀光芒。

神州佳作知多少？不胫而走风气扬；十年树木成林海，百年育人作栋梁。

噫嘻乎！殷殷寄语看前方，登高作赋凤飞翔。

游敦煌千佛洞赋

曾闻古德别长安，沙碛茫茫历万难；今喜搭机观瀚海，山河壮丽聚光盘。过玉门兮，绿洲点点，抵敦煌兮，蔚然大观；鸣沙山下，金光耀眼，千佛洞里，气象万千。上下共五层，南北三里宽，壁画五万平方米，彩塑大小超两千；石窟木构，鸟兽踞高檐，相互连接，三位一体而回环。

敦煌壁画，宏大而色泽新鲜，西风东渐，隋唐风格更壮观；佛像菩萨，千手千眼，体貌多露世俗闲。引人入胜，佛典经变，故事生动，趣味百端；《阿弥陀经》，佛座宝莲，观音势至，左右庄严；罗汉天王，齐集众贤；乐伎起舞，彩云飞天；天国生活，有德则见，至爱心诚，施惠大千。

敦煌雕塑均结构因岩，气势宏伟而神圣雕镌，一座大佛须九层楼掩，伟岸高博兮动人心弦。

石窟精舍，更是奇观。飞鹰展翅，龙鳞砌盘，云雾生于户牖，雷霆走于阶前；虽一窟之仅存，可万世而流传。

藏经洞穴，久久沉湮，光绪之年，事出偶然；七佛殿下，莫高北端，瑰宝出土，展现世间，此一发现，石破惊天；经卷写本，两万五千，文物丰富，价值城连。

福兮祸兮，两者备兼，内贼外盗，狼狈为奸，掠夺破坏，凄凄惨惨，如此浩劫，令人心寒。中国人民，热爱家邦，千方百计，保护宏扬。经年临摹，笔下情长，工夫细微，毕效吴王。青灯残照，岁月流长，千幅万卷，充塞栋梁。北京展览，名震八方。敦煌之学，永在敦煌。敦煌学者，勤著文章，写诗纪事，不事夸张，丝路花雨，艺精文强。几代学者，书卷溢香。诗曰：

游罢归来思远方，莫高窟里焕奇光。
飞天五彩飘长带，铺地高台立柱枋。
文殊问疾肖名艺，收复河西人马强。
千载缃帙今显见，东方艺术石窟藏。

注：敦煌壁画中有《文殊问疾图》，仿阎立本、吴道子笔意。第150窟壁画有《张议潮收复河西图》，共有人物235个、马111匹、场面十分宏伟，最具特色。画家常书鸿等守敦煌，临摹极多，北京展览，举世惊赞。敦煌学家陈寅恪、常任侠均有硕果累累的研究成就，后继亦有人焉。
（专著传世

饮茅台酒赋

建国六旬，成绩辉煌；八五生辰，未离讲堂，三喜临门，事事吉祥；团圆欢聚，人之情常。忽有远客，专程来访，惊闻姓名，堂侄常江，单车自驾，来自贵阳，万水千山，饱览风光，携来名酒，茅台醇香；自云藏之十载，慰我身心健康；情深好似大海，价值难以估量；每逢佳节倍思亲，未插茱萸多一双。有志在四方，男儿当自强，思想时时须解放，何处梧桐不栖凰，吾家六世居四海，着书立说育栋梁，只要多少有建树，何必五世同一堂。

余怦然心动兮人事沧桑，忆往昔今朝兮，波涛翻浪，茅台酒，黔地人，异乡宴、故山冈；云天苍苍，山高水长，天涯芳草共芬芳，祖德家风继发扬。

三杯畅饮，满脸红光，醇浓好吃，滋润肝肠。吾侄问曰："闻公性好酒，小子听其详。"语罢四座静，引来话语长：青年在故里，人穷地也荒，肚子吃不饱，哪有好酒尝？一般白薯酵，最好酿高粱。三碗不能醉，十碗可过冈。概括成一句：酒助各诗狂。壮岁三载饿，梦中把酒觞，聊作精神宴，白水灌空肠；不惑至天命，自信老来康。先是二锅头，又闻西凤香，颍上管相酒，北国蒙古王，常喝五粮液，古井梅中藏。台湾亲友归，特送金门红高粱；黔中阮郎至，还是痛饮茅台香。数不完的干杯，灌不满的酒缸。

或云：既是家宴，何故独饮？余曰：老妻平生不沾酒，子孙专喝果子浆，其余出门要开车，焉能违规放马缰？故而自饮，其乐无疆，浅斟低唱，不弛不张；今日一醉，不知身处异乡或故乡。

读《陕西百县赋》赋

研究诗文，贵在一勤，十年树木，百年树人；风风雨雨，辛苦耕耘，百花园中，桃李芳芬。年过八十，尚留童真，性好交友，文人相尊。诗词曲赋，民族珠珍。文明建设，继古扬今。

承蒙盛邀，数访三秦，西安、太白，神木、榆林；大雁塔影，孔庙、碑林，曲江对酒，秦俑列阵。清华泉水，四季常温，神湖沙海，印象最深。路漫漫而车速兮，风驰电掣，院深深而物博兮，美奂美轮；新朋旧友兮，文质彬彬；谈古论今兮，丰富见闻；热情洋溢兮，如回故村；论曲论赋兮，满堂群伦；以文会友兮，交流频频；人生有三乐兮*，抖擞精神。

三秦文化，积淀很深，古往今来，杰作留存；写诗作赋，高手如林；钟灵毓秀，下笔有神。领导一呼，百县回音；爱乡爱国，上下同心；风纸千张，五彩缤纷；命余评赋，不胜欢欣。句句篇篇，当代美文。

论诸历史，推陈出新，有源有流，由古到

今；有人有物，脉络延伸。活的历史，活的人文，往者可鉴，来者可寻。治国安邦，镜子照人。

地域形胜，秦岭为尊，南方北方，以此界分；大江大河，分流东奔；寒温迥异，物种杂陈；万象纷纷，日月星辰，地貌典型，吟诵成文。得天独厚，心灵笔勤，织锦织绣，描绘千春。

一册文赋，韵雅文新。青山绿水，蓝天白云，奇花异草，古兽稀禽；名山胜水，峭壁嶙峋；皇皇古殿，巍巍陵寝；民风民俗，浪漫天真。关中大野，高楼入云；陕北辽阔，天地无垠；小桥流水，秀美山村，形诸笔墨，令人消魂。

西部开发，引领千年；航天探宇，高端日新；生机勃勃，兴旺三秦，读斯赋兮，时代之音！

诗曰：三朝读赋望云天，午夜长思竟忘眠。
众志成城结硕果，苦心洒汗制佳篇。
秋风渭水长安梦，神木神湖落日圆。
遥祝诗家挥妙笔，求真探美再登攀。

注：三乐，见《孟子·尽心上》："父母俱存，兄弟无故，一乐也；仰不愧于天，俯不怍于人，二乐也；得天下英才而教育之，三乐也。"

昭陵六骏赋

春宵一梦入三秦，直上昭陵豪气森。

唐王横扫除隋乱，六骏功高画亦神。

想当年，大战水源，白蹄乌马四蹄翻，一天一夜二百里，苦斗千军斩敌顽；长驱平陇上，回马大胜蜀地安；追风快似风神现，太宗赞曰倚天剑。

又一骏，特勒骠，黄黑毛，白点夹杂星闪烁，跨汾水，渡冰河，两天不吃饭，三日不卸鞍，降伏敬德，收复河东得贤豪。

又一骏，飒露紫，北邙脱危难时，黑衣黑甲三十余，遭遇强敌乱奔驰。呜呼"紫燕"中箭死。

又一骏，青骓骑，太宗赞之为戎衣。武牢大捷，轻骑五百，深入敌后，强敌败北；太宗孔武，最爱青骓，身中五箭，带伤腾飞，克敌制胜，青骓显威；"足轻电影，神发天机"。心悲题句，感叹唏嘘。

又一骏，什伐赤，满身泛红，产于波斯。洛阳城外，酣战鸣嘶，骏骨不凡，带箭奔驰；帅旗不倒，胜利班师。

又一骏，名拳毛。一身卷毛，黑嘴黄鬃，形状奇特，天马行空；助主苦战，平定冀东，江山稳定，氛埃廓清，身中九箭，为国立功，大唐帝业，从此兴隆。

石刻六骏，栩栩如生，阎氏兄弟，各显才能，肉浮雕法，毕肖其形，冲锋陷阵，怒目传情；人是英雄，马也英雄，“前无古人”，鲁迅品评。人间瑰宝，艺史最丰，沧桑厄运，永记迹踪：四在陕西，二藏费城。炎黄子孙，发扬传统。我赋斯文，寄托真情。辞曰：

犹记梦游万象真，凌空转眼落燕岑。

举目望洋观世界，骅骝騄耳看当今。

路赋

原来世上本无路，人走多了就有路。初生必须学走路，大了迈步奔大路，千里之行始于足下路，走完一生路。

一生走过多少路？远方去的路，远方归来的路，漫漫路，修远路，上下求索前程路，东西南北天涯路；多少路，无尽路。

走过的路，有千条路，万条路；有古路，有今路，羊肠路；繁花路；有土路，有泥路；有沙路，有石路；有山路，盘环路；高速路，通衢路；有油路，水泥路；有铁路，双行路，单行路，交叉路，拐弯路；轻轨路，地下路，高架路；有水路，江河路；天上飞航路，山间凿隧路；圣火传递路，太空探宇路；登云梯也是路，跨海桥也是路；独木桥也是路，阳关道道即路。有歧路，有横路，山穷水尽忽有路，不到山前亟知路。有正路，有邪路；各走各的路，人各有思路。

人世常有艰难路，走过风风雨雨的惊险路，熬过那战战兢兢，如履薄冰的路，夹着尾巴去走路，人变牛鬼的荒唐路；说是路，不对路；只是妖魔迷人路，乱折腾的狼牙路。

人生多彩路，把准方向走着自己的路，不动不摇地踏上朝阳路。为民服务都顺路，损人利己逆行路；不走老路闯新路，与时俱进超前路，建功立业千秋路。

有位老人居困路，走着小道思选路，为国为民找出路；闭关锁国是死路，开放改革是活路，奇思构想独特路；深入调查南巡路，四海扬帆开天路，巨龙升腾祥云路；后继有人导航路，大显身手创业路，中华民族走向复兴路。

居安思危路，头脑清醒思来路，奔小康刚上路，科学发展路，要走更长的长征路。不能懈怠停半路，须警惕英雄也会有末路。

知识就是实路，知识就是生存路；书山词海勤为路，永走自强不息路。

年老年轻同一路，青春正是芳草路，年老还剩一段黄金路，兴来小赋夕阳路。

汉俳

常法宽

寒林

独步入寒林，松柏并茂护高岑，秋阳透春温。

山行

山行疑无路，柳暗花明又一处，玫瑰满山谷。

游西山樱桃沟

畅游樱桃沟，缘溪已尽水源头，听人说红楼。

水仙

南窗展玉颜，北国冰雪岁暮寒，清香润心田。

题芍药图

粉本积艳妆，细看多姿忆维扬，似觉衣袖香。

将军颂

满座皆白头，金戈铁马谱春秋，笔底见风流。

赠张还吾诗翁

春来拜诗翁，锦句联章意纵横，俳句见真情。
好诗出妙手，经风历雨龙蛇走，波上翔海鸥。
小楼坐春风，话语殷殷心坦诚，海阔又天空。
相与共论文，诗路宽广好创新，得句见天真。
写好一首诗，成败得失寸心知，人民是老师。

20×20=400

甲午四月陕西张勃兴同志携夫人吴慧珍来访，赠绘牡丹图，谈及汉俳创作，因以为谢

思念正茫茫，喜晤佳宾诉衷肠，斗室生异香。
牡丹盖群芳，画坛独创吴家样，题诗意深长。
老健掌门人，不辞辛苦惠三秦，唱响最强音。
胸怀似海深，为了事业忘自身，品高感群伦。

四时歌

春

春雨贵如油，采茶姑娘上坡头，“雨前”品质优①。

夏

荷花映日红，夏日常是雨濛濛，人静蛙乱鸣。

秋

秋天枣正甜，想吃必须找竹竿，邻里都尝鲜。

冬

岁寒数隆冬，茫茫白雪压青松，有人爱饮冰。

① 农谚云：“清明不能摘，谷雨不管摘”，言清明气候尚寒茶叶太嫩，最好在谷雨之前，茶质最优。

20×20=400

出行（十首）

老马难识途，长街短巷风景殊，时时看地图。
地图不能看，新编刚出过时间，电话记心间。
策杖漫步游，欲寻故居晤老刘，空旷绿树幽。
寻觅旧书楼，十里空转仨钟头，心愿似已酬。
小步独登台，蓟门烟树增颜色，坐看中秋月。
塔影倒玉泉，昆明湖水清且涟，微波荡画船。
红山摘酸枣，渐入杂林攀树杪，忽觉天地小。
斥鷃讥鹏鸟，莫嫌此处天地小，也是一逍遥。
兄弟各异乡，离别长久未断肠，深夜总思量。
手机日日新，台北美洲到频谈，音像皆逼真。

首都街头看送花使者（八首）

新岁景象新，长街喜见送花人，谁是文明人？
远客坐出租，皮包遗落还失主，赠他花一束。
翩翩一少年，过路谨遵斑马线，杜鹃缀胸前。
妙龄似玉梅，桔红羽衣放光辉，扶老佩紫薇。
他是义务兵，问路指迷细叮咛，风雨一盏灯。
教授修养深，撰解情深费苦辛，报以康乃馨。
好花扎成束，耀眼奇葩滴露珠，新事出首都。
小事我做起，不积跬步难千里，古今同一理

20×20=400　　维克多利

观海

伫立东海滨，群鸥阵阵伴白云，风静浪仍频。

拾贝

海滨拾贝壳，孙女忽然跳又笑，这个不知道。

云南地震悼歌 二首

天漏地陷速，滑坡堵成堰塞湖，打开生命路。
城市到乡村，默哀痛悼罹难人，拭泪抖精神。

注：今年云南昭通地震级别不大而破坏力极强，伤亡严重，全国降旗志哀。

截陆游诗名句为汉俳二首

农家腊酒浑，丰年留客足鸡豚，简朴古风存。《游山西村》
衣上杂酒痕，远游无处不消魂，骑驴入剑门。《剑门道中遇微雨》

截张先词名句为汉俳三首

《水调》持酒听，云破月来花弄影，帘幕密遮灯。《天仙子》
秋千游女并，无数杨花过无影，中庭月正明。《木兰花》
乍暖还轻冷，隔墙送过秋千影，寂寞近清明。《青门引》

截苏轼词句为汉俳

白发唱黄鸡，门前流水尚能西，暮雨子规啼。

《浣溪沙》

截晏几道词句为汉俳

云随雁字长，绿杯红袖趁重阳，清歌莫断肠。

《阮郎归》

截苏轼词句为汉俳

回首乱山横，秋雨晴时泪不晴，西来送客行。

《南乡子》

截舒亶词句为汉俳

日暮沧波起，芙蓉落尽天涵水，赠我一枝梅。

《虞美人》

截苏轼词句为汉俳

雪晴麦千车，但令人饱我愁无，呵手镊霜须。

《浣溪沙》

20×20=400　　维克多利

截苏轼词句为汉俳

三五棘篱门，乌鸢翔舞赛神村，醉叟卧黄昏。
《浣溪沙》

截秦观词句为汉俳

深沉庭院虚，衡阳犹有雁传书，峥嵘岁又除。
《阮郎归》

截秦观词句为汉俳

骤雨过还晴，秋千外绿水桥平，飞燕蹴红英。
《满庭芳》

截周邦彦词句为汉俳

侵晓窥檐语，叶上初阳干宿雨，一一风荷举。
《苏幕遮》

截贺铸词句为汉俳

梅子黄时雨，彩笔新题断肠句，目送芳尘去。
《青玉案》

20×20=400 维克多利

游香山植物园

一、

久不入山林，植物园中柏森森，氧多呼气新。

二、

翠鸟栖水滨，松鼠栈道追游人，谁见谁开心。

三、

重扣卧佛门，涅槃寂寂留金身，千秋不朽人。

四、

再访黄叶村，雪芹故居装饰新，古井留旧痕。

五、

梁家建陵园，任公逝去八十年，墓木已参天。

六、

回忆戊戌年，变法维新步步艰，没想到今天。

七、

人去遗作丰，几人知道梁任公，谁去读《饮冰》？

八、

家学育群英，祖孙数代多有成，重振新民风。

九、

偌大植物园，树多文少缺一环，梁家事未完。

附记：植物园中植物繁茂。而梁启超墓在此园中，从文化名人上讲，工作尚未做好。

截宋祁词句为汉俳

渐觉春光好，红杏枝头春意闹，花间留晚照。

《玉楼春》

截欧阳修词句为汉俳

春水侵春云，碧琉璃滑净无尘，啼鸟唤行人。

《浣溪沙》

截苏轼词句为汉俳

我醉眠芳草，解鞍欹枕绿阳桥，杜宇声春晓。

《西江月》

截苏轼词句为汉俳

走马路无尘，风来蒿艾气如薰，我是此中人。

《浣溪沙》

截苏轼词句为汉俳

衣巾落枣花，牛衣古柳卖黄瓜，敲门向人家。

《浣溪沙》

汉俳

四時歌

春

寻春苦无踪，墙根野荠[1]笑盈盈。慰我寂寞情。

邻家月季开，我植三株未结胎。人间有天才。

红杏花满山，尚书[2]不语坐林间。心中"闹"字翻。

日照暖熏熏，嫣红姹紫满天春。最怕落花[3]频。

注：①荠菜，十字花科，一年或二年生草本。初春开花小而白，耐寒力强，分布甚广。有人工培植。嫩叶做蔬菜味极佳。家乡安徽农谚"香香荠，荠荠香，烙油馍，吃得香"，末句或"撑得慌"。
②北宋仁宗时宋祁有〔玉楼春〕词。上阕尾句有"红杏枝头春意闹"。曾官工部尚书，因称为"红杏尚书"。
③落花，沈周、唐寅落花唱和诗有卅首，如：

桃花净尽杏花空，开落年年约略同。
自是节临三月暮，何须人恨五更风。

花开花落总属春，开时休羡落休嗔。
好知青草骷髅冢，就是红楼掩面人。

刹那断送十分春，富贵园林一洗贫……

夏

梅子日日黄，燕郎四望莽苍苍。小院找荫凉。

注 北宋贺铸（1052—1125）〔青玉案〕词尾句有"梅子黄时雨"，人称"贺梅子"。

20×20=400　　维克多利

长街柱绮祥，未名湖畔芰荷香。图书館里藏。

注：此大图书館位于未名湖畔。去图书館既看书又可借以乘凉。

笔耕热死牛，且去东海一勾留。逆浪向前游。

鸣蝉噪不休，心静自可解烦忧。入夜知立秋。

秋

天高雁南翔，车水马龙人更忙。又是菊花黄。

百草都结子，万物繁衍终不止。秋光最充实。

明月挂长空，远方思念是圆形。梦醒红日升。

注：艾青诗云：“今夜月亮是圆的，我的思念也是圆的。”

夹路摆花台，竞技天工万物开，直航探乡来。

冬

高天滚寒流，太空棉衣胜貂裘。有人破冰游。

晴日透春温，老人园林伴儿孙。白发红颜人。

小寒又大寒，杀猪过年忆从前。今日聚餐馆。

注：安徽旧日时谚“大寒小寒，杀猪过年。”盖言已至岁末，准备迎新春也。

日月如双轮，夜半钟声敲诗魂。真情寄知音。

注：唐张继夜泊枫桥诗，有“夜半钟声到客船”句。

20×20=400　维克多利

《旅日汉俳》的说明

把古人或今人的诗词名言杰句，截写成汉俳，已有不少人这样做了，意境独特，另翻新样，对汉俳的创作又开辟了一条蹊径，实在令人称快。

吾叔任侠教授于1935－1936年底，留学东京帝大，两年中，曾作诗纪事百馀首，中国友谊出版公司出版为《樱花集》。

吾叔生前告余云："所作诗《樱花集》虽云汉诗，实含俳味，与余平时诗作风格不同，盖中日文化不同，异花受粉，互吐芬芳也。今老矣，已无暇再作。汝习诗词，应努力进行探索。"

1996年10年，吾叔忽焉逝去，悲痛之馀，时读《樱花集》诗而忆叔语容，故作汉俳，得74首。吾叔葬于北京万安公墓湖区，尝试之作，谨当一束鲜花，奉奠纪念。

常法宽2003年春日记

旅日汉俳

〔据常任侠旅日诗集《樱花集》改写　　常法宽

抵长崎（1935年3月7日）

初见古衣冠，板屋窗明非中原，唐街负手看。

初抵东京（3月9日）

飞车去东京，春树晴川照眼明，金井看芳英。

寓神田保町过美代家

江户春烂漫，书肆万卷饱饥馋，行踪似清闲。

注：神田多书店，一诚堂、岩松堂、三省堂等皆在此处。

过田泽家吃茶，聆古典乐曲看千代子习舞。

霓裳舞曲声，东方邓肯早知名，俳句寄我情。

注：田泽静夫善相剑，其女千代子习舞，说研究院传艺，听古曲，甚妙。

美

入东京帝国大学大学部大学院二首（1935年5月1日）

松柏护赤门，东瀛学府此为尊，明治创革新。

文苑诸艺深，欲就耆贤仔细论，舜水墓留痕。

注：大学在本乡弥生町，明治初立，西欧思想输入最早。中有"朱舜水终焉之墓"，余留一影。赤门即雪门。

赴武藏野看樱花遇丁玉隽（3月14日）

樱花烂漫开，不期相遇武藏野，好风吹汝来。

注：丁玉隽，维汾之女，为中大实中所教学生，读书于日本东京医专。后为黄炎培之儿媳，即黄万里的夫人。

与安英一在筑地观剧（5月24日）

笙篌播盛唐，朝朝妙舞乐洋洋，根叶最久长。

返金陵又回东京，丁西林及夫人送行

江户作远游，且来三岛一勾留，万里访十洲。

与伯轩、云清同游强罗香根之湖（二首.12月13日）

回路驶箱根，沐浴新着犊鼻裈，泉水郁奇温。

芦湖净琉璃，山似层莲捧玉卮，此地似瑶池。

罗斯全（RuSkin）文库

与映霞小坐

琴弦静旅魂，盈樽可可浮香温，忘言月一痕。

奉呈蓝谷节山先生（二首）

吾敬蓝谷师，属句穷经世所知，健笔百篇诗。

远来苍海士，青眼相看鼓心志，妙理得诠释。

隅田公园朗咏会（二首）

高楼下夕阳，隅田山水晚苍苍，偶句颂陵冈。

青酒按歌香，黄檗普茶试新尝，疏灯夜色凉。

菊坂寓楼

市声渺不至，菊坂野梅陪陋室，永念此刀自。

注：刀自，日语老妪，照顾余甚周也。

闻筝（1936年4月11日）

哀怨伴弦鸣，西楼乙女夜调筝，江州司马听。

上野怀人

红樱扑帘时，上野孤亭落日迟，长诵横江词。

注：近日收张玉清、郁风、黄季彬、谢孝康诸人函，驰思不已，安得返南京！

题郭君丹羽山馆图（12月8日）

真情得羲皇，石门精舍隔清湘，岁岁秋叶黄。

访郭沫若（二首，12月11日）

贞松护一庐，古器精研岁月除，诗人博群书。

自研甲骨文，千叶不闻市嚣尘，暖酒款知音。

注：时郭氏寓千叶市川须和田町，正著述《甲骨文研究》、《两周金文辞大系》等书。与佑启在其家午餐，夫人安娜治馔。

赴清水道接陶映霞，于银座进餐，夜归，送至中野月乐庄，视楼上灯明即返（12月21日）

同是客天涯，水道桥西映晚霞，轻车护薛华。

与映霞游井之头公园（1936年1月6日）

森森异境开，井头水边共徘徊，朱霞映绝才。

赠王桐龄

白发更穷经，江户为客聚海东，故国多雨风。

注：君为师大教授十年，著有本国史等书。原为东大学生，已六十余岁，重来研学，时华北正多风雨，为之扼腕。

与佑宸、王烈、宇济同游大岛，览三原山、下田、伊东、热海、汤河原诸胜（共八首，1月5—9日）

大岛悬海中，满山满谷椿花红，樵歌林丛。

三原喷火旺，地心时时涌熔矿，岩浆正鼓荡。

元村夜无声，荷兰强占述往情，杀男女为奴。

小休热海滨，下田山翠正怡神，玉梅耀芳春。

伊东望海廛，网代溪碧羊羹鲜，驱车汤河原。

寻幽江之岛，石窟贫女白衣鲛，伴佛悲寂寥。

列强曾侵逼，横滨不见黑船迹，唐人罪阿吉。

注：阿吉为当时名妓，侍美国哈里斯，得订和约。黑船既去，乃罪阿吉；与赛金花侍德人瓦德西相类。两事均有剧本上演。

盈盈一水间，胜游青青无数山，常忆东京湾。

在南京，接今井和子函云：

“樱花将放，盼早归东京”（共三首，1936年4月9日）

樱花睡未开，屐齿新痕印苍苔，盼人早归来。

小楼忘宵寒，携居菊坂忆秋兰，铭心离别难。

相思海水深，好凭青鸟问微音，月子明誓心。

神户送巫宝三赴美（5月2日）

神户折柳人，宵醉慷慨答知音，海风涤清尘。

作东海吴歌（六首 8月5日）

春花红可怜，青青飞去又一年，不忍池边甜。

莫谓海水深，夜夜凌波梦寻君，风涛荡心魂。

久盼人未归，红雨扑落樱花稀，海水苍茫绿。

踯躅日暮里，打起春莺莫乱啼，引出心中泪。

晚蝉唱树颠，心有所寄夜未眠，明月照窗帘。

灼灼芙蓉娇，采之欲遗胡不早，徒叹颜色好。五六颠倒

赴伊东消夏返镰仓逗子游览。

返东京，寓追分与云清为邻（8月10日）

浪花涤清尘，逗子镰仓物色新，锦舘依芳邻。

蒸气上朝暾，吞吐潮生夜梦频，吹笛伴何人。

夜醒（8月10日）

池西萤火飞，瀛海东边有梦回，蟋蟀相对语。

与令英、映霞游千叶海滨

秋高海粼粼，天水相接碧一浪，松岩听潮音。

登圆山顶，小憩茶寮，美女当垆，对客嫣然，天上人间，两相清绝 二首（8月17日）

美女独当垆，圆山绝顶景最幽，细手倒玉壶。

断梦落平芜，老桂飘香长夜流，幽思绕古都。

与储西元游水寺 鉴赏名瓷清水烧

品茶入金阁，名物还看清水烧，桂香过书寮。

注：昔年幕府将军常在金阁品茶。

赴多摩川三菱别庄静嘉堂 观宋元古籍

舶载静嘉堂，皕宋楼中饶古香，学人细品量。

与岸边成雄谈音乐（10月6日）

音律重考究，乐曲博采遍亚洲，常忆古凉州。

赴西京游西本愿寺，赴奈良
过桃山陵、西大寺、东大寺、
正仓院、法隆寺、春日神社

古寺晚鸦鸣，一片秋霞绕碧城，回首望神京。

注：故国正多风雨，眷眷西顾，不能徘徊于此也。

赴日比公园赏宫内雅乐寮
听雅乐二首（10月21日）

十番自唐来，破阵兰陵金鼓擂，左舞入载船。

秦传耶马台，倾杯胡子绣襟开，青海回波来。

注：与许静仁（士英）大使坐听雅乐，此均为中国古乐，有兰陵王、倾杯乐、醉胡子、青海波、回波乐、轮台等。秦人携之东去。耶马台，即大和，日本人发祥地。

许静仁大使颁奖并宴笹谷教授
于精养轩（10月4日

辟贤宴华堂，展技呈才焕国光，艺史写东方。

20×20=400　　维克多利

赴上野帝国学士院做学术论文报，遂会多东西方学者，宴于常磐华坛（10月31日）

上野讲堂开，论述天竺乐东来，遣唐多异才。

与大中臣命参观吉原外貌，看葛饰北斋浮世绘二首（11月15日）

寻秋过吉元，遗俗自古江户传，天堂富室欢。

千户储悲酸，地狱黑暗人世间，贫女泪满川。

与驹井和爱、桃太坚、岸边成雄座谈古考学为东洋史二首（1.7日）

遗物共浮摩，赤门相见意气和，一衣带水过。

岸边论唐乐，《乐浪》源田驹井博，沧海订深交。

观山本安英演唐人才吉（12月7日）

阿吉困伶仃，幕落悲歌感人情，低徊付哀筝。

宝冢二首

落日下平芜，宝冢秋山入画图，艺苑声管鸣。

唐佚《游仙窟》，宝冢空谷集名姝，天台得似无。

奈良二首

秋风吹奈良，鹿林桂花吐幽芳，古径幽且长。

文传白凤章，盛唐壁画留馀香，负手过金堂。

正仓院二首

正仓院已凉，长松黄叶掩古藏，六代传文章。

宝器重三唐，瀛海珠光曝书床，献物有遗帐。

飞鸟山二首

樱花迎好春，莲荳舞扇醉歌人，东游欲断魂。

飞鸟山路寻，更朝金井乐一晨，花气染尘襟。

能乐堂

狂言发古欢，击节三味舞百番，何必画桃山。

注：东京春日町有能乐堂，常演狭谐小剧，犹存镰仓时代规范。桃山时代以锦幛著名。

赠岸边成雄《中国原始音乐》

临别赠君书，碧海同心论乐舞，李白晁卿乎？

别东京返沪（1936年12月17日）

海上岁又阑，伶俜心绪独凭栏，一别再见难。

常法韫、楊瑞琳

第　　页共　　页

读诗二绝

岳丈任侠公《抵天津》诗云："远离国土久飘零，雪压长松岁几更。初见红旗忽下泪，何人知我此时情？"附记曰："一九四九年初，北京解放，由海外归来，初履津沽国土，不禁泪下，招待主任连亦农来接，我说我到家了，连问：你家是北方吗？我说：解放区就是我的家。忽然泪不能禁，为诗一绝。"读后，回思吾返国时类似情景，感书二绝。

（一）

乘槎去国海天遥，风雨频经未折腰。

王粲登楼乡望切，神州鼙鼓促归桡。

（二）

抵家何事泪横纵？久隔乡音幸又通。

山河万里大旗红

更喜春温苏万物，青松无复类秋蓬。

北京市电车公司印刷厂出品　七二·二

20×20=400　　(1352)

讀岳丈大人詩詞抄本

海韓潮俟士心，

~~苏子歌風一脉承~~

抒懷（情）咏志意殊深，

青山碧水詩中画，

錦瑟瑶琴絃外音。

渾謂分明~~天与地~~（爭片語）

襟胸（怀）坦蕩著如今（辨）

（激）

千家入夢~~惟吾醒~~（秋宵静）

獨坐灯前细细吟

公一九二二年作《三月三日观鍾山云气》詩附记云，姚鵷雛先生謂此詩"行气似蘇長公"。

醒字平声

楊瑞琳

登八达岭

居庸关口景迷人，览古观今忘此身。
卧地蟠龙惊世界，顶天雕座托麒麟。
春晖三月浮新柳，翠岭千秋障野尘。
弥望高坡荒白变，牛羊遍地草成茵。

初夏偕妻儿游香山

奔车扶病出城西，春尽新晴万绿齐。
柳絮因风千片雪，杏枝着雨一身泥。
强催清兴逗顽稚，徒许空言慰爱妻。
何岁遍山红烂熳，再来揽秀踏香蹊。

秋郊小住即景

几车新稷门前过，壮马肥牛各显能。
一伙村童搬枣树，谁家阿嫂理瓜藤。
邻妮喜报添新兔，乡老频呼逐野鹰。
篱下群鸡知好景，竞啼“五谷已丰登”！

20×20=400

观雪景

凭栏望处百衢通，画意诗情景色中。
雾重行人犹抖擞，岁寒松柏更笼葱。
俏梅莞尔传春讯，瑞雪纷飞灭害虫。
独恨残鸦悲寂寞，凄然鼓噪怨东风。

偶成

红羊浩劫梦依稀，花海香潮新象奇。
初悟世情心正喜，未知天命鬓先衰。
头颅甘为黎元断，眼耳不缘风雨迷。
但愿寰区无饿殍，一人得失且由之。

暮春久雨初霁，"干校"竟日清圊积肥

久雨新晴分外忙，浓斑淡点满衣香。
荷笤默默归营舍，几树残花照夕阳。

寄慰三弟

秋月春花逐逝川，悲欢离合古难全。
長宜豁达求多福，剪却髭须学少年。

20×20=400

浪淘沙　忆周总理

举酒酹英雄，哀思无穷！向碑挥泪忆音容。畴昔征途凭指令，今复谁从？沧海浪千重，霾雾朦胧。此时此刻倍思公。仿佛蓬莱仙阙处，一链长虹。

天安门前

雷响无声处，鸡鸣破晓时。
临风思俊杰，碑下万章诗。

欢呼粉碎"四人帮"五首

四凶谋权暗结帮，十年叱咤足猖狂。
灭门狠毒羞蛇蝎，嗜血凶残愧虎狼。
佞巧侜张翻入阁，贤良烈节竟投荒。
迅雷惊破南柯梦，老泪潸潸枉断肠！

任他妖雾布纵横，北斗高悬指路明。
灿烂前途人共企，凄凉邪径鬼同行。
十年终破黄粱梦，四贼空留狗矢名。
树倒猢狲正纷散，休开网罟许逃生。

20×20=400

四奸终伏雾潜踪，大局明如指掌中。
"既定方针"欺世吃，冒牌"左派"害人虫。
逆行恰证妖官谬，复辟难成美梦空。
八亿欢腾庆团结，凯歌嘹亮战旗红。

群情激愤逐高官，众镐齐鸣落桂冠。
一女三男投法网，千锣万鼓响云端。
暴章罪衅须从狠，惩办凶顽不可宽。
乘胜挥鞭休驻马，黄龙未捣莫离鞍！

响天角鼓追穷寇，亿众磨拳万马嘶。
一阵春雷驱雾散，千斤强弩射潮低。
补天好汉红如火，失魄侏儒软似泥。
弥望青山无限美，行看处处百花畦！

颂周总理

服膺真理举红旗，六十年间岁月荣。
雪岭草原征战急，龙潭虎穴死生轻。
中流砥柱开新国，革命洪钟振义声。
为党为民心力瘁，千秋感德颂英明。

20×20=400

忆周总理二首

建国初成仰劲松，应招归里快帆东。
西天暗诵登楼赋，北国欣承德政风。
忝列门墙光岁月①，谨遵教诲法工农。
峥嵘廿五年中事，饮水思源总忆公。

明灯突息忽经年，每忆音容泪泫然！
南海春温浮宇宙，紫光风采动心弦。②
振聋启聩言犹在，踵武图新志尚坚。
敢遣悲怀重抖擞③，增砖添瓦献埃涓。

① 余归国后在外交部工作，时总理兼外长。

② 余曾因公务两度得见周总理于中南海花园及紫光阁，故云。

③ 用岳丈任侠公句。

重游印度杂咏十三首

其一 喜重游

梵乡负笈正丁龄，面壁咿唔岁几更。①
投老不辞飞万里，为通学术又西行。②

①一九四五年末赴印度求学，羁旅六载，曾就读于泰戈尔国际大学与贝拿勒斯印度教大学。

②一九七九年末赴印参加印度史学大会第四十届年会及国际佛教研究协会第二届大会。前者在泰尔安得拉大学举行，后者在比哈尔邦那烂陀大学举行。

其二 泰姬陵访古①

泰陵垂拱对苍穹，水绕林环白玉封。
月魄寒辉凝雪帐，江波倒影映银钟。
名姬高冢长埋骨，大帝幽囚空想容。②
往事悠悠三百载，游人吊古队如龙。

①泰姬陵位于亚格拉城郊赞木纳河

畔。莫卧儿王朝沙吉汗帝为其宠后所建。穹隆巍峨，覆以白色大理石，堪称奇绝。

②沙吉汗帝为其子奥兰则布所囚，竟日遥望泰陵，郁郁而终。

其三 瓦尔泰尔旅次

（调寄《浣溪沙》）

寄旅南州岁已阑，海边犹着夏衣衫。
更逢盛会百忙天！
踏月滩头风送爽，听歌馆外客偷闲。①
此时谁羡地行仙！②

①瓦城位于南印度东海岸，临孟加拉湾，海滨多精美别墅，入夜华灯如昼，歌声舞影，遥可闻见，行人驻足，心神醉焉。

②《欣况集》"番阳仙人王遥琴子高言：'……上界多官府，不如地行仙快活。'又苏东坡《以楠杖寿张安道诗："先生真是地行仙，住世

20×20=400

因循五百年。”

其四　过加尔各答偶书

加城巷尾大街头，三十年前几度游。
初出茅庐寻去处，遥听腰鼓问归舟。
星光黯黯迷人意，障石重重动客愁。
今日春风生笑颊，①观花路上尽朋俦。②

①辛稼轩《念奴娇·赠夏成玉》：“谈笑风生颊”。

②承印中友协友人多方照料，行旅称便，非往昔孤身奔突可比也。

其五　寂乡访旧①

（调寄《满江红》）

畴昔乘桴，西来也、投门立雪。寂乡好，诗豪馀绪，地灵人杰。舞院笙歌庭院笑，②杧林鸟语椰林月。有良师益友共春风，情何切！③
恨消息，三纪绝；幸交契，千丝接。喜云开雨霁，校园重谒。旧舍依稀新

20×20=400

厦矗④，主人慷慨华筵设⑤。祝芳邻，奋进永相携，金兰结！

①泰戈尔国际大学所在地圣蒂尼克坦，意译为"寂乡"。

②国际大学音乐舞蹈学院极负盛名，歌舞之声不歇，令人陶醉。

③时国际大学多学界巨匠，印地语文学家拉姆普拉沙德·特里维迪、史学家师觉月（P·C·巴克济）、梵文学家V·P·巴帕特、画家南达拉尔·鲍斯皆泰山北斗也。我国学者亦云集于此，且不乏饱学之士，谭云山、常任侠、徐梵澄、金克木、吴晓铃、石素贞、法舫法师、巫白慧、巴宙、裴默农、常秀峰、周达夫、杨允元、陈祚龙、薛雷诸先生皆在此，或讲学，或研究印度文化。

④泰戈尔故居纪念馆已扩建一新，珍藏诗翁著作、手稿等遗物甚丰，

参观者接踵于途。大学内亦添建办公楼，美轮美奂。余应邀访晤该校校长辛格先生于此，乃得一览其胜。

⑤承辛格先生设晚宴款待，谭公云山先生及其长公子谭中教授，暨各学系教授多人，亦莅临盛宴，席间友好祝愿之词不绝，非出自肺腑不能得也。

其六　新德里重晤A.K.纳拉因君

少时惜别老重逢，卅载蓬飞忆梦中；①
史笔千钧轻履北，②红旗万里快帆东。③
频年鼎沸音长断，一旦调和信始通。
今夕西窗共剪烛，阔谈难罢旧情隆。

①余一九五〇年十月离贝拿勒斯，与纳君一别已三十年于兹矣。

②纳君赴北美讲授印史，任美威斯康星大学教授。

③余返国工作。

20×20=400

其七 巴特那旅次遇窗友①

忽闻陌路颂先师，惊问元来是故知。
今日巧逢明又别，再期把袂更何时？

①在巴特那旅馆候车往那烂陀时，忽闻有人述已故贝拿勒斯大学印度古代历史文化系主任、史学大师A·S·阿尔特卡教授生前轶事。惊问之，始知渠即余同班好友吉登德拉·辛格君。渠亦将赴那烂陀大学参与盛会，拟留一日离去。

其八 那烂陀寺访古①

名刹钟声久断闻，游人车马尚纷纷。
僧伽绝俗留清静，兰若庄严镇孽氛。
斋衲百宗曾共戒，贝编诸殿有馀芬。②
当年无怪唐三藏，来此从师不事君。

①据信那烂陀寺建于公元五世纪，约毁于公元十二、三世纪。

②据云寺内有三大藏书殿，曰宝彩、曰宝海、曰宝洋。

20×20=400

其九至十二　重游贝拿勒斯城

一、惊变

一别圣城三十秋，重来难辨旧亭楼。
昔年师友今何在？惟见恒河滚滚流！

二、感虔

在在林伽庙万千，①几家不祀湿婆天？②
儿童岂为灵魂静，也学爷娘浴圣川！③

三、观奇

神如灵验谁叨福？僧乃偏才别创新。
魔鬼诸天皆电动，④庙中惟有派沙真。⑤

四、叨情⑥

萍水初相识，侨胞情意真。迓宾虚雅座，克己献庖珍。世路常逢乱，乡音倍觉亲。衷肠倾不尽，道是自家人。

①据云贝城神庙、神殿数以万计。林伽，男根也，多以石木雕刻，象征湿婆。

②湿婆，亦称大自在天，印度教主神之一。

③印度教徒认为恒河神圣，河水可

洗涤罪恶，净化灵魂，入浴者死后可升入天国。

④某神庙中神鬼塑像皆以改为电控。千姿百态，能奔能舞，栩栩如生。

⑤派沙，印币单位名，亦泛指金钱。凡入此庙皆须购门券，香客游人盈门，庙僧囊饱可知矣。

⑥侨胞某，经营餐馆，闻有客自祖国来，乃廉价迎待，并倾诉多年艰辛。

其十三　德里览胜

美哉首善几回游，今度刘郎兴更遒。
古堡名陵存昔胜，①新街旧市见鸿猷。②
绿阴红影乌油路，碧瓦朱栏白玉楼。
最爱都门观盛典，彩车歌舞自诸州。③

①德里多名胜古迹，如红堡、胡马雍帝陵等皆举世所闻，游人塞途，而保护甚佳。

②德里新旧二区近年发展迅速，几

已连成一片，新区之环形市场、旧区之月亮广场等闹市均已扩建，较前更繁荣矣。

③一月二十六日为印度国庆，每年是日在"德里门"大道举行庆祝会。今年余适逢其盛，在外宾观礼台上一饱眼福。各省彩车缓缓而过，皆具土风，五光十色，蔚为壮观。

(1979.12.21.—1980.1.26.)

20×20=400

常法超 男 安徽淮南市八中退休。

祭明开平王常遇春墓

陵墓森森何处寻？公园白马向绿阴。
背靠钟山形势峻，面临玄武碧波粼。
国家文物立碑记，翁仲石雕古迹存。
馨香一瓣后人祭，力战开平定乾坤。

悼念大伯常景文

九六高龄族众崇，感怀往事泪满胸。
清贫陶潜淡名利，德比颜回大士风。
典雅文章秉正义，精专诗律有真情。
邻里亲朋同论定，浩然之气冠群英。

赠法宽四哥

四兄去京六十年，桃李丰收春满园。
身历浩劫钢铁汉，依然挥笔勇登攀。
诗词曲赋多杰句，数卷文章有妙言。
石刻村碑垂永久，五辈人师往下传。

赴合肥探亲过逍遥津

雨打风吹事可哀，斯时寻梦独徘徊。
逍遥津上论诗会，众赞家翁是俊才。

再次探访寿县杨仙乡

鱼米之乡沿淮南，一马平川望远山。
沟渠港汊塘塘水，埂埂分成块块田。
春暖菜花黄似海，夏炎秧翠绿无边。
艰苦岁月读书少，人老学书手不闲。

电车公司印刷厂印制

20×20=400

常大鹏自选诗词142首

律、绝 71首

咏怀

莫向斜阳怅逝波，秋光尚喜未消磨。
素心如雪明天地，好把灵犀系晚荷。

无题

烟云转瞬几山川，拨浮渔蓑一二弦。
掉臂独行江海路，只将欸乃笑青天。

闲雨烦风弃置身，半窗黄叶老来宾。
深宵起视人间世，依旧天低碍欠伸。

小小台湾保钓船，伸张民意不为难。
泱泱华夏十三亿，却坐一旁侃大山！

嘴上频发霹雳声，邻妖窃笑岂不明？
宁知亮剑长街路，疆场如何不见兵！

主师播雨泽疆东，铸就金瓯国势雄。
我抚钓台常太息，心香拜祭郑成功。

咏廉颇老将，寄送甘泉兄

立马三军帅，谈兵一剑寒。老将犹善饭，谁敢犯邯郸！

吊梅兰芳墓

九皋鹤唳逐归云，日暮寻梅万花岑。
一自香随风去后，勋劳文士吊斜曛。

梅兰芳又名鹤鸣，葬于西山碧云寺旁万花山南麓

题照

云海荒荒静欲枯，烟峦叠叠淡还无。
清波乍动谁知处，欸乃一声在玉壶。

西堤眺望颐和园神秘水宇岛

野草香阴堤欲迷，行人多少叩堤西。
无情小岛千滴泪，洒向湖山化怨霓。

题照

影遥玲珑卧水明，玉犁轧々引初晴。
青牛也趁牛脾气，着我水天一起耕！

坡峰岭行摄

行摄坡峰襟袖间，镜头脚步健无前。
山驼草确疑迷路，径曲崎岖欲满天。
红作妃涛殊郁勃，叶非本色愈嫣然。
征衫正觉盈秋色，共我风流付一笺。

无题二首

卅载江湖经行遍，尘襟旧酒歌纨扇，
花边画舫探秦淮，无人报与当时燕。
鲈脍杯樽生离怨，萧々去雁逡巡遍。
此情江海自年々，长歌对酒君休劝。

雪忆

剑吐白英满，蟾吹玄气萦。偷来青女魄，借得启明精。云麓层峦迸，长空阵雁惊。绝尘三万仞，回望赤乌轻。

冰桃花

晴空一霞醉凡尘，浓抹胭脂色失真。
勿识羞谁遭蝶妒，只知怯汝遇蜂嗔。
白绫扇上熏霾渍，绿绮屏端贴雨皴。
此景此情风不管，频呼人面裹红巾。

题荷（仄韵）

为妒飞鸿惊天丽，腰肢缠雪云为髻。
回眸试唤有情无，圆翻面面均如意。

无题

瑶台泄露有因无？密约香心月魄酥。
差认人间云雾里，嫦娥已变大蟾蜍。

神话云：嫦娥与蟾蜍互为变身。

蝉

依旧清阴故苑前，乍听清响递凉爽。
高枝翳日荷池上，聊诉芙蓉似去年。

落霞

孤鹜遥思去意闲，轻分底事整中纶。
当留风景黄昏处，好望长天怯赧颜。

元宵节三首

清圆玉女羡天寥，欲赴瑶台尽妆娇。
无奈珠々团碗底，独观一颗已凌霄。

碧汉高悬白玉盘，清光万顷照人寰。
上元春酒同斟满，藕榭笙歌此夕欢。

天屏绮旋月光寒，任作琉璃画卷看。
焰火摄来无限景、千家同食上元丸。

咏凌霄花

绛蕊翠蔓步青云，蛇曲绳萦袅娜分。
璀璀蒙茸雄故绣，覃覃疏叶展新裙。
慈恩石畔期风织，爱吻藤头待月梳。
读罢舒婷“致橡树”，仍攀橡树炫诗文。

贡山游

随东逐浪大河滔，万里征程逸兴飞。
青霭翁氲“秋那桶”，彤云舞拂贡山巍。
雾迷身外思何憾，景在眸中梦亦非。
酒侣偏追霞客意，倘然岭壑不思归。

咏杜鹃花

曾见麻城锦帙天，近缘滇蜀尽堪怜。
花中西子相逢意，径畔移栽邂逅缘。
泪血泡融香腻色，肠衣涂织冷霞烟。
红颜知己惟吾解，今趁诗情句里欢。

无题

梦觉秋宽夜渐深，流萤向晓薄寒侵。
画屏红雨应无落，魂梦那回特别新。

咏山茶花

雪沁茶香入醉痴，东园三访数春时。
鹤头蕊冻桃前见，犀甲枝寒菊后知。
日染烂红无憀恨，风裁盈白启遐思。
芳心销歇繁华季，君问归期自有期。

咏兰花

丰骨清清水墨香，自家笔触自家妆。
撷开瑶草书空谷，倦弃松篁写石廊。
九畹纤姿癯画手，一丛弱质瘦诗郎。
汨罗江畔芝兰庙，叶叶灵芬日以长。

无题（仄韵）

莓苔绿到题诗处，莺啼寂寂秋河曙。
罗衣还有泪痕无？才人多少天涯路。

七夕日远方诗友来喜而有作

天河渺渺隔前缘，知己重逢又一天。
白水有情通野舫，青山如画泻流泉。
叨蒙鸡黍交偏厚，为谱烟霞志欲迁。
更喜今宵当令节，月光端为两人娟。

李后主“虞美人”词重读

一阕《虞兮》已忘年，楚歌翻作玉蝉烟。
小楼昨夜东风靡，故国今朝春水溅。
御苑空前周后曲，词坛绝末李郎弦。
凤笙更向教坊泣，千古悲吟血满天！

项羽《垓下歌》有：“虞兮虞兮奈若何”句。

周后：后主之妻小周后。

王国维说：“尼采谓一切文学，余爱以血书者。后主之词，真所谓以血书者也。”

夏日戏题

哀蝉不耐暑无休，嘶断东窗御柳头。
欲待移居增睡意，骄阳巨耐爱西游。

无题

轻寒阅尽是良宵，十二红楼素女遥。
一缕柔情谁可诉，婵娟影里自吹箫。

咏白玉兰

斜飘白羽下红尘，檀出蓝天擎玉珍。
素体低回羞掩面，檀心倒卷漏盈唇。
团团袅袅挽留客，朵朵蓬蓬持赠君春。
枉却东风催妒雨，铅华洗尽更纯真。

咏腊梅

扑面寒霜绘淡妆，清冷玉韵两三章。
晨曦染发羞云舍，暮霭柔肤俏雪乡。
沉隐情怀坡寻粉，悠扬个性登吹香。
千娇谁比睫眉处，簇簇盈盈绽锦囊。

赠甘泉兄

百亩荷塘隐甘泉，珍珠溅雪落清涟。
伏波山下多情水，既酿醇醪又溉田。

游香山经西山晴雪碑至六世达赖喇嘛行宫小憩

绀殿西山表，佛宫晴雪边。神香莲座上，梵字经幢前。忆昔康乾盛，世隆人亦贤。髫龀皆呼佛，姬姜尽拜仙。寰中更岁月，城外几山川。松柏空有恨，山月不常圆。杨柳经残劫，燕支吊古烟。唯余一行字，尘锁山之巅。

竹颂

扶疏碧浪泻幽庭，劲节高风各有型。
干小自知无大器，仅凭尺管寄心声。

千岛湖遐思

一碧平湖岛似螺，鸥翔鳞泳喜相过。
晴汀历历晨云静，雨柳依依暮霭拖。
电挚新安明万户，坝擎铁臂举一河。
行临秀水思消夏，百里清凉一棹歌。

读反腐八项禁令

鞘泻寒光剑欲鸣，于无声处起雷声。
神州应现鲲鹏舞，大地难容尺蠖横。
江有污流愁水浊，空无秽染喜风清，
须知蚁穴宜防渐，安得包公万里行。

偶感

小坐惊春渺，闲中旧雨思。垂窗云弄影，到苑鸟讴诗。未解离愁苦，先谙晓雾悲。前尘飞絮乱，转觉梦魂痴。

夏夜纳凉

夏夜寻幽到农家，空楼星月挂窗纱。
梧桐风展如摇扇，杨柳蝉鸣似奏琶。
纷议商城沽好货，闲叨副业种油茶。
儿童偏向人丛闹，阵阵欢声笑语哗。

无题九首

豆蔻梢头月半分，好莺啼破一天云。
推窗细向银河数，窈窕孤星便是君。

庭院深深日影重，浓阴小径任从容。
多情怜我青青树，又拟今秋一抹彤。

旧格新痕相绕缠，情书欲送句难填。
忽闻楼下教鹦鹉，总唱"江南可采莲"。

离骚一卷掩萧然，我与灵均未绝悬。
香草美人忽成诵，澧阳兰芷悴婵娟。

琴韵悠扬舞水云，月光正奏贝多芬。
封来乐圣心旌曲，寄汝如今爱妙裙。

经年故事几成新，摇罢直如脚上皴。
偶尔梦回能忆否，誓言旦旦有谁真。

倜傥风流传马文，阿谁墨宝嵌龙纹？
胭脂待照留真迹，未抵石头一片芹。

章台冷落对荒烟，灞岸萧条愈索然。
凉透孔衫谁减瘦，乱丝马上见垂鞭。

字数相同品却殊，你侬会得我心无？
诗词本是君知己，幸莫描成主客图。

次韵七绝九首

笼鸟

清歌日日唱啾伴，廊下当无风雨乱。
玉馔甘泉饮随啄，自由不过囚笼畔。

观木偶戏

衣冠楚楚前台现，耍棍舞刀连轴转。
不解儿时悟方今，千姿百态牵一线。

愚人节

愚人为戏开怀矣，你笑谁来谁笑你。
来时有韵去无声，风流尽着伪装起。

过景山忆文革'罪槐'被焚

来路君王何所去？虬枝斜出秃围繫。
无神记者讳偏多，古树千年成一炬。

路灯

风雨凄迷光可识，驱开暗夜伸长臂。
殷勤不作指挥刀，惟任长街行万骑。

黄花

掩埋过去时光易，回忆无情据墓地。
毕竟西风落叶吹，黄花满地狂无忌。

见收缴凶器告示

十二金人无灭迹，两千年终凶尘寂。
收兵可否比收心，不见前秦飞焰恣。

孔方兄

造币玄机惟此处，而今谁识称'兄'故；
只求钱眼胖躯通，那管灵魂良与恶！

观京剧

化妆已毕登场即，踩点依腔琴瑟御。
不计台前少众观，只歌万寿无疆律。

春到玻璃台六首

游屐不嫌芳事迟，车轮几度觅是知。
村头忽见玻璃字，表里如一信手诗。

九曲十八过曲阑，轻黄啼罢缝红喧。
登高北指蹊跷处，一盏凤池砚水添。

闲邀野色配丹青，复载流云毂下行。
蹴踏况来天马意，鹗视鹰临折晓风。

早是红桑翻未残，换来故垒结桃山。
群芳无意谈来逝，触处回肠念细兰。

无寐深宵被子团，山村寒气彻阑干。
惊闻雷响隔墙处，鲁汉呼噜打得欢。

扶摇羊角御风飘，浪涌涛翻历代朝。
百帝骄名均往矣，风流还看水蜜桃。

无题

夜空霓虹盛况奇，长街短巷艳琉璃。
怪装异影皆争癖，香草美人竟迷靡。
入定也曾心自放，困情不耐笔常嗤。
明朝但写荷花恼，不泼清风只染脂。

有感

猫分黑白论赢输，济世修谈是一壶。
有数天时风自变，无由地气雨常吁。
人间灯火轻青乐，宇内皮囊休止符。
歌吹迷离心欲失，几荣几耻更模糊。

暮秋吟

金菊生寒昼不长，淡云浮浮正添裳。
秋虫也合伤日暮，不噪朝阳噪夕阳。

“围城”

凉拌婚姻热炒情，鹊桥不羡羡莺莺。
鸳鸯一对堪撩水，世界单人总孑茕。
梁祝当年甘化蝶，陈秦今日诩平衡。
人生自古当无憾，愿为卿卿围个城。

题桃花

傅粉匀香倩影真，黯烟石帐水为邻。
殷勤蜂蝶休轻访，未识侬心莫采春。

词 71首

浣溪沙　秋声

到枕声声似梦波，簇红拥绛谱天河。
碧空还想旧时歌。
一时风箫吹菊悴，满城叶瑟伴秋姿。
林间金铁任销磨。

满庭芳　莲

白白朱朱，萼青一簇，晚风软启荷莲。飘飘轻举，碧水漾芳妍。粉泡香融拨动，芳草岸，缕缕柔弦。湖光下，销凝时刻，照眼已田田。

新鲜，风韵事，诗囊有解，酒盏无眠。算一番随想，又至春阑。更有画桥染柳，复明日，可与依看？清涟里，晨慢美梦，娟影愈嫣然。

清平乐

海棠西苑，剪剪衔泥燕。细语呢哝情不浅，况道悠时相见。
花前别样风流，何年再梦扬州。汲取那泓清水，却输那段凝眸。

虞美人

哀蛩断续闲庭角，玉簟寒初觉。槐杨叶叶已难留，最是公孙身世不禁秋。
萧风瑟雾谁相过，与我周旋我。经年一梦话书城，记得窗前木落酒初醒。

喝火令

风动吹裳落，痴儿汝是莲。爱卿眼底意缠绵，一撇巫山云雨，不记几生前。
除却婀娜影，深情更可怜。江南已到赏花天。漫了红笺，漫了好容颜，漫了许多言语，漫向那流年。

浣溪沙

风雨频催落魄还，拟歌吟怨旧关山。
鹧鸪声里梦凋残。
多少案头伤感事，有无灯底系心篇。
夕云影雾两茫然。

踏莎行 题牛导所摄"暮村图"

烟树依依，暮云澹澹，寻幽探秘湖塘掩。湖游尽处豁然开，诗沾水韵清双眼。
绿引山峦，牛牵亩畎，电纤似缩秋千练。芦枝起舞领芦笙，多情醉我醺醺脸。

虞美人

粼粼北浦初消冻，细浪惊鸭梦。扑棱白羽一声啼：不信春光如此不思归。
蓬壶栖逸莼鲈在，不逐山河改。那须更作感怀声，自是仙乡过了几清明。

卜算子 古道

古道尽黄沙，惟有驼铃翔。弹剑倾楼画角中，身托孤鸿认。
风过玉门关，城外镌心印。驼影驮吾北遂西，痕梦胡杨响。

清平乐

秋凉几许，归雁喁喁去。梦醒窗前虫乱语，预报今宵有雨。
披衣把笔迟迟，薛涛纸上题诗。诗到无人爱处，恍然天籁来时。

鹧鸪天 赏植物园红色郁金香

美女英雄燎一尘，纵身情海又翻新。
梦凭寸萼磨浮世，醉引繁枝绣朗春。
经析宿，迺鸡晨，芳心蕊点嵌重门。
曙光初透相思圃，始觉相思火样真。

红色郁金香花语：热烈的爱意。

临江仙　题照

疑是惊鸿来照影，柳腰波眼婷婷。眉梢挑向几芳龄？天涯无岁月，惟见鬓云青。

一袭长裙新扮酷，如掬绀水盈瓶。东风长驻莫愁眠。春华宜照灼，秋实竟葳蕤。

金缕曲　听帕格尼尼音乐会

幻影如魑魍，出琴弓，群妖云过，豨淫狐荡。假滑青蛇翩跹舞，使尔神驰梦涨。忽已是，迷离惘惘。且共附身获达手，啸八音，大海之波漾。魔已解，鬼堪藏。

参商五线相邀访，驾肠弦，泠泠袅袅，耳边清响。一幅峭帆张足力，身立灵鳌背上。笑谢幻，轻摇小桨。为我呼来高吟客，唱"钟声"，直溯银河浪。E大调，发狂想！

清平乐　题照

凌空平仄，示女儿颜色。借我一穹天气力，成就东风词笔。
青山靛染青衣，青波百转千回。报道云中消息，春天心愿驰飞。

一剪梅　题照

管领玲珑第一春。梦点诗心，香点诗痕。最多情处最怜君。红是微醺，白是丰神。
盈盈千朵怎不真？山已氤氤，水亦粼粼。上帘娟影月迷人，目撇伊身，眉蹙谁人？

采桑子　题照

翠飞素羽婷婷舞，象那杨妃，绝世风姿，白玉裁成绰约衣。
寻香蝴蝶纷纷至，生怕来迟，忙扮花痴，先吻东风第一枝。

减兰　秋天印象

黄衫红马，一骑绝尘风作哑。酩酊秋蓬，醉泻觥筹谈未终。

赤栏桥尽，我捧夕阳如脸嫩。再阅江山，多少楼台任搬颜。

外一首　秋寺

凉客意懒，犹解新寒款咏怨。几处经楼，尽绕禅音落叶游。

痴云一角，漫拂金徽还斑驳。有约西风，会教檐铎伴暮钟。

外一首　秋夜

夜深如此，一片凉侵侬素袂。静水婆娑，露里月中斗素娥。

巡游碧落，几朵琼瑶轻点濯。梦至莼乡，浅草深丛吐梦妆。

外一首　秋树

秋声已苦，断壑荒烟谁惠顾。减尽清华，龙性难驯舞叉丫。
终远斤斧，依旧溪山根自出。暗数前游，白鹄来时嘉荫留。

鹧鸪天

鬼斧神工接远天，飙轮何惧暗流湍。
千寻何论~~登天~~舒程苦，九折还尝行路难。
临汉月，过秦关，舟行近在白云间。
此生不为逢秋累，觅得诗情饱看山。

外一首

洒洒寒江肃肃山，薄烟叠髻向流年。
秦湖已响铮铮驚弩，燕树仍迟咽咽弦。
惊节序，叹回环，等闲记在暮秋前。
炎凉世态困风雨，莫向遥空怨杜鹃。

南乡子　题照

麦穗垛成台，陇上仍留一女孩。割得金枝和玉蕊，编排，待到婚时作嫁钗。
日头已旁歪，牙齿无端咬了腮。为要情郎夸一句：真乖！再把痴心汗下栽。

俗话说：馋咬舌头饿咬腮。

清平乐

春天不语，底事春同住？陇上素花春泪古，禁得几番春妒。
素心聊托素吟，偏偏忘却素喑。相见凝眸无分，潇潇雨寄素笺。

玉楼春

诗中读你千千遍，今日拆开方细看。
任犹惑意去还来，已觉碎然心乱颤。
自从红豆题笺畔，便向浮生多缱绻。
纵知他已不相思，汝亦殷殷如血染。

高阳台　生日有寄

笔首凝眸，吟边倚讪，挑灯自写冬词。冷月倚风，通宵偏在窗西。天涯能遣终何有，为笺思，每望晨曦。最凄其，病瘦了梅妃，未现南枝。

生辰打就霜花稿，到箫慵笛倦，惟有欷歔。屏侧香烟，烟灰貌似梅犀。澄泥砚上三生墨，怕来年，句又阑题。甚迷离，万念皆眠，梦断余痴。

琐窗寒　题水鸟残荷图

一泓涟漪，吟秋过客，被蓑荒立，迷蒙水面，满目淡烟凝碧。对残妆，纱窗向凉，更添冷月相堆积。看断肠颜色，销香故事，惜花痕迹。

轻啧，韶华逆。念粉脸翻新，青云飘逸。游鱼栖羽，欲集繁诗才倜。乍金飚，催病峭寒，销僵了出泥红皙。照孤光，再舞腰肢，倒影尤清谧。

念奴娇　酉水游

东风柳外，又清明节序，桃花争俏。踏遍武陵山与水，投入陶公怀抱。酉水眉峰，沅湾笑靥，都付春描了。人间阅尽，这边风景独好。

我醉摆手狂歌，举杯邀客，俊彦和姑嫂。中酒情怀词客笔，挥去无端烦恼。人境之庐，烟霞之处，寻我江中草。桃花源里，悠然吟破诗稿。

临江仙　春雪

漫舞琼妃偏乏力，蹙眉约略还赊。东风只解伴杨花。章台无觅处，回首却些些。

巷口梅花浑作秀，睫毛泪浸频遮。斜阳仍恋那妆纱。天涯曾误了，莫误一春花。

金儿博士　20 x 20 = 400　　本色护眼原纸　环保水墨印刷

蝶恋花　春雪

素面泠泠深复浅，漫道春来，长享花前宴。今日登高抬望眼，惊疑误到灵和殿。

薄梦如云留小篆，王谢风流，对酒宜冰碗。一霎新欢千万万，人间颜色天来拣。

行香子　天桂山

天桂奇峰，仰抹南穹，望苍茫，岭岭浑雄。泉泉喷乳，洞洞暝蒙。有谪仙咏，涪翁颂，汉皇封。

驾兴翱登，天路云形，醉驰骋，谷谷仙松。溪溪蝶影，石石烟虹。含山光翠，水光碧，日光融。

风流子

浓叠绿鬟妆晚，羞断名花瑶草。凭鶗鴂，唤王孙，犹记春风曾到。风情，难扫，尘气入秋多少？

喝火令 雨窗书感

雨夜书窗下，梧桐咽咽讴。奈闻歌断不能柔。便有续音如梦，怕续梦成秋。遥想潇湘事，浮生泛若沤。那诗难抵那回眸。掩卷冥冥，掩卷向谁愁，掩卷可销孤枕，枕又梦悠悠。

江城子

西风故国雁成行。钓矶望，诉离觞。乡情犹记，诗寄北归樯。烟树蒙蒙当日事，人不见，水茫茫。

华鬓弹指梦长长，浴瑶江，沐天光，琼田玉鉴，三万洗衷肠。但得桑生千载是：留此景，驻其妆。

琴调相思引

心事三年蓦上头，挑灯絮语到渝州。
深宵无寐，旧移向卿酬。
燕语莺啼思不胜，况兼锦字忆盈眸。
桃花人面，烟月已悠悠。

清平乐

秋天手指，拂过薛涛纸。故事节章随信使，不向他人是否。
阳光刷亮荧屏，窗帘卷灭街灯。叶子风中转合，平平仄仄飘零。

蓦山溪 咖啡时光

艳腴慵懒，飘泊咖啡馆。素手浣蓝山，品尝她，宵长梦短。酸甜视觉，伴夜色溶溶。歌曲颤，灯影眩，心绪悠悠绽。缠绵缱绻，银匙丝丝暖。偎角落一方，只为如，长途客栈。奢华旋律，幻幕夜盈香。淳漫漫，浓恋恋，长享时光宴。

苏幕遮　流行歌曲印象

贾斯丁，周笔畅。吉他钢琴，琴上柔情荡。拥趸粉丝拍断掌，人气掀棚，尽把风头抢。

伴余音，随哼想。印象登科，科举谁排榜？　小巷大街同习唱，户外阳光，五色迷离样。

鹧鸪天　围棋

大雪崩时筑白庐，丹朱手段几曾输。漫呼瘴地千劫鬼，来劚中原一眼孤。

尖顶刺，大飞屠，虚空破碎也区区。蚌珠染尽修罗血，绣出天元缟凤图。

减兰　戏题英许权·深睡美人图

夏娃韵事，为了爱情偷果子。伊甸园中，望美人兮睡正浓。

眉睫长敛，任是荷风吹不展。何事萦怀？梦里翩翩王子来。

临江仙　春雪第一天

默对雪花追一咏，咏她落落洁高。愿将玉体润黄蒿。红尘嚣乱处，一卧倚逍遥。

寒夜绵绵期日晓，晓时蓦地天烧。南枝妆卸面含娇。粼粼春水绉，新绿染柔条。

临江仙　春雪第二天

江雪茫茫垂钓叟，谁识钩上浮沉？安闲态度尔休瞋。一竿风月举，万物尽归春。

报答春光知有处，更须一往情深。白萍远散冷香焚。皓天舒旭日，楚塞接荆门。

西江月 游雪闲题

好雪偏知时节，瑶台直上千重。陌头草色未青青，只见孤舟钓梦。
鸥鹭参差难辨，沙汀静寂悠空。九天盐粒制汤羹，它惧肝肠清冷。

金缕曲 蝶

秀色凝肌理。仗新妆，均匀影像，倚云情绪。睡脸迷朦浓淡抹，一睹清纯仙女。长发裹，别番含蓄。似醉如痴裙裾展，对心郎舞动风姿羽。蜂蝶乱，白衣丽。
芳辰逝水情怀系，总这般，勾魂相错，贴眉如许。朴透无华华更妙，素里幽香清溢。今际遇，缘由天意。手捧丝丝唇轻吻，顾盈盈、笑靥抒千秋。依稀梦，悄声语。

永遇乐　感受奥运

又勇歌潮，五星旗海，威震场上。利剑尖枪，巧环妙马，跳水星明亮。斗魔球小，夺魁水漫，力举千钧狂浪。恨何由，难酬壮志，跨栏飞人悲怆。

国兴人向，志强声亢。融作狂欢风浪。纵涓流连，放情相拥，火炬留随想。一溜冠折，几多梦毁，滋味时来瞬眼。这真是，无穷奥韵，令人想往。

多丽　黄昏漫步

又黄昏，倚栏目送烟云。感凄凉，斜阳院落，拖迤步出朱门。对穷途，猖狂阮籍，临恩水，凭吊湘君。老杜悲秋，灵钧太息，情怀须赖旧鲂鲟。持樽酒，凭高瞻远，往事共谁论？沉吟处，小楼依旧，白发飘银。

忆当年，长安折桂，驭风直上青云。漫徜徉，斗光转晴。空惆怅，断梦无痕，绕树归鸦，鸣阶促织，秋声一片最伤神。霜天晚，讴诗寒经，幽思向中存。询明月，缺多圆少，究是何因？

满庭芳　庆祝第23个教师节

孔子传经，荀公劝学，杏坛功业堂堂。风云廿三，师表更辉煌。授业研究解惑，阳光下，桃李芬芳。尊师道，中华发展，教育可兴邦。

勋章，当授予，人梯蜡炬，国士无双。香溢涌神州，教帜高张。三尺讲台天地，递薪火，德业修强。从今后，教师节庆，母校共盈觞。

误佳期　秋扇

可叹娟娟秋扇，雅韵依稀犹见，清寒时令束高阁，寂寞无人惦。

夏日话温存，月夜相依恋。西风底事恨惜别，隐情失人面。

金儿博士　20 x 20 = 400　　本色护眼原纸　环保水墨印刷

念奴娇 晚晴长好

挂冠归去，目遥岑，独自仰天长啸。
五斗功名，人道是，闲惹诸多烦恼。
雁唳霜枫，天飙寒雨，荪菖昨枯槁。
身谋憔己，岂堪堂庙师表？
梦里暗换年华，春花秋月，仍旧蹉跎了。德业文章，惊咽也，伯乐子期都渺。两袖清风，庭前能有否，优孟嘲笑？敞开襟抱，晚晴蔗境长好。

念奴娇 咏云

品格何度？似深溪旷谷，长河高地。
万里长空飘玉屑，落向山川涵雨。倚雪听风，依岩观浪，气韵独飘逸。好一个俏，悠然积放张力。
莫叹逝尽流年，从容仪态，聚散随天意。一梦飞身升霄九，成就摘星希冀。冷暖叠叠，风景蓬蓬，秀世间离遇。目极層远，骋驰千片心绪。

诉衷情

连天霾雾聚彤云，街巷染轻尘。晚来瑟瑟风起，雷电作，雨倾盆。
寻旧绪，念纷纷，忆良辰。小楼依旧，白发新生，梦笔牵魂。

凤凰台上忆吹箫　同窗游园小聚

微雨初晴，芳园小径，修竹掩映红楼。看古时庭苑，春意凝眸。携友循芳移步，扉前路，几许清幽。同觞祝，高吟丽句，意气相投。
悠悠，遗诗岁月，才俊展风骚，雄志神州。鉴历朝兴废，探求方道。应料人杰地秀，当叱咤，虎跃龙游。凭栏望，从今又添，万种风流。

疏影　赠小溪生日

荧屏窈窕，乍鼠标荡碧，盘键妆晚。
轻绾流光，漫醉风尘，吟破绿窗诗稿。
依稀踏缺歌啼处，总教那、春风搀扫。
映蒹葭，泊泊蒙思，溪水欲驰还跳，
回首流萍断梗，甚年年岁岁，青迹不老。金嘞嘶风，闲瞻闻鸿，犹记王孙曾到。还期解佩冰融去，照水底、情愁飘渺。况且与，寿笔摹来，尽显一怀清皎。

鹧鸪天　赠伊云

镜里朱颜自有春，心中明月照伊云。
娥眉弯样垂杨画，粉面妆光浅杏匀。
随聚聚，笑分分，春泥春水总无痕。
何如楼外楼中住，闲望红尘泡绿尘。

浣溪沙　垓下之思

史册闲翻阅古风，拔山气概势如虹。
鸿门悯隐放青龙。
岂可因歌消壮志，休将成败论英雄。
何须无面见江东？

清平乐　苍岩山

岩奇壁峭，卧虎藏龙貌。千丈虹桥凭远眺，异草奇花啼鸟。
白檀依傍危崖，楼飞欲揽红云。天地只离一线，此峰独占风华。

曾荣获73届奥斯卡四项大奖的影片《卧虎藏龙》的许多镜头就在这里拍摄

减兰　戏题三八节妇女放假

掀屏一笑，内亮女人多美好。玉树临风，叶子相邀韵律中。晶莹晨露，这点深心偏与汝。无限春光，对对雎鸠正小窗。

踏莎行　燕园古银杏

雨写清愁，风临醉墨。书楼一角无情绪。叶笺重叠总失题，斜阳一抹吟霜圃。

血色楼台，丹青院宇，寻来东数燕园路。奈它寒蝉噤秋深，西风辗转相思树。

蝶恋花　蒲公英

缱绻白云张轻伞，朵朵绒丝，昼夜随风远。漂泊天涯无牵绊，为伊惹得愁千万。

绣户青灯伤日晚，半卷珠帘，总是空相盼。惆怅此生多遗憾，聪明都被风吹散。

减兰　愚人节二首

谎言彩色，虚假老天偷笑喷。脸谱缤纷，妆罢推门往外奔。纸糊精彩，一话换来挨一宰。若问聪愚，镜里照成八戒猪。

虚头八脑，飞一脚来踹一托。假话嘈嘈圆容睬人耍大刀。畏人为戏，得意过头君莫喜。彼亦开怀，风度须从储善来。

南乡子 赠绿杨生日

丝雨涨芳痕，旁烛芸窗供寿飧。初酿盈樽杯再洗，微醺，新腻腮霞自漾春。
重读藕花文，镜约钗盟已证因。无恙垂杨今又是，翁盎，岂为相思瘦绿裙。

唐多令 赠萍若生日

生日寄词魂，蛋糕款拜君。悠扬乐曲刻心痕。飞絮飘蓬千万里，欲轻挽，护云根。
芳草已争春，霓裳纨扇缤。繁华底事逐香尘。漫忆孙郎诗句好，甜梦弦，苦思焚。

满庭芳　赠萍若生日

冷水清风，还寒乍暖，额尔古纳瞭望。键盘捎话，不复隔参商。漫绾青丝对镜，眉目上、刺绣阳光。尝思念，京城初遇，亦着杏花裳。

悠扬！第一曲，当时台上，信马由缰，引丝绵经年，漫舞难忘。五十年来岁月，添一咏、浓醉吾乡。胭脂只待，寿笔赋春妆。　荧屏下

南歌子　屏端戏题

搞个风儿乱，倏然雨变粗。讨嫌偏是嘴秃噜，冷不溜丢言语起龃龉。

索过三故事，还唠五典书。秋光无限却踌躇，稀里糊涂耽误好功夫。

鹊桥仙

淫风翅巧，诡云脚乱，隐々摇峰难渡，崦嵫日暮小山楼，也着意、藏々露々。

谁家燕子？何方香客？枉觅蓬莱去路。
一番过雨却回头，又见那，蔓蔓无数。

浪淘沙

槛外大江流，往事悠悠，白云长锁岳阳楼。世外神仙原是梦，谁免烦忧？
风雨几时休，种种闲愁。无端白了少年头。天若有情天亦老，我亦情囚！

诉衷情　步韵一蓑烟雨

燕云千里日重逢，遥念女郎花。蜂蝶悉过墙去，铅华散，自躅邪。
人已远，影犹停，路犹赊。两情相约，融入花阴，漫步天涯。

玉楼春

练兵场上云千朵，织就女兵身负荷。
眼前叠嶂削如墙，头顶骄阳蒸似火。
娇颜哪管汗珠堕，足下雷池偏要过。

振衣千仞望长街，铁打长城一座座。

念奴娇 落叶

无边落木，正触为节逆，追其人赧。

晓梦蝶蛾身万翅，演幻城街浮炫。高厦贪婪，矮芽争抢，都教时濒染。清宇树角，传来淅沥丝叹。

凝造秋末心情，青符飘坠，遍地朦胧盼。会挽根弦同我唱，唱出迎来心愿。柔烈长延，红浓深醉，落尽香还漫。眉尖飞掠，眼前光景流远。

沁园春 赠致跪生日

粉面到天，胭脂含唇，独立仰张。让回眸送媚，挽鬓衔丽，晨曦染发，英气柔肠。阳艳仙姿，坚挺松骨，放眼千娇谁比芳。睫扬起，惜秋园冷重，欲俏无郎。

婉约豪迈流长，却未解屏端知者藏。默理梳新意，剪裁刺魅，情怀飒爽，个性悠扬。雅韵交融，品格磨砺，寄梦逢缘自醉方。生辰至，那丛中微笑，韡韡华章。

颍上东学常氏五世诗词手迹选

作者简介

常国陛，约生于清道光十五年乙未（1883），卒于约同治十二年壬申（1872）。享年67岁。字若臣，号卧农、五柳村翁、东学塾师。早年中秀才，补廪生后为岁贡生。经学深厚，擅诗能文，遗存《芸窗小草》文集、《卧农闲吟》诗集各一卷。曾参与编纂《颍上县志》兼任采访工作。创建常东学村塾，实为义塾。田夫野老，贩商牧儿，只要自带板凳，均可参加听讲，就算入室弟子。又约请习武的高老教师，同居一村，授武，相依为命。其门生遍及皖北，成名成家者，不乏其人。我小时还看到大门檐下还挂着红底金字大匾上写"岁进士"三个大字。到1937年黄河花园口洪水泛滥才毁去。

他一生不求仕进，以耕读为业，自题联云："忠厚传家远，诗书世泽长"，作为家训。

原配马太夫人，生子凝章，生女六人。继室朱太夫人（阜阳名士朱凤鸣之幼女）生子梓章，早卒。他的诗作《训子八章》及《临终诗》流传甚广。

20×20＝400

常凝章（1870—1911）字子成。十余龄中秀才。继承父业，家学渊源，博学多闻。对中西文化都有深刻的了解。写时尚八股文，多记新事，如航海、铁路、邮政、开矿、银行、办学堂、经商务等维新事物。他是光绪年间举人，曾多次赴北京应试，参加过康梁变法维新活动。为康有为、梁启超组织一千名举子《公车上书》联名人之一。1907年（光绪三十三年）明清廷颁布《设资政院谕》，10月又颁布《着各省速设咨议局谕》，他出任安徽省咨议局议员。驻安庆，协办安庆师范学校和省立第三中学（我的三叔常家模楷堂、表叔李传球鸣玉都是该校学生）后又在家乡颍上办梧岗书院、第一高等小学堂，又任颍上劝学所所长。辛亥（1911）年春四月，颍上大饥，他从省里领来一大笔赈款，急救灾民，不辞辛劳，清廉自律，大灾带来大疫，染病病倒现场，抬回家中旋即病逝。享年四十二岁，可谓英年早逝。葬于薛桥东祖茔。遗像一帧，手书文集一卷、诗集《藏拙小草》一卷。配吴太夫人寿88岁，葬于北京万安公墓。生五男一女。

常家钟（1891—1957）家韵峰。年二十丧父，遂辍学，奉养祖母、母亲，照顾四个幼小的弟妹，艰难困苦，支撑家业。事情纷杂，仍奋力办好。有一回外地来信，必须回复。但如何回复，连文字上也有困难。遂去新楼，请教梧章堂伯。哪知堂伯不但不予指教，反而大骂："堂堂东学，几代书香，现在你连个信也会写，有失家风！"经此打击，遂专聘塾师，恢复东学，除其弟妹得到学习机会，他自己也参加学习，以后也能写出较好的诗文，今留存数首诗作手迹，并手抄编辑《祖母朱太夫人哀荣录》，收挽联二百 多幅，其中有不少名家挽作，有黄侃、汪东、姚鹓雏、胡小石、吴梅等东南名流的大作。中年以后因患肝病，自学中医，擅长妇科，救死扶伤，获得当地民众的尊重。配江太夫人，生七男三女。

注：在兄弟排行第二，长兄常家　，秀才，早亡；三弟常家楧，字楷堂，早亡。四弟家选（经侯），五弟家纯（出嗣梓章公）；妹一人适屠家湾屠瑞生。

电车公司印刷厂印制

20×20=400

常任侠（1904—1996），原名家选，字季青。

著名诗人、教授、东方艺术与艺术考古学家。

幼年丧父，遵从母教，入家塾苦读十年，任颍上第一高等小学教员一载。1922年秋，考入南京美术专科学校。1928年入国立中央大学文学院学习古典文学及日本、印度文学。毕业后，留校任实验中学高中部主任。1935年春赴日本入东京帝国大学文学部大学院进修，研习东方艺术史。1936年底回国。1938年在国民政府军事委员会政治部三厅六处从事抗日宣传工作。1939年任中英庚款董事会艺术考古研究员，又任中央大学任教授、中央训练团青干班教官、东方语言专科学校教务长；1945年底，赴印度国际大学中国学院教授。1949年初奉邀回国。任中央美术学院教授兼图书馆馆长。1957年曾被国务院派遣以中国佛教代表团团长身份，在印度举办世界佛教展览会。曾任全国政协委员、中国民主同盟中央委员、国务院华侨事务员会委员（正部级）、国务院古籍整理出版小组顾问、国家文物鉴定委员会委员等。

20×20=400

常任侠从青少时期即擅诗能文，留有旧稿《儿时影事》、《村塾琐言》及旧体诗多首，一生勤奋、博学多闻。主要著作有《民俗艺术考古论集》、《中国古典艺术》、《东方艺术丛谈》、《丝绸之路与西域文化艺术》、《常任侠艺术考古论文选集》、《常任侠文集》（六卷本）、《常任侠戏剧集》、《常任侠书信集》、《冰庐藏翰·常任侠珍藏友朋书信集》、《铁骨冰心傲岁华·常任侠百年纪念图片集》、早年出版的新诗集《毋忘草》、《收获期》、《蒙古调》，晚年出版的《红百合诗集》收入诗作（少数词及散曲）共1400余首，还有相当数量未能收入，分集曰《钟山集》、《樱花集》、《战云集》、《金帆集》、《郢中集》、《感旧集》、《燕市集》共七集，附照片一百余张。时间跨度约八十年，五光十色，像一部多姿多彩的人生历史画卷。学习出版社出版文学艺术类的书稿须报中宣部出版局特批，方能出版。中宣部新闻出版局经认真研究，发出批文，首先对《红百合诗集》的作者做了高度评价，认为出版《红百合诗集》一书，对“中国革命史、中国共产党党史、

20×20=400

文学艺术史、外交活动史等方面均有参考价值。即使是游历风景，记咏古迹，感事咏怀等作品，均有很高的艺术性，足资后人学习和参考。这评论具有权威性，因为它不是哪个个人的见解，而是高层组织的集体的公正的结论。

电车公司印刷厂印制

20×20=400

共　页第　页

常家纯（1906－19　）字良弼。幼聪颖，能诗善文。长期任教颍上中学，为家乡名师。解放初入黄麓师范，后任安徽茶果学校教师。又调任安徽淮南八中语文教师。所著诗文仅遗存诗一首、词一阕、楹联一副、颍上中学校歌流传广泛，影响甚大。

有子五人女二人。长子法援，次子夭亡，三子法郡，少年病卒，三子法超，现在淮南八中工作；长女幼即瘫痪，次女法静，住寿县南乡，已儿孙满堂。法援最有才气，（文史哲中西贯通，会唱京剧，爱青衣唱。）解放前在上海大夏大学读两年，1949年初考北京师范大学俄语系读一年弃之，考入北京大学历史系成绩优秀，郭沫若、于立群邀他做子女们家庭辅导教师。毕业前半年弃学，在北京任中学教师，又自动退职回乡，三年灾害时冻饿死。惜哉，悲哉！

20×20=400

常法康(1912—2010)字介甫。抗日战争前在南京读书。抗战初期在鄂东豫南皖西大别山打游击，去延安受阻，后入第五战区潢川青年军团(中共地下党员)任中尉，后调任安徽干训团上尉教官，任安徽省民政厅主任科员、颍上、桐城、正阳、宿县地籍整理处处，李宗仁竞选委员会干事，代理宿县县长，解放时申请回乡务农。1951年，以"反革命罪"入狱廿年。1967年遣送还乡，平反时为摘帽地主。落实政策后，出任颍上政协委员、安徽文史馆馆员。2010年3月病故，享年97岁。有《白寿诗存》一卷。葬于颍上东学村北薛桥路东祖茔。有石碑为记。

常法宽（1924年—）安徽颍上人。诗人、教授、学者。从事文化教育工作六十余年。专攻中国古代文学史、古代文论及古典美学。

出版著作六十余种。专著有《绿窗吟稿五种》、《插图本诗书画史》、《杜甫的诗论与画论》，主编《近人杂剧集》《中国优秀传统文化三字经》（十册）编辑《锦绣中华诗词选》、《诗词曲赋知识手册》、《纳兰性德词意图传》，点校唐·杜佑《通典》、清人李汝珍《镜花缘》，编写《中学语文教学手册》、《唐宋词作法百例》等。曾获得北京教育学院科研一等奖，北京市文明教师奖，北京市海淀区文联优秀文学艺术工作者、文学艺术贡献奖，英国牛津大学《WHO'S WHO》金牌奖、美国世界文化名人奖。

（第　　页）

常法韫，1927年　月生。安徽颍上人。

任侠公之长女，毕业于中国农业大学园艺系。长期在中国科学院蔬菜研究所工作，任研究员、编《中国蔬菜杂志》，勤恳工作，数十年如一日。有子女各一人，均能继承家风，一孙子很优秀，外孙女为双胞，极聪慧，现均在美洲工作。

16×15=240　　北京市海淀区文印

（第　页）

杨瑞琳，1921年3月生。湖南常德人。

早年留学印度，精研印度文及英文。Bandu Hidu University 硕士。曾任外交部翻译、中国社会科学院南亚与东南研究所（现亚太所）研究员、《南亚研究》主编。2002年，为中国译协《资深翻译家荣誉证书》获得者。其《自序》云："余少喜韵语，尤耽律句"，又兼周游各国，见闻广博，故诗作汪洋恣肆，百卉纷呈。诗词佳作，为数甚丰，曾自选诗集名《瞽吟选钞》，人争宝之。他是任侠公的学生又是女婿（法韫之夫），师生笃谊，翁婿情深。法韫录其诗作　首，收入手迹选中，成为东学常民序列之一，不亦宜乎。

15×16=240　　北京市海淀区文联

共　　页第　　页

常法超，男、　　　在安徽省淮南市第八中学工作。幼年随母下放农村劳动，生活贫困，失去读书深机会；父亲常公良位，在反右倾运动中，遭遣罚到农村，在父亲的指导下，坚持自学，不断进步。

20×20=400　　　　维克多利